*　　*　　*

本书系教育部人文社科项目

"1980年代以来流散汉语新诗的跨界写作研究"（18YJA751007）

结项成果

亚思明 著

流散汉语新诗的跨界艺术研究

Diaspora Poetry
and
Crossover Art

ZHEJIANG UNIVERSITY PRESS
浙江大学出版社
·杭州·

图书在版编目(CIP)数据

流散汉语新诗的跨界艺术研究 / 亚思明著. —杭州：
浙江大学出版社，2023.3
ISBN 978-7-308-22999-9

Ⅰ.①流… Ⅱ.①亚… Ⅲ.①新诗－诗歌研究－中国
－当代 Ⅳ.①I207.25

中国版本图书馆 CIP 数据核字(2022)第 162529 号

流散汉语新诗的跨界艺术研究

亚思明 著

责任编辑	宋旭华	
责任校对	蔡 帆	
责任印制	范洪法	
封面设计	周 灵	
出版发行	浙江大学出版社	
	(杭州市天目山路 148 号 邮政编码 310007)	
	(网址:http://www.zjupress.com)	
排 版	浙江时代出版服务有限公司	
印 刷	杭州宏雅印刷有限公司	
开 本	880mm×1230mm 1/32	
印 张	8.875	
字 数	215 千	
版 印 次	2023 年 3 月第 1 版 2023 年 3 月第 1 次印刷	
书 号	ISBN 978-7-308-22999-9	
定 价	68.00 元	

自　序

　　2004 年夏，距今已是 18 年前，我在德国之声（Deutsche Welle）担任记者，某天下午临时接到外派任务，要到波恩大学汉学系负责北岛朗诵会的现场报道。回想起来，冥冥之中似有天意，那次访谈为我开启了重识汉语新诗的大门，而在此之前，我对北岛的印象还停留在"朦胧诗"时期。记忆中的诗文犹如冰川纪的冰凌，锐利而凛冽，写诗之人仿佛一直活在"今天"，并且坚定地对"明天"说"不"！对于世界他有自己的"回答"，那便是："我－不－相－信！"

　　但我所见到的北岛绝非怒目金刚式的，相反，米色的衫裤、米色的皮鞋，中性的色调更衬得人淡如水。如同作诗，他讲话也是惜言如金，低调谦逊。我问他："常年生活在海外，如何维护与读者的关系？"他涩涩地一笑："现在还有人读我的诗吗？"居无定所的漂泊改变了北岛写作的心态，远离中心，到天涯去上孤独的一课，终于发现"归程／总是比迷途长／长于一生"，"重逢／总是比告别少／只少一次"（《黑色地图》）。与之相应的是他作品的音调也由激越趋于平和，并且承认："我确实越来越喜欢巴赫，大概与年龄有关吧。以前我只推崇柴可夫斯基、贝多芬，但巴赫让我找到了宁静。"

海外的北岛甚至开始尝试作文。他说："写散文是我在诗歌与小说之间的一种妥协。"其实也是在"自我"与"外部世界"之间的一种妥协。这些散文为勘察诗歌地貌的读者提供了突入语言险境之前的一段缓冲地带。例如,如果能够领略某些散文作品的"去人性化"视角,便不难理解,"去人性化"如何成为建构现代诗歌"匿名主体性"的一个艺术技巧。

德国华人期刊《莱茵通信》曾刊载北岛的《巴黎故事》,文章的结尾这样写道："鸽子有鸽子的视野,它们总是俯视巴黎的屋顶;狗有狗的视野,它们看得最多的是铺路石和行走中的脚;蚊子有蚊子的视野,它们破窗而入,深入人类生活的内部,直到尝到血的滋味。"正如西班牙思想家、哲学家、文学评论家奥尔特加·伊·加塞特(José Ortega y Gasset)在《论艺术的去人性化》中所指出的,"去人性化"并不意味着"让其变得不人性",而是通过扫除自然感情状态,颠覆先前有效的物与人之间的等级次序,即把人放在这个次序的最低一级,再以这样一种视角来观察人。"去人性化"的确也构成了北岛诗作的新变。"抒情我"通常是虚构的,仅作为语言的载体。很多诗作甚至根本只将物作为言说主体。这样的例子不胜枚举,如《多事之秋》《蓝墙》《练习曲》《那最初的》等等,这在正文中还会有详细阐述。

艺术与人性的分离被加塞特视为晚近艺术作品的总体特征,这在现代绘画中表现得更为明显。例如毕加索的画作既打破了自然的图案模式,也打破了传统的构形模式。它不再寻找完整的人类形象,也失去了将事物作为统一的整体进行观看的感知官能。通过撕开周遭世界的外部表象,毕加索将其内部结构赤裸地呈现在我们眼前,甚至以这种方式,进一步洞悉深层意义并揭露事物本真的魔幻意象。

现代摄影也是如此。"二十世纪的摄影艺术,其标志性特征是试图避开对人'正常'或'常规'的观看,并退回到机械原则基础之上。它乐于从上部或下部或某些不同寻常的光效等角度去观看图像,将主体性打破,如同在一个变形的镜子里面呈现变形的图画。这种种做法本质上与外在于人性的绘画理念相一致,后者赋予了它十分明确的精神态度和创作价值。"①这样看来,我十分怀疑,北岛写作的视角转换也与他的摄影爱好有关。他说他真的喜欢摄影还是1989年后漂泊旅行,随身总是带个小照相机。算起来,艾伦·金斯堡是他的摄影老师。从此,北岛开始寻找自己的摄影语言,换一个角度去观看、去领悟世界。

作为代表性的"朦胧诗人"被写进教科书,北岛对现代汉语文学的贡献通常被定义为"反抗的诗学"。但倘若目力延长,将之纳入"新文化运动"以来的新诗史再做进一步评判,不难沿着"抒情我"的发展线索找到北岛的位置。从20年代的"主观化"抒情到30年代的"客观化"转型,再到40年代的"集体化"皈依,1949年出生的北岛是在一个广场诗歌和朗诵语体盛行的年代召唤"自我",勇于承担焦虑和绝望,重新发现个人的尊严和价值。不过,伴随着自80年代后期开启的流散经历,这种对于"自我"的追寻又向着"无我"之境幻化了。

诚然,恰如丹麦文学史家勃兰兑斯(George Brandes)所言,从历史的观点来看,没有一本书是一件完美、完整的艺术品,它不过是"从无边无际的一张网上剪下来的一小块";也没有一种

---

① ［奥地利］汉斯·赛德尔迈尔:《艺术的危机:中心的丧失》,王艳华译,南京:译林出版社,2020年,第210页。

文学思潮是一国特有、独有的潮流,"它不过是一个历史阶段的时代精神被体现在相互影响的国家中的不同形态"。① 北岛的风格转型也绝非他个人的事情,套用他自己的一句诗:"这不再是一个简单的故事/在这个故事里/有你和我,还有很多人。"就我在德国期间的记者经验来看,自八九十年代以来的流散写作而呈现新的文学面向的作家还有很多,包括杨炼、多多、徐星、山飒、裘小龙等人。因为流散其实是一个语言事件,它深刻地改变了作家对自身语言状态的认知。

在这些采访对象之中,黑衣、黑发、黑皮裤的杨炼给我的感觉是最像先锋派艺术家。他的诗也非比寻常,不说"人生如梦",却说"一个梦,有时比一生更漫长"(《梦中的高度》);不说"人生到处知何似,应似飞鸿踏雪泥",却说"往事无声,雪上留不下脚印"(《事》)。他还喜欢用拧麻花般的句式考验读者的哲思及智商。譬如,他说:"从未真正抵达的秋天/从来都是秋天","从未真正抵达的远方/从来在逼近脚下",又说:"现实之无根,正是精神之根"。

侃侃而谈的杨炼也有过失语的时候,那是在 80 年代末期,原定的短期文化交流变成了漫无归期的海外漂流。他突然感到自己变成了一种完全沉默的动物,没有任何的语言在嘴巴里,只剩下眼睛、耳朵、鼻子等等,而中文只在身体内部喃喃自语。失去了中国文学的环境,失去了读者、朋友、亲情,陌生人群中的日子看不到尽头,"无根"的痛苦可想而知。但经历了从被迫到自愿的自我放逐,走在异乡,眺望中国,置身于外语的环境里,中文的特性反而更清晰了。杨炼发现,真正的问题,不是"我离开中

---

① 参见[丹麦]勃兰兑斯:《引言》,《十九世纪文学主流》(第一分册 流亡文学),张道真译,北京:人民文学出版社,1980 年,第 2 页。

国多远了"？而是"我在自己内心和语言里挖掘多深了"？他说：
"中文所蕴含的深度及其丰富的启示性还远远没有被世界，甚至
没有被中国自己的作家所认识。对于一个诗人来说，他所使用
的语言应该能够真正地挖掘自己，触摸到在自己内心深处发声
的事情。在这个意义上，只有把它带到世界的舞台上来，构成与
欧美传统文学的比较，世界文学才能更加丰富。"

　　例如，中文的动词没有时态变化，这是它跟欧洲语言最大的
区别。语言是思想最基本的载体。杨炼希望有意识地使用这种
非时间性、历史的循环感去表达个人处境及命运不变这样一些
对他来说非常重要的诗意。他也无法理解，英语的"黑暗"一词
竟然没有复数形式，可是对他来说，周围的"黑暗太多了/以至生
命从未抵达它一次"。就这样，诗题《黑暗们》成了他的故意而
为，再经翻译，竟给英文生造了一个词。

　　另一个误译的例子是多多的《阿姆斯特丹的河流》。在顾彬
组织的另一次读诗会上，多多用京腔京韵朗读了这首诗，语惊四
座。顾彬很欣赏多多的朗诵艺术，说他不是在读诗，而是在唱
诗："虽然多多的作品我看了不少，翻译了不少，但是我真的不知
道他很会朗诵自己的诗歌。2006 年秋天，我第一次有机会听他
朗诵《阿姆斯特丹的河流》。我还记得那首诗的德文译名很奇
怪——'Die Flüsse von Amsterdam'①，阿姆斯特丹有几条河流
吗？这个翻译完全是错误的。所以说，如果一个翻译家不了解
地理，就翻译不出多多的诗歌。"

　　关于多多诗歌的音乐性，学界已有不少研究。此外，多多还
在戏剧方面做过一些跨界的实践。瓦格纳曾说，综合艺术的最

────────────

①　Die Flüsse 在德语中是阳性名词 der Fluß（河流）一词的复数形式。

高典范便是戏剧。如果在戏剧中每一种相关艺术都能把它的功能发挥到极致,综合艺术的最大潜能就能被发挥出来。如此一来,戏剧便能驱使两组艺术门类组合,它们分别是建筑、雕塑、绘画,以及芭蕾舞、音乐和诗歌。2009年3月12日晚,多多的剧作《天空深处》在杜塞尔多夫剧场隆重首演,为刚刚竣工的老邮局"中心舞台"揭幕。而我作为德国之声记者感受了这场别开生面的多媒体戏剧演出,并采写现场报道,节选如下:

> 走入《天空深处》的演出剧场,仿佛走进了一个"中国制造"的木质集装箱,"防潮""易碎""怕热"的标识随处可见;又好比登上一架由北京飞往纽约的班机。

> 这是一趟奇异的旅程。观众仿佛置身于一只巨大的铁鸟内部,感受着身边的奇幻境遇。铁鸟迟迟不能起飞,就像折断羽翼的理想,而在旅客的抱怨声中,一座又一座的往事的冰川浮现出它原有的轮廓。

> 一名沉湎于回忆的男子不能相信爱已成过往;一位自诩成功的商人在生意与爱情的平衡木上如履薄冰;深陷经济危机的女广告代理商不愿放弃稍纵即逝的繁华;而一个活在自我世界里的女孩总是没有理由地选择逃避……

> 多多的剧本也像他的诗歌一样充满了玄机和禅意。《天空深处》讲述的其实是一个关于飞鸟的故事。有些鸟想飞却没有翅膀;有些鸟想停却没有脚。有些鸟害怕猎人的子弹,有些鸟寻找皈依的树林……

> 这是一次精神上的旅行,而到最后才发现,终点重又回到了起点。画外音响起了多多的读诗声:

> 青草——源头

听我们声音中铜的痛苦
留下山谷一样的形式

什么在生活里
掩埋开阔听力的金耳朵

什么走出来
告诉残酷世界的垂泪的悬崖

什么是人，为什么是人
介入了流浪的山河……

　　《天空深处》是一部具有实验风格的"元戏剧"。关于"元戏剧"的概念，与张枣的"元诗"一样似乎都与"元语言"有关。元语言首先由俄国形式主义者提出并加以阐述。在他们看来，元语言不指涉语言之外的任何事物，只指涉语言自身。由此，元文学的一个特征便是并非再现而是追寻现实。苏珊·桑塔格认为，"所有的元戏剧都假定生活是一场梦。然而既有平静的梦，又有不安的梦，还有噩梦。现代的梦——现代元戏剧所反映的东西——是一场噩梦，是重复的生活、被拖延的行动和被耗竭的情感的噩梦"①。

　　尽管多多在日常生活中并非一位容易亲近的朋友（首演式上，他竟然拒绝接受采访，这在我的记者生涯里绝无仅有），不过我不得不承认，作为诗人，他是汉语界的顶流。他的诗歌与绘

---

① 　苏珊·桑塔格：《反对阐释》，程巍译，上海：上海译文出版社，2003年，第157页。

画、戏剧等其他艺术形式一道致力于超现实主义的艺术探索,强调了对非逻辑理性的热爱、对混乱的接纳与包容,在不自觉的潜意识之流中去寻求灵感。正如艺术史家威廉·平德尔所指出的,超现实主义"使得艺术最终抵达了一个阶段,在那里,艺术关注的不再是如何超越语言的表达能力,去完成语言所无法表达的部分,而是直接去挖掘那些根本无法表达的部分,因为它们已埋藏得如此之深"①。

2010 年,我阔别了旅居 12 年之久的德国,回归故里,考入山东大学文学与新闻传播学院,师从黄万华教授,攻读中国现当代文学专业的博士。在确定博士论文选题的时候,很自然地想到要做北岛研究。2012 年 5 月,我借到香港岭南大学参加会议的机会,拜访了北岛夫妇,其时北岛刚刚中风了一次,暂停一切工作日程,语言功能尚待恢复。令我感动的是,甘琦得知我是自费赴港的,便安排我入住北岛书房,替我省下了一笔不小的开销。正是在那间临海的酒店客房,我见到了平生未见的堆得像小山似的《今天》杂志。甘琦曾说过:北岛是为《今天》打工的。香港中文大学图书馆原本计划陈列一套北岛作品全集,但北岛提议应该把位置留给《今天》。北岛的价值寓于《今天》,在某种意义上,一位诗人与他所打理的那一小块名叫诗歌的菜园生死相连。由此我也意识到:追踪单个作家的棋路未免偏狭,若能将之放置于整本刊物、整个流派的棋局之中,便能由点及线,由线及面地勾连全局,从而极大地拓展研究的向度与空间。

正是经由这种拓展,我认识了更多的《今天》编辑和诗人,如张枣、严力、宋琳等人。说起张枣,我与他在德国失之交臂。彼

---

① [美]罗杰·金鲍尔:《出版前言》,收入[奥地利]汉斯·赛德尔迈尔:《艺术的危机:中心的丧失》,王艳华译,南京:译林出版社,2020 年,第 14 页。

时我刚从基尔大学经济学院毕业,赴波恩履职后不久,某日正在办公室加班,听中文部的同事黎奇(叶廷芳先生的高足,曾与之合译《卡夫卡全集》)提议,与芮虎相约,周末要去图宾根拜访一位非常优秀的诗人,名为张枣。我欣然应允。但不知何故,那次的约定并未践行,很快,张枣便回国任教去了。等我回国读博,他已仙逝。真正相识,还是通过阅读《今天》杂志。

2012 年 12 月 15 日,记得京城刚刚下过一场大雪,我踩着厚厚的积雪去北京大学参加中文系主办的"两岸新诗博士论坛"。那是我在国内高校学术圈的首次参会。我提交了一篇跟北岛有关的论文,被指定由臧棣老师评议。早听说臧棣一心要把北岛推下神坛,所以一直忐忑不安地等着接受批判。但庆幸的是,臧棣临时请假,评阅人改为慈眉善目的冷霜老师,气氛便缓和下来。在那次会议上,我注意到好几个博士生都在谈论张枣。从王东东到赵飞,再到张光昕,都曾师承于张枣,言语之间充满了对这位恩师的钦敬与怀念。这无疑增加了我对张枣的兴趣和好奇。回济南后,我从图宾根大学的图书馆网站上搜寻并下载了张枣的德语博士论文 *Auf der Suche nach poetischer Modernität：Die Neue Lyrik Chinas nach* 1919(《现代性的追寻：论 1919 年以来的中国新诗》),翻译了部分章节,还在自己的论文中援引了他的某些观点。

2014 年 5 月,我撰写的《"崛起"与"流散"——论北岛与〈今天〉的文学流变》在山东大学顺利通过了博士学位论文答辩,并获得答辩委员会的一致好评。北大陈晓明教授在评审这篇论文时给予了全 A 的评价,他指出:"选题有相当难度,论文作者把握得当,该选题无疑具有独特的学术价值。"这篇论文 2015 年荣获山东省优秀博士学位论文奖,2020 年由台北的秀威资讯有限公司出版繁体版,书名改为《大海深处放飞的翅膀:北岛与〈今天〉的文学流变》。导师黄万华教授在序言中特别提到了陈老师的这条意见,称其所言是矣,并评论道:"亚思明对《今天》和北岛文学流变的整个历史背景的把握让人感到其思考问题的视野的开阔。她立意通过一位作家和一本刊物去考察一段汉语文学史,这段文学史不仅贯通了中国大陆新时期文学前后的深刻变革,而且沟通了中国与海外的文学联系。"

这正是拙作的初衷。虽说是谈北岛、论《今天》,但又不止于关涉一个作家和一份刊物。在过去的四十年间,他们的足迹蜿蜒而去,跨过了边界,走向了世界,淡出了国人的视线,甚至被很多人误以为他们的故事不再与主体社会有什么关联,但恰恰是这种离经叛道的偏离,构成了他们反思自身语言与传统文化的一种独特的视角。也许与我本人的漂泊经历有关,我特别认同"人类命运共同体"这个提法,无论情愿与否,"今天"的中国已是世界的中国,汉语文学也是世界文学的重要组成部分,仿佛一艘驶入国际公海的巨轮,再也不能回头。说到"祖国",北岛和多多在诗中都曾不约而同地使用"船"这个意象。虽然流散文学的历史和主流意义上的中国文学的历史完全沿着不同的航线,但从流散的角度去看中国文学这艘姐妹船,反而带来一种整体面貌的浮现。

因此,自博士后阶段开始,我便将研究范围拓展为 80 年代以来的流散诗人群,将之放置在世界文学的背景中进行考察,具体分析的样本数量也不断增加。从北岛出发,触角逐渐延伸到了多多、张枣、犁青、木心、梁秉钧和严力身上。2015 年 10 月 31 日,我到北京香山参加"纪念新诗诞生百年:新诗形式建设学术研讨会",发表的论文题为《张枣的"元诗"理论及其诗学实践》,

其中引用了张枣博士论文中的一些资料。会议间歇，中央民族大学的敬文东教授走过来问我：能否考虑翻译张枣的整本博士论文？他们正在筹划出版张枣全集，博士论文是张枣唯一的专著，只因是以德文写成，苦于找不到合适的译者，迟迟未能与中国读者见面。我承诺会郑重考虑他的提议，但鉴于当时刚到山大的威海校区工作，一边上课，一边做博后，压力较大，分身乏术。而翻译工作需要投入很多精力，还须静待时日。

　　但我从未忘记自己的承诺，电脑里的张枣也似乎一直在用德语对我说：亲爱的，来译我吧，来译我吧……博士后出站后不久，2017年冬，我启动了这个项目。无论多么繁忙，每天都要抽出一定的时间，将自己定格在书桌前，打开电脑，对着外国"蚂蚁"讲中国话。从动笔到完工，历时大约一年半。著名汉学家、翻译家马悦然曾对译者有这样的一个定位："译者就是理想中的技巧熟练的工匠。"而古代的工匠，无论东方还是西方，实际上都是奴隶。也就是说，我给张枣当了一年半的奴隶。可是不做奴隶，又怎能真正懂得自由？我觉得这个过程最大的收获就是跟着张枣穿越了汉语新诗的百年历史，与鲁迅、闻一多、卞之琳、冯至、穆旦等精英知识分子相遇。一个世纪前，发生在欧洲和美国的现代主义运动与其精神暗流一起来到了中国，遇到了知音、追随者与传播者，他们毫不犹豫地将自身的精神诉求投射其中，并自主地运用所谓的现代主义符号和形式。张枣怀着惊喜的心情将之一一辨认，因为他也是他们的知音、追随者与传播者。正如电影 *Genius* 中的一句台词：天才需要等待被另一个天才发现。

　　张枣离开中国去德国的时代恰值人们与现代主义的精神经过几十年的阻隔再次重逢，一种重塑传统与规范的热情显得愈发强烈，这从他的博士论文不难寻见。如今，我们似乎遭遇到一种深刻的困惑，发现我们所创造的艺术语言和关注的问题与欧美艺术家具有某种相似性和平行性，于是那种认为汉语新诗是在蹈袭欧美现代主义的看法甚嚣尘上，而意识不到我们早已将现代主义的精神融会贯通，并纳入我们自身的思考和创作体系。窃以为，张枣《现代性的追寻》最大的价值在于帮助我们建立了一个汉语新诗的现代主义参照系，它与欧美现代主义共同构成了全球现代主义运动的组成部分，恰如墨尔本大学艺术史博士学者卢迎华所说："现代主义远远不是形式演变的历史，也不是思潮更替的历史；它不是一种传统或典范，它更不完全依赖于一种文明、文化或政治意识形态或者公众意识的需求，而更深层和本质上是一种可以被传播、演化并赋予不同肉身的精神。"①

译完张枣的《现代性的追寻》，我便把精力投注在教育部项目"1980年代以来流散汉语新诗的跨界写作研究"之中，本书便是该项目的结项成果。虽然是一部学术专著，但依旧是我自记者时代起就开始关注的跨文化传播与汉语文学变革等问题的延续，希望也能引起普通公众的阅读兴趣。此外，与以往研究相比，我还有一个新的发现：将新诗纳入艺术史的范畴予以重新审视，能够帮助我们更好地理解其内涵和特性。

举一个例子：2013年4月，我到香港再次拜访了北岛，他的语言功能已经大有好转，可以日常聊天了。他送我一幅小画——由墨点组成的大树的年轮。中风是祸，却引发了他作画

---

① 卢迎华：《历史书写作为一种自我认识的途径》，收入［德］汉斯·贝尔廷：《现代主义之后的艺术史》，苏伟译，卢迎华、苏伟评注，北京：金城出版社，2014年，第103页。

的欲望,突破重围,寻找一种文字以外的新的语言。北岛发现,墨点是中国画最基本的元素,相当于摄影的像素:"作为西方艺术的他者,东方艺术中的格调与境界,包括独特的带有抒情性的抽象因素会凸显出来。在创作过程中,全部是由墨点构成——聚散、依附、多变而流动,富于节奏感和抒情性,反之亦然,所谓空间也是时间——与宇宙对称。"[①]

用墨点作画令北岛感到某种狂喜,或得到内心的宁静与心绪的舒展。不必绘制草图,也不需要造型训练,在墨汁水分的蒸发过程中,色调变化不能完全控制,造成意外的效果。通过一边接受中医治疗,一边静养画画,北岛的语言能力日趋接近病前的水平,并从2016年开始恢复写诗。"显而易见,我的诗歌元素尤其是隐喻,与墨点非常接近,但媒介不同,往往难以互相辨认。在某种意义上,墨点远在文字以前,尚未命名而已。而诗歌有另一条河流,所有的诗歌元素共同指向神秘。"[②]

如果说,墨点构成了北岛诗歌与绘画的共同的隐喻,木心则是使用"新水墨"。更确切地说,是通过水墨转印的方式来实现水墨界的"自动写作",木心几乎嫌恶所有绘画的写实性,再现的、逼真的、繁复的、叙述性的画,难以吸引他。他认为绘画中最重要的是感觉和骚动,不在描摹,而在灵智。他的诗歌也是如此。而严力的很多绘画创作则是大量使用隐喻的图像,与诗歌文本形成互文性关系。譬如"补丁系列"(1999—2017)中,"补丁"这一视觉符号令人联想起"破洞""残缺"等等,而打"补丁"的行为又引出纠错和补救的隐喻。"砖头系列"(2002—2007)中,"砖头"作为异化了的环境的符号也是不言

---

① 北岛:《墨点的启示》,《必有人重写爱情》,海口:海南出版社,2022年,第412页。

② 北岛:《墨点的启示》,《必有人重写爱情》,海口:海南出版社,2022年,第413页。

而喻。

尼采在很久以前就认识到，要把不同的艺术彼此分离开来，就会导致艺术的堕落。他清楚地看到，各门艺术的统一性存在着一种关联，那便是关于风格感。蒲丰说，风格即人。同一个艺术家，无论摄影、作画还是写诗，风格往往是统一的。北岛的风格是"阴郁"，木心有一种"行云流水般的风雅"，而严力则保持了"如刀刻般的审思和硬度"。不懂超现实主义艺术，便无法理解多多；没有立体主义的绘画，又何来犁青的图像诗。借用综合媒体的优势来凸显诗歌的表现力，诗人梁秉钧走在了前列。他本人热爱摄影，也经常与各类音乐人、舞蹈家以及装置艺术家合作，探讨传媒影像的声色互动，通过多元媒介来演绎纷繁混杂的城市生活。我与梁先生（笔名也斯）曾有一面之缘。那还是2012年5月在香港岭南大学举办的一次研究生论坛上，就北岛的诗歌创作与翻译的关系有过一次短暂的交流。他很亲切，看上去也很精神矍铄，可第二年便传来他病逝的消息，令人不禁叹惋。

2020年初，我还曾带着山大硕士研究生苗菲同学一起，到严力的上海家中对他进行过一次访谈。苗同学的硕士毕业论文的选题便是做严力诗歌研究，我建议她专辟一章谈严力的诗画关系问题，她感觉资料匮乏，困难重重。于是我与严力提前取得了联系，趁着他回国探亲专程飞到上海，获得了答疑解惑的机会。令我们喜出望外的是，严老师慷慨奉送了很多珍贵的出版物，真好比雪中送炭。关于此次访谈，详情请见附录。

离沪返威后不久，新冠疫情便开始了，一个时代就此完结。防控和静止使得现在再来回忆那些美好的相识、聚会和重逢总有一种恍若隔世之感。我记得18年前，在结束采访之前，我问北岛对未来有何打算和想望,北岛说,"生活和写作都是不可预测的"。这种不确定性保证了梦想的空间。而一切的诗艺及诗情,无异是对现实之梦的说明。

亚思明

2022 年 7 月 14 日

目　录

引　言 ……………………………………………………………… 1

第一章　"世界文学"与汉语新诗 ……………………… 9

第一节　"世界文学"的同与异 …………………………… 12

第二节　作为"世界文学"指标的诺贝尔奖 ………… 20

第三节　关于汉语新诗的"去中国化"误读 ………… 28

第二章　先锋诗歌与"流散美学" ……………………… 35

第一节　"流散"的历史 …………………………………… 37

第二节　"流散"是一种美学 …………………………… 44

第三节　"流散"是一个语言事件 …………………… 52

第三章　北岛:"纯诗"写作与文化记忆 ………… 58

第一节　"纯诗"的美学理念及"元诗"结构的涌现 59

第二节　"莫若以明":找回民族传统的文化记忆 … 67

第四章　多多:"中间状态"和"复调"结构 …………… 81

　　第一节　新环境与旧回忆之间的"中间状态" ……… 82

　　第二节　多重性声音的"复调"结构 ………………… 88

第五章　张枣:"元诗"理论及诗学实践 ……………… 97

　　第一节　语言本体主义的价值取向 ………………… 98

　　第二节　"纯诗"与政治的融合 …………………… 106

第六章　犁青:"流散写作"与"立体诗学" …………… 112

　　第一节　"图像诗"与"立体主义"的概念界定 ……… 113

　　第二节　从感官交融的"立体主义"到形神合一的"图
　　　　　　像诗" ………………………………………… 116

　　第三节　语言"越界"与创新型的"立体主义" ……… 122

第七章　木心:传统余脉与现代心智 ………………… 128

　　第一节　"多脉相承"的美学意义上的完成 ………… 129

　　第二节　感性直觉与智性思辨的微妙平衡 ………… 138

第八章　梁秉钧:全球化背景下"发现的诗学" …… 151

　　第一节　从容的观看 ………………………………… 154

　　第二节　变化的音步 ………………………………… 163

　　第三节　食事的滋味 ………………………………… 172

　　结　语 ………………………………………………… 182

第九章　木心和严力：现代汉语诗画的异质同构 … 185

第一节　内心的风景 ＝＝＝＝＝＝＝＝＝＝＝＝＝＝ 186

第二节　诗画异质 ＝＝＝＝＝＝＝＝＝＝＝＝＝＝＝ 193

第三节　诗画同构 ＝＝＝＝＝＝＝＝＝＝＝＝＝＝＝ 200

第四节　"在纽约，我的创作更中国" ＝＝＝＝＝＝ 210

附录：严力访谈录 ＝＝＝＝＝＝＝＝＝＝＝＝＝＝＝ 215

参考文献 ＝＝＝＝＝＝＝＝＝＝＝＝＝＝＝＝＝＝ 237

引　言

就全球范围来看，正如《现代诗博物馆》(1960)编者、德国诗人恩岑斯贝格尔所注意到的，歌德关于"世界文学"的构想到 20世纪下半叶已经几近成为现实。原因在于，"流散"(Diaspora，又译：离散、散居、飞散)的扩展和交流的深入使得 20 世纪诗人之间的潜移默化和相互渗透渐成风尚，不同文化基因彼此杂合，打破了根深蒂固的文化本质主义观念——不再将某一地域文化看作固有的本源。在这一大的背景之下，探讨汉语新诗的"流散写作"，是一个新的跨东西方文化语境下的很有意义的研究课题。

对于中国文学来说，"流散写作"始于 19 世纪末期，20 世纪中期以后蓬勃发展，到了 20 世纪 80 年代，一批诗人和作家的移民，其异质文化漂流使得汉语写作的场域发生了一次深刻的地缘变化，特别是当生活和写作超越地理疆域，交通和通信方式的多元便捷使得跨文化迁徙演变为一种自觉自愿的自我放逐，跨文化移民充当起作品的中心角色或决定性人物，语言——唯有语言才是文学赖以存在的家园。因此，对当今汉语"流散文学"中具有先锋前沿性和国际影响力的一批诗人予以考察，无疑是深具历史全局观和发展前瞻性的一项尝试。

此外,诗歌作为一种与文明休戚与共的精神探索,其兴衰走向与民族命运紧密相连。特别是在全球化浪潮的冲击下,娱乐的泡沫引领着文化消费市场,汉语面临着分崩离析的危险,唯有重建诗歌的精神家园,修复古典诗意,重拾身份自信,最终留下薪火相传的文化创造力,才是一个民族生生不息的立身之本。在此种意义上,"流散诗人"对传统中华文化的弘扬、对汉语文学现代性的推进、对"心灵的故乡"的重返为我们提供了一个可供借鉴的样本。

"流散研究"以及"流散文学"研究已经进入全球化时代文化研究的视野。从21世纪诺贝尔文学奖绝大多数获得者,如奈保尔、库切、耶利内克、略萨等的"流散"背景,不难看出"流散文学"世界范围的走俏,同时也相应地激发了学界对"流散研究"的热情。在华人学者当中,较早着眼于这一命题的当属周蕾(Rey Chow),其成名作《流散书写:当代文化研究的介入策略》①,尝试以流散特质重新解读香港文学的当代创作。现居新加坡的澳大利亚籍华裔学者王赓武(Wang Gungwu)和美籍土耳其裔学者阿里夫·德里克(Arif Dirlik)也是这方面的代表性学者。前者着重考察的是华人的跨文化移民及其后果,后者则讨论包括华裔在内的整个亚裔社群在美国的多元文化社会中的身份认同问题。② 美国亚利桑那大学东亚研究系终身教授李点的专著《离散

---

① Rey Chow, *Writing Diaspora: Tactics of Intervention in Contemporary Cultural Studies*, Bloomington: Indiana University Press, 1993.

② 参见 Wang Gungwu, *China and the Chinese Overseas*, Time Acadamic Press, 1991; Wang Ling-chi and Wang Gungwu eds., *The Chinese Diaspora*, 2 volumes, Eastern Universities Press, 2003; 阿里夫·德里克:《跨国资本时代的后殖民批评》,王宁等译,北京:北京大学出版社,2004 年。

与归宿:现代中国文学的想象空间》①近年也在中国出版发行。

　　1999 年,澳大利亚国立大学成立了"中国南方流散者研究中心"(Chinese Southern Diaspora Centre),以中国"流散者"为对象进行专门的考察。这是西方第一所类似的研究中心,标志着华人"流散"正式跃升为全球"流散"的一个支脉,在最早的犹太族裔和晚近的非洲族裔之外,拓展了"流散研究"的新版图。2007 年 12 月,由哈佛大学和耶鲁大学联合举办的"全球化的中国现代文学:华语语系与流散写作"(Globalizing Modern Chinese Litrature:Sinophone and Diasporic Writings)学术研讨会,更是将"流散"现象以及华语语系的话语建构作为讨论的主题。

　　20 世纪 90 年代,"流散"作为术语开始被引入中国大陆学界。据清华大学教授王宁回忆,他最早接触这一术语和课题研究是在 1994 年 8 月于加拿大爱德蒙顿举办的国际比较文学协会第 14 届年会上。而在海峡对岸,"流散"所蕴含的丰富内涵早在 90 年代初期就已对文学批评、文化研究、社会学及文化传媒等领域产生辐射,经常与文化属性、身份认同、族裔等概念相关联,同时派生出"流散美学"(Diaspora Aesthetic)、"流散经验"(Diaspora Experience)等相关术语。

　　近年来,"流散文学"与"流散写作"的概念频繁出现在学界的研究论坛和学术刊物上,备受关注。例如 2004 年秋在威海举办的第 13 届世界华文文学国际研讨会上,除了由赵毅衡和张错宣讲的两篇"流散"论文之外,还有黎湘萍主持的"流散文学"圆

---

① 李点:《离散与归宿:现代中国文学的想象空间》,成都:四川大学出版社,2014 年。

桌会议,引发与会者极大的兴趣;2005 年 8 月在深圳举办的中国比较文学学会第 8 届年会暨国际学术研讨会上,有近 30 篇论文涉及"流散文学"问题;2011 年在上海复旦大学举办的中国比较文学学会暨国际学术研讨会,也是以"流散文学与海外华人文学"为分组议题,足见学界对"流散"论题的重视。究其原因,不外乎有二:其一,"流散研究"属于当今世界人文社科领域的前沿话题,中国学者有志于发出自己独特的声音;其二,中国的经济腾飞提升了民族的整体自信,"流散文学"研究也随之成为中国软实力向全球展示的通道之一。

作为一项新兴的人文课题,"流散研究"在很大程度上改变了过去中国文学研究的封闭观念和单一视角,将跨文化、跨学科、跨语际的研究理念投射到中国,且逐渐从边缘状态向中心地带移动。以海外华人华文文学为中介领域,将其间产生的新思维新成果"反哺"中国文学研究,乃至当今世界整体文学研究。例如王宁强调"流散写作"的媒介作用,"推进中华文化和文学的国际化乃至全球化进程,使得中华文化也像欧洲文化和美国文化一样变得越来越具有全球性特征"①;钱超英聚焦"身份焦虑"这一核心问题,主张"流散"问题与身份研究应"至少涉及三个维度的理解:历史的维度,社群结构的维度,以及审美的维度"②;刘洪一则从流散问题的本源出发,力图考辨"流散现象"和"流散文学"的内在机理,探究"流散文学"与比较文学的内在联结。③

---

① 参见王宁:《流散写作与中华文化的全球性特征》,《中国比较文学》2004 年第 4 期。

② 参见钱超英:《流散文学与身份研究——兼论海外华人华文文学阐释空间的拓展》,《中国比较文学》2006 年第 2 期。

③ 参见刘洪一:《流散文学与比较文学:机理及联结》,《中国比较文学》2006 年第 2 期。

与此同时，必须指出，由于"流散文学"本身汇聚了通常意义上的民族性与世界性的重叠，对既有的学科成规提出了尖锐的挑战。一方面，它生成于异质文化土壤，蕴含了多元文化因子，在基本的精神理念上，适用于比较文学的研究方法；但另一方面，它又是单一的文学事实，可以视作传统的本体文学在异质文学中的一种流变，亦可划归特定的民族文学研究。因此，"流散文学"的理论架构和内在机理仍然有待进一步的建构及梳理。亟须改善的学界现状主要有以下两个方面：

第一，海外与中国的学者各自表述、画地为牢。按照既往的世界华文文学史的书写模式，"流散文学"基本指涉以中国为中心所辐射而出的文学，相对于原汁原味的正统中国文学，中央与边缘、嫡传与庶出的对比，成为不言自明的隐喻。这种理所当然的单一中心论遮蔽了交错叠合的文学演变的真实情境，受到部分海外学者的质疑，并有了"华语语系文学"（Sinophone Literature）的提法。但激进的"反抗"姿态和"去中心化"努力又自我设限，割裂了现代汉语文学的根性联系和现实关联。总而言之，尽管有着研究旨归、价值立场和理论方法的不同，二者之间依然应该相互借鉴和启发，寻求良好的互动关系，从而形成一种现代文学批评的"整体观"。

第二，目前的研究成果尚存在着一定的局限性。具体表现在：其一，集中于对个案的静态分析和诠释，缺乏对流派或群体的动态追踪及对历史流变的系统探讨；其二，未能将"流散研究"置于20世纪中国文学批评总体格局及中西跨文化语境中作比较关照；其三，总体上呈现出重理论、轻材料、缺乏文本细读等倾向，而且诠释空间偏窄：相较于地理意义上的迁徙，"流散"的性质更取决于形而上的精神层面的越界，而后者往往为人所忽略。

　　鉴于目前学界的相关研究现状，本书主要以充分翔实的原生史料为立论基础，通过细致的文本分析和个案研究，以此来回应和推进国际学界的热点课题。第一章是背景性论述：首先是界定"世界文学"的概念和内涵，揭示其中隐含着的结构性矛盾，再将目光投向中国，以诺贝尔文学奖的评选为例分析中国的境遇，回溯西学东渐的时代背景下，白话新诗从诞生到发展的曲折过程，从而回到"新诗潮"崛起的历史原点。而先锋诗人之所以得以异军突起，在很大程度上得益于封闭社会中的一种隐秘的开放，用新兴术语来讲，亦可称之为"语言流散"——受"世界诗歌"的精神启迪而找到一种迥异于主流文坛的表达方式。直至80年代，海外移民大潮开启以来，"流散"才真正得以拓展和延续。与此相应的是文化身份的认同及"心灵的故乡"的追寻，成为这一阶段的文学主题。

　　本书有六章为个案分析：通过追踪北岛、多多、张枣、犁青、木心、梁秉钧六位汉语"流散诗人"各具特色且又不乏共性的"流散写作"，将"流散"与语言的关系植入一个较为宏阔的世界性的现代诗歌的形成背景中进行系统分析，将"流散"汉语新诗置于20世纪中国文学批评总体格局及中西跨文化语境中作比较关照，并对中国性的汉语传统诗美如何在全球化大潮中创造性地延续自身给出一种可能的前景展示。

　　正如木心所指出的："世界是整个儿的，历史是一连串的，文学所触及的就是整个儿的世界和一连串的历史。有点，有线，然而如果是孤独的点，断掉的线，经不起风吹雨打。故意触及，是个人性的，必然触及，是世界性的；表面触及，是暂时性的，底层触及,是历史性的。"①本书的目的就是在于通过一定数量的样本采集,找出汉语新诗"流散写作"的世界性与历史性所在。技术上则采用历史的宏观论述和个体的微观分析相结合的方式,以小见大,层层推进,打通国内的文学史研究和海外的华文文学研究。具体的研究方法如下:

第一,比较文学的研究方法。将流散汉语新诗放置在"世界诗歌"的背景中予以比较细读,勾画跨文化的精神谱系的脉络。此外还须结合后殖民理论,例如后殖民理论的代表性人物之一霍里·巴巴主张作家站在一种"离家"的立场上。"所谓'离家'(unhomed)不同于'无家可归',也不同于反对家的概念,而是不以某种特定文化为归宿,而处于文化的边缘和疏离状态。昔日歌德提出世界文学的概念,但那仍然是欧洲中心主义的,只有今天'离家'作家才能创造出真正的后殖民文学。"②

第二,文本细读的研究方法。新诗——尤其是向着艺术"纯粹性"趋近的新诗,因其表意的独特而深具现代文学的复杂性。哈罗德·布鲁姆曾说,现代诗主要有三种不同的难度:持续有力的用典,需要读者具有很高的文化水平;认知的原创性,需要智识上的敏捷;神话的建构,初看起来晦涩,但内在的连贯性会让读者逐渐了解。解读诗歌还可以参考英美新批评派的文学本体论的研究方法,如"反讽批评""张力诗学""语境批评""复义理论"等。

最后需要交代的一点是,本书的最后一章为探讨流散汉语诗画之语图关系的跨界艺术研究。之所以选择木心和严力作为

---

① 木心:《海峡传声答台湾〈联合文学〉编者问》,见木心:《鱼丽之宴》,桂林:广西师范大学出版社,2013年,第36页。

② 赵稀方:《后殖民理论》,北京:北京大学出版社,2009年,第117-118页。

例证,是因为二者既风格迥异,又具时代共性,并且诗画双修越来越在流散汉语诗人群中成为普遍趋势。只是鉴于时间所限,力有不逮,还有更多的样本分析未能真正展开,深引为憾,希望能在未来继续深入进行。

第一章　"世界文学"与汉语新诗

　　"世界文学"（Weltliteratur）是歌德（Johann Wolfgang von Goethe）于 1827 年通过若干文章、信件和谈话首创的一个文学概念。作为一名广泛意义上的人文主义者，歌德认为"世界文学"的使命是通过倡导相互理解、欣赏和容忍来促进人类文明的进步。"这并不意味着各民族归于同一，而是说他们应意识到各自的存在，即使互无好感，也应容忍对方。"①为了这一目的，歌德设想了一个由作家和学者组成的国际社区，团结在"社区行动"的口号之下以追求建立在"基本人性"共识之上的"普遍性的容忍"。② 德国学者弗瑞茨·施特里希（Fritz Strich）在其 1946 年出版的专著《歌德与世界文学》中指出，歌德确信正是民族差异促进了国际合作，并称"使个人和群体保留其特征是达到普遍性容忍的必然途径"，但歌德对差异的关注却显示了一种反乌托邦的欧洲中心主义（Eurocentrism）倾向，"世界文学"的发生地点在此成了核心问题：

---

① 　Fritz Strich, *Goethe und die Weltliteratur*, Bern: Francke Verlag, 1946, s. 13.
② 　Fritz Strich, *Goethe und die Weltliteratur*, Bern: Francke Verlag, 1946, s. 13.

在歌德对世界文学概念的思考里，有两个段落表明他对这一问题的关注。第一段作了如下的界定："如果我们斗胆宣称欧洲乃至世界文学的存在。"第二段简明扼要地说："欧洲文学即世界文学。"……我们可以这样解释歌德的矛盾：在他看来，世界文学的起点是欧洲文学，而且已包含在欧洲自我实现的过程之中。产生于欧洲多种文学和欧洲人民相互之间的交流与影响的欧洲文学是世界文学的开端，以此为中心而发展形成的系统将最终囊括全世界。[①]

歌德本人就是"世界文学"的伟大实践者。他在自传里说，大约十二岁时他就已开始练习用七种语言写小说——德语、法语、意大利语、英语、拉丁语、希腊语和当地德国犹太人的方言。他能驾驭的文学体裁也很广泛：诗歌、小说、戏剧甚至小歌剧和史诗剧无所不精。他的作品涉及的历史跨度同样令人吃惊：古典文学（希腊和罗马文学）、埃及神话、《圣经》、中世纪诗歌、莎士比亚著作、法国古典主义和西班牙黄金时代的作品，以及18世纪和19世纪早期英、法、德等国的所有欧洲小说、戏剧和歌剧形式。歌德还通过东方主义学者约瑟夫·哈默（Joseph von Hammer）的翻译开掘13世纪波斯诗人哈菲茨（Hafiz）的"宝藏"，并尝试用他的风格写诗。1781年，歌德在读到一篇法国人写的中国游记之后开始对儒学感兴趣。1796年，他读到第一本中国小说《好逑传》；1817年，他读到英译本的戏剧《老生儿》；1827年，他读了英译本小说《花笺记》及其附录《百美新咏》；同年还读了法译本的中国故事选集和另一本小说《玉娇梨》。歌德创

---

① Fritz Strich, *Goethe und die Weltliteratur*, Bern: Francke Verlag, 1946, s. 16.

作的《中德四季晨昏杂咏》是他后期最好的抒情诗。① 施特里希认为,歌德"对东方的迷恋"是为了学习"东方人有关普遍性和统一性的体验",以达到对"东方式泯灭自我欲望"的真解,从而"复兴他那欧洲人的自我"。②

歌德对于"世界文学"的设想存在着互为悖反的两极:一方面,差异性与多样性是民族之间互换文化珍品的世界文学市场存在的基础,而翻译将充当这一流通过程的中介:"每个翻译都是一个中间人。他应刻意提倡全球性精神交换,并以推动这项一般性贸易为己任。"③法国文学理论家、拉美文学及德国哲学的翻译家安托瓦纳·贝尔曼(Antoine Berman)认为,歌德试图确立"德国语言文化为世界文学的特别媒介",或照歌德原话,"为各民族奉献其商品的市场"④;另一方面,"广袤的世界,尽管其广阔,也只是祖国的延伸。……它所给予我们的,不会超过祖国所赋予我们的"⑤。时空差异并不妨碍人类基本情感和伦理道德的相通,民族文化的独特性也不意味着抵制超民族文化价值观念的认同。普遍意义的"世界文学"是"从异质成分融合发展而来的"⑥,正如德国文学自身的发展历史。简而言之,"世界文学"是

---

① 参见[美]简·布朗:《歌德与"世界文学"》,《学术月刊》2007年第6期。

② Fritz Strich, *Goethe und die Weltliteratur*, Bern: Francke Verlag, 1946, s. 143 −149.

③ Antoine Berman, *The Experience of the Foreign: Culture and Translation in Romantic Germany*, Albany: State University of New York Press, 1992, p. 57.

④ Antoine Berman, *The Experience of the Foreign: Culture and Translation in Romantic Germany*. Albany: State University of New York Press, 1992, p. 56.

⑤ [德]约翰·沃尔夫冈·冯·歌德:《歌德论世界文学》,查明建译,《中国比较文学》2010年第2期。

⑥ [德]约翰·沃尔夫冈·冯·歌德:《歌德论世界文学》,查明建译,《中国比较文学》2010年第2期。

普遍人性的反映，也是人类交流的结果。

第一节 "世界文学"的同与异

继歌德之后，围绕着"世界文学"的同构或异质，世界各国的作家及学者也从未停止过讨论。例如 1848 年，马克思、恩格斯在《共产党宣言》中呼应了歌德的"世界文学"观念，认为随着资本输出和全球市场的开拓，各民族文学也将呈现一种走向普遍联合的必然趋势。[①] 印度诗人泰戈尔在其发表于 1907 年的《世界文学》一文中，将"世界文学"喻为一座"由建筑大师——具有世界意识的作家——领导下建造的"神殿，不同民族、不同时代的作家都在其指挥下劳作。"没有人能设计出整座建筑的蓝图，但有瑕疵的部分不断被拆除，每位建设者都发挥其才能并将其创作融入整体设计，竭力符合那张无形蓝图的设计要求。这就是他的艺术探索所创造的东西，这也就是无人给他支付普通工匠的薪酬但却授予他建筑大师的原因。"[②]大约十五年后，作为中国最早系统阐述"世界文学"的学者之一，郑振铎也表达了类似的看法：文学是"人类全体的精神与情绪的反映"[③]，虽有地域、民族、时代、派别的差异，但基于普遍的人性，文学具有了世界统一性，这便是"世界文学"。郑振铎的"世界大同主义"在很大程度

---

① 参见[德]马克思、恩格斯《共产党宣言》，见《马克思恩格斯选集·第 1 卷》，北京：人民出版社，1995 年，第 276 页。

② [印]泰戈尔：《世界文学》，王国礼译，见[美]大卫·达姆罗什、刘洪涛、尹星主编：《世界文学理论读本》，北京：北京大学出版社，2013 年，第 62 页。

③ 郑振铎：《文学的统一观》，见《郑振铎全集·第 15 卷》，石家庄：花山文艺出版社，1998 年，第 142 页。

上代表了五四一代中国知识分子的理想。与之相应的是,1917年以来的白话文学的全面推广不仅是一项语言革命,更是一种将书面汉语纳入世界流通体系的努力,进而使之成为一个在语言功能上与西方话语同构的开放性系统。

到了 20 世纪下半叶,歌德的世界文学梦想已经几近成为现实。1960 年,《现代诗博物馆》编者、德国诗人恩岑斯贝格尔(Hans Magnus Enzensberger)注意到,从 1910 年至 1945 年的35 年间,"诗的国境线日渐消弭,'世界文学'的概念前所未有地光芒四射,而在此之前的任何一个时期,这都是无法想象的事情"[①]。究其根本,地域迁徙和"流散写作"(Diasporic Writing)日益普遍,通信技术推陈出新,不同国家的文化基因彼此"杂合"(Hybridity),一国文化不再被看作是其固有的本源。

《现代诗博物馆》集结了世界 20 多个国家 96 位诗人共计351 首作品,首版发行并非什么惊天动地的大事件,但随着时间的推移,其地位和价值如同现代诗歌史上最丰厚的馈赠一般趋于恒定。在恩岑斯贝格尔看来,该选集更像是一本激励德国作家创作的写作指南——旨在二战之后的文学废墟上重建辉煌。

除却诗集本身在德语文学圈内至今无人超越的影响力,恩岑斯贝格尔还敏锐地意识到"世界文学"的时代已经悄然来临。1910 年左右发生的一连串诗歌爆炸性事件撼动了欧美文坛。如:1908 年庞德发表了第一部诗集,一年以后威廉·卡洛斯·威廉斯(William Carlos Williams)也自费印行了他的首本诗集;同年,法国诗人圣-琼·佩斯的《克罗采画图》(*Image à Crusoé*)问世,意大利诗人马里内蒂(Filippo Tommaso Marinetti)在法国

---

① Hans Magnus Enzenberger, "Vorwort", *Museum der modernen Poesie*, Frankfurt a. Main: Suhrkamp, 1960, s. 6.

《费加罗报》发表《未来主义宣言》。1910 年德国《狂飙》（*Der Sturm*）杂志刊发了表现主义宣言和其他理论著述。俄罗斯诗人赫列勃尼科夫（V. Chlebnikow）、埃及亚历山大港的卡瓦菲斯（C. P. Cavafis）也相继印发诗集。1912 年接踵而至的还有阿波利奈尔（Guillaume Apollinaire）、戈特弗里德·贝恩（Gottfried Benn）、马克斯·贾克伯（Max Jacob）等人的作品；一年后又迎来了翁加雷蒂（Giuseppe Ungaretti）、帕斯捷尔纳克（Boris Pasternak）……诗的苍穹突然布满了璀璨的繁星，这无疑表明："现代诗不再只是关乎个别作家作品，也不再只是时间之河里偶然漂来的悬浮物，而是已然成为一种时代的气象。与此同时，这些在西方世界里此起彼伏、乍看起来似乎是零散而自发的出版著作很快就有了国际性的互文关系。"①

恩岑斯贝格尔因之而在诗集前言中提出了所谓"现代诗世界语"（Weltsprache der modernen Poesie）的构想：

> 现代诗的进程导致——正如这部选集的文本所呈现的那样，通过不同国家的反复对比——一言以蔽之：一种诗的世界语的形成。这一结论并不意味着，世界语的表达会造成丰富性的减损。本书所证实的国际语言的伟大之处恰恰在于：并不排斥创奇出新，更多意义上是将创奇出新从民族文学的禁锢之中解放出来。②

不过，恩岑斯贝格尔也承认，"现代诗世界语"无意间被盖上

---

① Hans Magnus Enzenberger，"Vorwort"，*Museum der modernen Poesie*，Frankfurt a. Main：Suhrkamp，1960，s. 5.
② Hans Magnus Enzenberger，"Vorwort"，*Museum der modernen Poesie*，Frankfurt a. Main：Suhrkamp，1960，s. 6.

了"西方中心主义"的印戳,因为现代诗的发展进程基本与工业文明同步,而那些以农耕文化为主的"前现代"国家要到 1945 年以后才始现"世界诗歌"端倪,这也正是亚洲、非洲的大部分国家未能入选《现代诗博物馆》的主要原因所在。

"世界文学"空间内部的不平衡性也由此可见一斑。最早进入跨国市场竞争的欧洲国家积累了大量的文化资本,成为"世界文学"的中心区域;亚洲、非洲等边缘地带扮演的是"他者"的角色,主要提供"异国情调"的审美原料。例如自 1915 年庞德发表《中国》(Cathay)以来,20 世纪的英美现代诗就与中国古典诗有了千丝万缕的联系。庞德的《中国》其实源于中国古诗的日语版本,而这些资料是由汉学家芬诺罗萨(Ernest Fenollosa)①整理完成的。据美国作家、翻译家艾略特·温伯格(Eliot Weinberger)介绍,《中国》曾于一战期间在士兵中广为流传——因其主题多是远行、与爱人别离。除了唐诗,《中国》还包含一部分盎格鲁-撒克逊的翻译,从时间上来讲几乎与唐朝同处一个时代——公元 800 年左右。"庞德想要证明,当中国诗歌发展到全盛时期,英语诗歌才刚刚起步,这是它的根。"②

继庞德之后,英国汉学家亚瑟·威利(Arthur Waley)也译过很多中国诗,以及《诗经》《论语》《道德经》,也写过关于禅与画的有趣的文章,做过道教、儒教和佛教的引介,使得中国文化进

---

① 芬诺罗萨(Ernest Fenollosa,1853—1908):美国汉学家、诗歌理论家,曾在日本工作二十多年,潜心研究日本和中国文化。1913 年,他的遗孀把他的一些研究资料送给庞德,包括十六本笔记和尚未发表的一篇论文。

② 北岛:《越界三人行——与施耐德、温伯格对话》,见《古老的敌意》,香港:牛津大学出版社,2012 年,第 129 页。本文原发表于 2009 年《今天》冬季号"香港国际诗歌之夜"专辑,原题《三人行》。录音整理:Cris Mattison;董帅译自英文。

入西方普通读者视野。此外还有王红公(Kenneth Rexroth)①，他对中国古典文学的翻译在 20 世纪 50 年代很畅销，卖过约 10 万册。

除了中国古诗，庞德从芬诺罗萨那里继承来的文学遗产还有日本能剧②、俳句，庞德的《诗章》(Cantos)就有一部分取材于能剧。在越界采撷东方文化因子的同时，早期现代主义者也从古希腊那里找寻传统。"现代美国诗歌的源起就像是希腊遇见中国"③，其最显著的特征是国际性，异质因子之间的碰撞和交流是异常活跃的，并在此过程中产生了文学形式的革新。

然而，吊诡之处在于，当现代诗的浪潮波及中国，告别文言走向白话的汉语新诗却深陷身份危机，所开启的现代更新的进程更是屡遭数典忘祖的质疑。其中最著名的例子当属 1990 年 11 月，美国汉学界古典诗权威、哈佛大学教授宇文所安发表的一篇题为《全球性影响的焦虑：什么是世界诗歌？》的书评，虽然指明是为北岛英译诗集 The August Sleepwalker（《八月的梦游者》）所作，但针对的绝不仅仅是北岛个人，而是中国现代诗歌的整体命运："正如在所有单向的跨文化交流的情景中都会出现的那样，接受影响的文化总是处于次等地位，仿佛总是'落在时代的后边'。西方小说被成功地吸收、改造，可是亚洲的新诗总是

---

① 王红公(Kenneth Rexroth，1905—1982)：美国诗人、翻译家。翻译出版过《汉诗一百首》《续汉诗一百首》《中国女诗人诗选》和《李清照诗全集》。
② 能剧：日本最早的剧种，产生于 12 世纪末宫廷、寺院的演艺大会和农村的艺能表演，14 世纪初出现许多演"能"的剧团。古典"艺能"实行世代相传的"宗家制度"，他们保持各自流派的艺风。"能"的流派是 17 世纪以后形成的，共有观世流、宝生流、金春流、金刚流、喜多流五个流派。
③ 北岛：《越界三人行——与施耐德、温伯格对话》，见《古老的敌意》，香港：牛津大学出版社，2012 年，第 135 页。

给人单薄、空落的印象,特别是和它们辉煌的传统诗歌比较而言。"①此番言论引发海外直至国内诗坛围绕新诗民族性与世界性的纠结展开了一场旷日持久的大辩论。② 在这场国际争论中,不少汉语诗人和诗歌学者做出了相当愤怒的回应,其中比较有代表性的是奚密的《差异的忧虑——一个回想》。文章指出:宇文所安将"中国"与"世界"对立,"民族诗歌"与"国际诗歌"对立,这种中西二分法过于简单僵硬,以至于忽略了文学影响的复杂进程。③

另一种批评的声音来自跨境文学的研究者,例如周蕾 1993年出版的论文集《流散写作——当代文化研究的介入策略》④,在这本书的"前言"里,周蕾没有从否认地域差异的角度来批驳宇文所安,而是对他在颂扬中国传统遗产的同时所表现出的对中国当代文化的鄙视,以及从中流露出的一种在东亚研究领域里显然已经根深蒂固的东方主义倾向表示不安。

宇文所安的书评也从一个侧面反映了创新活跃的强势文化对创新颓靡的弱势文化所产生的覆盖性或吞噬性的作用。对于国际读者中的英美或者欧洲成员,宇文所安认为,阅读北岛的诗乃至整个的中国新诗,阅读的其实是从自己的诗歌遗产之译本所衍生出来的诗歌之译本。至于什么是"世界诗歌"? 他的理

---

① Stephen Owen,"The anxiety of global influence. What Is World Poetry?", *The New Republic* (November 19,1990). 中文译文参见[美]宇文所安著,洪越译、田晓菲校:《什么是世界诗歌?》,《新诗评论》2006 年第 1 辑。

② 参见亚思明:《全球性影响的焦虑还是传统与现代的对接?——关于汉语新诗的"去中国化"误读》,《文学评论》2015 年第 1 期。

③ 奚密:《差异的忧虑——一个回想》,《今天》1991 年第 1 期。

④ Rey Chow, *Writing Diaspora:Tactics of Intervention in Contemporary Cultural Studies*, Bloomington:Indiana University Press,1993.

解是：

> 世界诗歌是这样的诗：它们的作者可以是任何人，它们
> 能在翻译成另一种语言以后，还具有诗的形态。世界诗歌
> 的形成相应地要求我们对"地方性"重新定义。换句话说，
> 在"世界诗歌"的范畴中，诗人必须找到一种可以被接受的
> 方式代表自己的国家。和真正的国家诗歌不同，世界诗歌
> 讲究民族风味。诗人常常诉诸那些可以增强地方荣誉感、
> 也可以满足国际读者对"地方色彩"的渴求的名字、意象和
> 传统。与此同时，写作和阅读传统诗歌所必备的精深知识
> 不可能出现在世界诗歌里。一首诗的地方色彩成为文字的
> 国旗；正像一次旅行社精心安排的旅行，地方色彩让国际读
> 者快速、安全地体验到另一种文化。[①]

不难看出，宇文所安对"世界诗歌"的文学品质是持怀疑态
度的，正因如此，他认为整体意义上的汉语新诗比不上中国古典
诗，也比不上西方现代诗。这不是诗人自身的问题，而主要涉及
中国文学在"世界文学"中的地位问题。在这一情况下，中国只
是一个个案，世界很多国家都面临同样的处境。问题的关键在
于国家文化与国际文化之间的关系。宇文所安表示："新诗属于
国际文化，就像很多国际文化形式一样（譬如说奥林匹克运动会
就是一例），这是中国和其他国家平等交流的唯一方式。但是诗
歌和体育竞技的不同处在于，诗歌需要翻译。如果一个诗人想
获得诺贝尔奖，他的作品必须经过翻译，因此，翻译的可能性就

---

① ［美］宇文所安：《什么是世界诗歌?》，洪越译、田晓菲校，《新诗评论》2006 年第
1 辑。

成为新诗的一部分。"①

　　关于宇文所安所言的"全球性影响的焦虑",美国斯坦福大学比较文学教授弗朗哥·莫莱蒂(Franco Moretti)曾借用历史语言学的"波浪假设"来描述世界文化由不断吞噬差异性而达致同一性的发展规律,例如好莱坞电影征服了一个又一个市场(英语吞噬了一种又一种语言)。但世界文化运动还有另一个基本规律,那便是"树状发展":一棵树有很多分支,如同印欧语系分化成十几种不同语言,所呈现的又是由同一性到差异性的发展规律。莫莱蒂由此总结道:"世界文化在这两种机制间摇摆,其产物必然是合成的",这也正是民族文学与世界文学分化的基础,"民族文学是对那些看到树的人而言的;世界文学是对那些看到波浪的人而言的"。②

　　美国加州大学伯克利分校的中国研究专家安德鲁·F. 琼斯(Andrew F. Jones)则认为,宇文所安1990年的文章对有兴趣探讨"世界文学"与当代中国文学之关系的人们提出了一些富于挑衅性的新问题,这些问题事实上是由歌德思想体系派生而出的。确切地说,如果"世界文学"实为文化资本的国际交换,盈利或亏损便不可避免。什么样的作品才能在世界市场上流行?谁来建立并维护一套价值标准?世界市场究竟在哪里?有没有贸易不平衡的问题?剥削的问题?国家之间产品分工的问题?最

---

① 唐勇:《专访汉学家宇文所安:我想给美国总统讲唐诗》,《环球时报》2006年9月3日。

② [美]弗朗哥·莫莱蒂:《世界文学猜想》,尹星译,见[美]大卫·达姆罗什、刘洪涛、尹星主编:《世界文学理论读本》,北京:北京大学出版社,2013年,第134—135页。

后,文学生产与贸易的跨国经济是否假定了某种内在的依赖理论?①

这一连串的尖锐提问直指"世界文学"空间内部的不平等关系。欧美现代诗作为时代性的历史归化进程的终端产品,作为多样性的交叉文化生成的经典范例,已被包装进世界文学体系;而具有象形特点的中国汉字和丰富意象的古典诗词仅在全球产业链的低端发挥作用,汉语新诗则被视为一种"过时的西方模式衍生物",一辆"第二次发明的自行车"②,似乎总在世界文学的海洋里翻腾不起更耀眼的浪花。

第二节　作为"世界文学"指标的诺贝尔奖

时隔近 12 年之久,恰逢《现代语文文献学》为创刊 100 周年发表"世界文学"专题纪念号,宇文所安借机撰写《进与退:"世界诗歌"的问题和可能性》一文,深化了 1990 年书评里的论述。文章指出:"和全球的经济资本一样,文化也有资本,只是文化资本在全球的地理分布甚至还远远不如经济资本的分布那样平均。"③宇文所安以诺贝尔文学奖的评选为例,说明一个全球共同的价值体系有它的代价:"很多国家必须遵守不是他们自己制

---

① 参见［美］Andrew F. Jones:《"世界"文学交换中的中国文学》,李点译,《今天》1994 年第 3 期。

② 这是瑞典学者约然·格莱德尔的比喻。参见［瑞典］约然·格莱德尔:《什么样的自行车?》,陈迈平译,《今天》1990 年第 1 期。

③ ［美］宇文所安:《进与退:"世界诗歌"的问题和可能性》,洪越译、田晓菲校,《新诗评论》2006 年第 1 辑。原载《现代语文文献学:中世纪与现代文学研究集刊》(*Modern Philology*)2003 年 5 月号,芝加哥大学出版社,第 532—548 页。

定,而且在制定过程中没有发言权的游戏规则。"①

作为少数真正国际化的文学圣典之一,诺贝尔奖一向被视为命名和定义文学普遍性的独特实验场:"这个奖项被赋予的意义、所涉及的特殊外交、所激发的民族期待、所产生的巨大声望、甚至(最重要的?)每年对瑞典评审委员的批评、其公正性的缺失、其所谓的政治偏见、其审美错误——所有这些因素都密谋而使这个一年一度的经典化行为成为文学空间主角参与的全球性事件",在这个意义上,法国批评家卡萨诺瓦(Pascale Casanova)认为,"诺贝尔奖是世界文学空间存在的主要和客观指标"。②

但作为指标的诺贝尔奖同时也清晰呈现了世界文学全球格局的严重失衡状况。从首届颁奖的 1901 年到 2015 年,全世界共有 112 名作家荣膺桂冠,就洲际分布而言,其中 83 人出自欧洲——毋庸置疑的全球文化中心,法国更是凭着 15 位获奖者成为世界文学最大的受益国,③这正应验了歌德近两百年前的预言:"法国摒弃了狭隘和自高自大观念而取得的长足进步,真令人惊奇。……世界文学诸多因素间的相互关系,非常紧密而奇特。如果我说得不太错的话,法国人将会受益于这种关系,从而

---

① [美]宇文所安:《进与退:"世界诗歌"的问题和可能性》,洪越译、田晓菲校,《新诗评论》2006 年第 1 辑。

② [法]帕斯卡尔·卡萨诺瓦:《作为一个世界的文学》,尹星译,见[美]大卫·达姆罗什、刘洪涛、尹星主编:《世界文学理论读本》,北京:北京大学出版社,2013 年,第 109—110 页。

③ 原则上是以诺贝尔文学奖得主获奖时的实际国籍归属进行统计,双重国籍获奖者两国各按 1 人计算(2008 年获奖者勒·克莱齐奥拥有法国和毛里求斯双重国籍,2011 年获奖者略萨拥有秘鲁和西班牙双重国籍)。2012 年以前的统计数据参见朱安远:《诺贝尔文学奖获奖者概览》,《中国市场》2012 年第 44 期。

眼光会更加远大。"①

　　而对于汉语文学来说,1940 年出生于江西赣州的法籍华裔作家高行健 2000 年问鼎诺奖可谓实现了零的突破,其长篇代表作《灵山》在 1982 年夏天初稿于北京,1989 年 9 月完成于巴黎。宇文所安指出:"高行健的获奖再清楚不过地体现出了一个相当明显、然而我们以前不曾注意到的事实:这是一个欧洲的选择,不是中国的选择;或者像人们常说的,这是个'瑞典的奖项'。在中国,人们似乎开始意识到,所谓的世界文学或者世界诗歌都是在地方上形成的,是在欧洲或者美国,从一个根据自己的价值取向来做出判断、进行中介的文化中心。"②

　　虽然高行健的作品并不乏"中国性"(Chineseness),他本人也承认《灵山》浸润着"以老庄的自然观哲学、魏晋玄学和脱离了宗教形态的禅学"为代表的"纯粹的东方精神",以及长江流域包括羌、苗、彝等少数民族遗存文化在内的"民间文化"③,但作者更倾向于一种"超民族"的立场。他说自己"追求的是另一种中国文化,另一种小说的概念和形式,也是另一种现代中文的表达"④。欧洲现代主义作家(如普鲁斯特、乔伊斯和弗吉尼亚·伍尔夫)被他尊为创作灵感的来源,心理进程的"短路"趋向则被视为"中国现代文学的弱点"⑤。为了克服这种缺憾,《灵山》被构思成了"一种新鲜的文学,一种基于东方人民的认知和表达方法,

① 　[德]约翰·沃尔夫冈·冯·歌德:《歌德论世界文学》,查明建译,《中国比较文学》2010 年第 2 期。
② 　[美]宇文所安:《进与退:"世界诗歌"的问题和可能性》,洪越译、田晓菲校,《新诗评论》2006 年第 1 辑。
③ 　高行健:《没有主义》,香港:天地图书有限公司,2000 年,第 201 页。
④ 　高行健:《没有主义》,香港:天地图书有限公司,2000 年,第 114 页。
⑤ 　高行健:《没有主义》,香港:天地图书有限公司,2000 年,第 139 页。

但也沉浸于一个现代人的意识中的现时代文学"。[①] 换句话说，高行健所追求的创新方式正是具有"流散写作"的文化翻译、文化旅行、文化混合等特点，同时也与迄今 21 世纪诺贝尔文学奖的其他得主，如奈保尔、伊姆雷、库切、耶利内克、帕慕克、克莱齐奥、略萨等人一道，将来自不同文化的异质因子整合为一个生趣盎然的有机整体，从而完成从边缘到中心的位移。正因如此，瑞典文学院在对高行健颁奖时特别强调他作品的"普遍价值"："通过它的复调音，它对不同流派的融合以及写作的细致，《灵山》复活了德国浪漫主义关于世界诗歌的崇高概念。"[②]

与此同时，高行健对自己作品的成功"世界化"使得他的获奖并未解决长期困扰中国知识分子的"诺贝尔奖情结"。相形之下，土生土长的莫言 2012 年的荣膺更被视为中国文学的胜利。但琼斯警告说，葛浩文（Howard Goldblatt）英译莫言小说被接受的例子表明"歌德世界文学设想中内在的结构性矛盾直至今天还伴随我们"，譬如《红高粱家族》的故事发生在山东高密，"英译却把它的副题改为'一部关于中国的小说'。这一举动等于在预告此书推销和批评的战略"。[③] 诺贝尔奖委员会成员与一般意义上的国际读者一样，所接触的外国文学只能是优秀翻译家和学术经纪人介绍来的文学，"它们不能太有普遍性，也不能太异国

---

① 高行健：《没有主义》，香港：天地图书有限公司，2000 年，第 107 页。

② ［美］张英进：《世界与中国之间的文化翻译：有关诺贝尔奖得主高行健定位的问题》，崔潇月译，见［美］大卫·达姆罗什、刘洪涛、尹星主编：《世界文学理论读本》，北京：北京大学出版社，2013 年，第 256 页。

③ ［美］Andrew F. Jones：《"世界"文学交换中的中国文学》，李点译，《今天》1994 年第 3 期。

情调；它们必须处于让读者感到舒适的差异之边缘"。[①]

莫言小说正符合国际市场的这一需求。谭恩美（Amy Tan）和奥维尔·席尔（Orville Shell）在护封的短评（因他们的中国权威地位而入选）向读者保证莫言完全有资格进入世界文学之林，他的"高密东北乡"既与众不同又具有"普遍性"。与福克纳笔下的约克纳帕塔法县和马尔克斯笔下的马孔多小镇一样，莫言借助一种类似于法国新小说、美国后现代小说的实验形式，以及拉美魔幻现实主义的表现手法，向读者展示了一个荒诞、怪异，且又不乏叫座的性爱和暴力场景的文学世界。德国著名的文艺评论家伊利斯·拉迪施（Iris Radisch）也在《时代周报》上撰文断言："这是'世界文学'！中国诺贝尔文学奖得主莫言的小说是卓越而奇特的"，拉迪施继而写道："取材于中国民俗文化的写作内容据莫言推测很难受到西方文学爱好者尤其是高级知识分子的喜爱。但他错了。莫言百无禁忌的书写将我们带回那段被人遗忘了的，充满惊悚、魔力和无休无止的故事的生命。"[②]

这里依然体现了差异性与同一性二律背反的微妙共生。莫言蜚声国际最终和西方对中国的兴趣与想象相联系，过去 30 年间中国经济的腾飞也增强了中国文化的吸引力，许许多多的外在因素可以解释中国当代文学作品不断增长的声名。但德国汉学家顾彬批评说，莫言在 80 年代曾是一个先锋作家，可惜作为先锋作家却无法盈利。自从市场在中国完全占主导地位以来，

---

① ［美］宇文所安：《进与退："世界诗歌"的问题和可能性》，洪越译、田晓菲校，《新诗评论》2006 年第 1 辑。

② Iris Radisch, "Es ist Weltliteratur! Die Romane des chinesischen Literaturnobelpreistraegers Mo Yan sind grossartig und befremdend.", *Die Zeit* (18. 10. 2012 Nr. 43).

人们想的就是,什么可以在中国卖得好,在西方卖得好。随后人们意识到,受众喜欢的是传奇,希望眼前就像在放一部电影,而不是集中描写一个中国人的心理。"也就是说,回到那种叙述者无所不知的叙述手法,不是以一个人为中心,而是以数百人为中心,翻来覆去讲男人女人、离奇故事、性与犯罪这些话题,就能够成功。现在,不仅是中国市场,连美国和德国的市场也被这样的小说家左右。他们相应也就代表了中国文学。但其实也有完全不同的、好得多的中国文学。"①顾彬认为,诺奖委员会把文学奖授予莫言也许是某种"政治正确"起了作用,"他们想,这一次应该是一个'真正'的中国人才行,而不是说优秀得多,具有更多更多代表性的北岛,他现在拿的是美国护照"②。

事实上,无论瑞典学院最后投票给谁,获奖者都不能等同于全球最杰出作家,因为文学评奖不是体育竞技,并不存在国际统一的客观公正的评价标准,诺奖委员会也不应被视为"世界文学"的最高裁判法庭,甚至就连寻找"世界诗歌"或"世界文学"的行为动机在宇文所安看来都是可疑的。他解释说:"世界文学这一概念的存在本身,就依赖于国家文学机构继续它们原有的权力,给作品划分等级,决定一个国家的代表作品",而海外汉学家在国家的诗歌评价系统中扮演着"经纪人"的角色。为了让这一角色名副其实,宇文所安承认中国近年来出现了真正值得引起国际关注的诗人,"例如北岛,还有于坚——后者对于世界诗歌

---

① 冯海音(Matthias von Hein)采访顾彬,乐然译:《德国汉学家顾彬:莫言讲的是荒诞离奇的故事》,德国之声中文网 2012 年 10 月 12 日,参见新浪网(http://book. sina. com. cn/cul/c/2012-10-12/1111345045. shtml)。

② 冯海音(Matthias von Hein)采访顾彬,乐然译:《德国汉学家顾彬:莫言讲的是荒诞离奇的故事》,德国之声中文网 2012 年 10 月 12 日,参见新浪网(http://book. sina. com. cn/cul/c/2012-10-12/1111345045. shtml)。

和国家文学体制的拒绝,具有反讽意味地增加了他的声名"。①

"世界文学"产生于国家文学的竞技?对此,恩岑斯贝格尔显然有不同的理解。他在其主编的《现代诗博物馆》里表明,无关乎国家之间的竞争,"世界诗歌"的兴起在很大程度上源于"流散作家"(Diasporic Writers)的"杂交"②写作。更确切地说,交流的加速使得 20 世纪诗人之间的潜移默化和相互渗透渐成风尚。此外,纽约文学界大多是来自东欧和中欧的移民,不同国家的文化因子混杂、交融,生成新型的文本。例如出生于罗马的阿波利奈尔从小跟随母亲在法国南部生活,其母生于赫尔辛基,是波兰和俄罗斯裔的混血;其父是意大利西西里人。阿波利奈尔始终坚持用法语写作。希腊诗人卡瓦菲斯生于土耳其、长于英国,而他一生的大部分时间都在埃及度过。在《现代诗博物馆》里,现代诗不是以国家为单位参展,也没有自己独立的"展馆"。恩岑斯贝格尔表示,"世界诗歌"的作者并不像奥林匹克运动会的获胜选手那样要在身上披挂国旗,"喜欢归类的人总是试着往诗人身上生搬硬套国家形象,但这恐怕是一件费力不讨好的事情"③。

另一方面,与宇文所安的意见相异,恩岑斯贝格尔强调,"世界诗歌"不是商品,无需迎合读者兴趣。"现代诗从一开始就是

---

① [美]宇文所安:《进与退:"世界诗歌"的问题和可能性》,洪越译、田晓菲校,《新诗评论》2006 年第 1 辑。

② "杂交"(Hybridity)是后殖民主义理论家霍米·巴巴建构的一个理论术语,指的是在话语实践上你中有我、我中有你的状态,它与泾渭分明的本质主义者和极端论者的二元对立模式相区隔。参见赵稀方:《后殖民理论》,北京:北京大学出版社,2009 年,第 108—109 页。

③ Hans Magnus Enzenberger. "Vorwort", *Museum der modernen Poesie*. Frankfurt a. Main: Suhrkamp, 1960. p. 7.

与市场经济规律背道而驰的,甚至毋宁说是彻头彻尾的反商品。"①反商品就是反操纵,这也正是诗的社会意义所在。特别是当大众文化、阅读口味以及娱乐方式无不受控于全球化时代资本运作之手,诗歌扮演的是一种批判与反抗的角色。这是一项孤绝而隐秘的事业,绝不等同于国际餐饮或跨国旅游。

与此同时,恩岑斯贝格尔关于"现代诗世界语"的说法也暗示出国家文学结构相通的可能性。恰如切斯瓦夫·米沃什(Czesław Miłosz,1911—2004)所言:"被文学艺术史家纳入考虑的其中一个最奇怪的规律,是那种同时把生活在彼此远离的国家中的人们联结起来的契合性。我甚至倾向于相信,时间本身的神秘实质决定了甚至那些互不沟通的文明之间在某个特定历史时刻的相似性。"②

2010年秋,即《现代诗博物馆》诞生半个世纪之后,德国哥廷根大学以"诗的世界语"为主题召开了首届比较文学博士论坛,讨论1960年以后国际诗歌的最新发展动向。在此次会议上,李双志以北岛、海子及张枣的诗歌创作为例,阐述他们如何参照荷尔德林、兰波和策兰的诗艺及美学思想,在中国新诗的语言及形式探索方面取得了新的突破。李双志认为:"对于全球性的人文主义的想象有助于构建一个跨文化、跨语际的诗的世界。"③

---

① Hans Magnus Enzenberger. "Vorwort", *Museum der modernen Poesie*. Frankfurt a. Main: Suhrkamp, 1960. p. 9.

② [波兰]切斯瓦夫·米沃什:《诗的见证》,黄灿然译,桂林:广西师范大学出版社,2011年,第13页。

③ Anna Fenner, Claudia Hillebrandt und Stefanie Preuß., Eine, Weltsprache der Poesie '? Transnationale Austauschprozesse in der Lyrik seit 1960, *Literaturkritik* (Juni 2011).

第三节　关于汉语新诗的"去中国化"误读

鉴于"世界文学"思想体系中所潜藏的同构性与异质性的矛盾，也鉴于白话新诗诞生于对西方诗歌的仿拟和译介之间的事实，"世界诗歌"于国际上空冉冉升起的同时，也令汉语新诗陷入了一种身份尴尬：它可能最多只是一种迟到的、中文版的西方后现代诗歌的复制品，它缺乏美学创新，缺乏汉语诗意，特别是到了全球化呼声甚嚣尘上的当下，更是屡遭"去中国化"的责难。

不仅仅是北岛，说起中国当代先锋诗人，评论界往往会强调他们对西方现代主义的技巧的借鉴，却忽略了诗歌是一种传承的艺术，只要仍用汉字，所有的"基因密码"都在其中，这就是中国新诗与传统诗学的最基本的纵向关联。语言自身有其内在生成逻辑，并不为任何先贤设计师们的意图所左右。白话文至少从形式上继承了文言文的象形方块字，这就给传统文化的潜隐延续预留下了火种。正如韩少功在《马桥词典》的后记中所说："词是有生命的东西。它们密密繁殖，频频蜕变，聚散无常，沉浮不定，有迁移和婚合，有疾病和遗传，有性格和情感，有兴旺有衰竭还有死亡。它们在特定的事实情境里度过或长或短的生命。"①

一个很少被人提及的事实是，1970 年之前北岛与几个圈中好友都在写离愁赠别的旧体诗，只是由于格律的束缚，表达的东

---

① 韩少功:《后记》,《马桥词典》,北京:人民文学出版社,2008 年,第 358 页。

西有限,没有进一步地发展下去,直至被郭路生(食指)诗中的迷茫打动,才萌发了写新诗的念头。[①] 多多也表示,早在 1968 年,就写过三十几首古诗词;再早一点,还曾看过袁枚的《随园诗话》、王国维的《人间词话》,以及李白、杜甫的诗。多多说:"我个人非常喜欢辛弃疾的诗词,我喜欢他的豪情。还有姜夔,我从他那里学到了意象。这种古典文化,说修养也好,说营养也好,总之都是前期准备。对诗人来说,许多前期准备都是不自觉的,那会儿看这些压根就没想到自己以后会写诗。但是这种影响是致命的,因为汉语的精髓就在这里。汉语最精妙、最具尊严的部分都在这里。"[②]杨炼则认为,中文的最大魅力在于字,而非词。虽然现代汉语发生了很大的变化,但当诗人自觉地思考语言的表达,总是不停地返回字的美感及其独特的表现力。他举例说,70年代所谓的"朦胧诗人"开始写作的时候,彼此互不相识,却不约而同地在做同一件事,就是删掉那些空洞的政治大词,因为这些词不能被触摸:它们一没有感觉,二没有思想:

> 多年以后,我把这个动作叫做我们的第一个小小的诗论。它的发生,完全是潜意识的,是语言秘密给诗人提出了要求。在精密搜索诗意感受的时候,一个对语言负责任的诗人不能用连自己也不知在说什么的词汇。所以朦胧诗恰恰朦胧在离开那种口号式的语言之后,返回到比较朴素的中文——石头、月亮、水、河、花朵、阳光、绳索、刀子、雪等等,而这反倒让惯口号的读者们看不懂了。如果我们把

---

① 参见查建英、北岛:《八十年代访谈录》,见北岛:《古老的敌意》,香港:牛津大学出版社,2012 年,第 75 页。

② 多多访谈:《我主张"借诗还魂"》,《南方都市报》2005 年 4 月 9 日。

朦胧诗当作大陆当代诗的一种起点，正在于对古典诗歌和纯净语言的返回，而且返回得还不够！我们的中文性本身，并没有随着现代化的进程而改变，它要求的是诗人再发现的能力。中文自己其实是最好的启示，古往今来它吸纳了非常多外来内容，但又始终在自己某种特定的规则里面转化。……我的意思是，只要比较在意地观察翻译的过程，一个外来词被中文接受的过程，就不得不回到了字这个根上。我们今天虽然不是在重建一个个人版本的七绝或七律，但是使当年的诗人们把语言特性发挥至完美程度的东西，仍然是我们的标准。[①]

回顾历史，以北岛的《回答》[②]（1976）、《宣告》（1975）、《结局或开始》（1975）、《太阳城札记》（1974）；芒克的《天空》（1973）、《秋天》（1973）、《十月的献诗》（1974）；食指的《相信未来》（1968）、《这是四点零八分的北京》（1968）；方含的《谣曲》（1975）；江河的《纪念碑》（1977）；依群的《巴黎公社》（1971）等为代表的新诗潮"崛起"于一个汉语普遍荒芜的年代。古典文言与西方话语的双重受阻曾令现代汉语成为文化意义上的语言孤岛，这便违背了新文学运动的初衷——因为 1917 年以来白话文学的全面确立是一种将中国文学纳入世界文学的版图之内互荣共生的努力。从文学发展的意义上讲，它是要求写作语言能够容纳某种"当代性"或"现代性"的努力，"进而成为一个在语言功能与西语尤其是英语同构的开放性系统"。其中国

---

① 杨炼：《冥思板块的移动——与叶辉对话》，见杨炼：《唯一的母语——杨炼：诗意的环球对话》，上海：华东师范大学出版社，2012 年，第 202—203 页。

② 此诗初稿作于 1973 年，参见齐简：《诗的往事》，见刘禾编：《持灯的使者》，香港：牛津大学出版社，2001 年，第 14—15 页。

特征表现为："既能从过去的文言经典和白话文本摄取养分，又可转化当下的日常口语，更可通过翻译来扩张命名的生成潜力"。[①] 正是如此微妙地维持这三种功能之间的动态平衡，而不是通过任何激进或保守的文学运动，才可证实这个新系统的"活"的开放性，也才能产生有着革新内涵的、具备陌生化效果的生效文本。

因此，"现代性"以及"世界性"的写作本身并不构成对"中文性"或"汉语性"的威胁。相反，古典文本的古井之水唯有汇入世界性的海洋才能进行循环净化，汲取内外宇宙的能量，进而完成现代更新及转型。任何交流渠道的淤塞或阻隔必然导致文化的没落和衰朽。此外，关于现代主义一定是反传统的看法也纯属误解。根据伽达默尔（Hans-Georg Gadamer，1900—2002）的诠释，我们根本无法逃避传统，文学也唯有顺从历史之风，"因为这些飘零的落叶终将归根——而落叶归根是因为，在沉默地纵贯过去、现在和未来的整个历史之下，有一个起着统一作用的本质即'传统'"。[②] 传统作为一个整体向前发展流动，它不断地被保存和持有。"每一时代都必须按照它自己的方式来理解历史传承下来的文本，因为这文本是属于整个传统的一部分，而每一时代则是对整个传统有一种实际的兴趣，并试图在这传统中理解自身。"[③] 这也正合乎漂泊海外多年的北岛的发现："传统就像血缘的召唤一样，是你在人生某一刻才会突然领悟到的。传统的

---

① 张枣：《朝向语言风景的危险旅行——中国当代诗歌的元诗结构和写者姿态》，见张枣著，颜炼军编选：《张枣随笔选》，北京：人民文学出版社，2012年，第172页。
② ［德］汉斯-格奥尔格·伽达默尔：《真理与方法——哲学诠释学的基本特征》，洪汉鼎译，北京：商务印书馆，2010年，第419页。
③ ［德］汉斯-格奥尔格·伽达默尔：《真理与方法——哲学诠释学的基本特征》，洪汉鼎译，北京：商务印书馆，2010年，第419页。

博大精深与个人的势单力薄，就像大风与孤帆一样，只有懂得风向的帆才能远行。"①作为一种无影无形的存在，无休无止的进程，传统的形成就像风一样难以捉摸。你不知风从哪儿来，也不知风向何处去。博尔赫斯在《交叉小径的花园》中写道："一个人可能成为别人的敌人，到了另一个时候，又成为另一些人的敌人，然而不可能成为一个国家，即萤火虫，语言，花园，流水，西风的敌人。"同样，一个人不可能成为传统的敌人。

"新生代"诗人的杰出代表张枣也曾在其诗作《入夜》中援引过"树"和"叶子"的隐喻。对于流寓海外的汉语诗人来说，传统就是"树"的根，是作为个人的"叶子"应该去寻找的。一如"叶子"要经过脱离才能再找到或回归"树"，个人也只有通过搜寻和对话才能发现传统。换句话说，个人要先反叛传统，通过学习、记忆和现代更新将传统进行内化，自身便成了传统的携带者："那棵一直在叶子落成的托盘里/吞服自身的树，活了"②——这便是张枣所理解的传统承接和个人创造之间的关系。

另一方面，正如我们无法界定流水和西风的国籍，溯本求源，传统自身也会裹挟异域气息。我们自己的语族血缘原本就是不纯——承认这一点需要勇气。例如被鲁迅热情称赞为"真国学大师"的王国维早在 1911 年就意识到"学问之事，本无中西"(《国学丛刊序》)，甚至其诗学的中心概念"境界"一词，据考

---

① 唐晓渡、北岛：《"我一直在写作中寻找方向"——北岛访谈录》，《诗探索》2003 年第 Z2 期。

② 张枣：《入夜》，见《张枣的诗》，北京：人民文学出版社，2012 年，第 196 页。

证亦来源于佛经译语。① 与此同时,中国古典诗词所蕴含的丰富的美学思维也已成为现代主义汲取的精神资源。"九叶派"诗人郑敏在其长文《世纪末的回顾:汉语语言变革与中国新诗创作》中指出:英美"意象派"实为"中国后裔的西方现代主义诗歌"②,这确有一定道理,但"意象派"绝不仅仅是"中国后裔"。中国诗人也应放眼世界,重新审视自己的传统,以一种"通古今(中外)而观之"的多重视野来对文化遗产进行现代化转型。因此,弘扬传统切忌文化本质主义的思想桎梏。例如博尔赫斯在论及阿根廷作家与传统的关系时曾说:"我们应该把宇宙看作我们的遗产,任何题材都可以尝试,不能因为我们是阿根廷人而囿于阿根廷特色。"③

需要指出的是,"世界文学"与文化产业的全球化运营是两回事。区别在于,前者是终将加入传统的"生效"文本,而后者则是操纵着我们的阅读和娱乐方式的权力和资本的合谋。因此,在当代诗歌"崛起"四十年后的今天,汉语新诗再度危机四伏。由于商业化与集体化合围的铜墙铁壁,由于全球化导致的地方性差异的消失,由于新媒体所带来的新洗脑方式,"词与物,和当年的困境刚好相反,出现严重的脱节——词若游魂,无物可指可托,聚散离合,成为自生自灭的泡沫和无土繁殖的花草"。④ 或许

① 参见宋琳:《主导的循环——〈空白练习曲〉序》,见张枣、宋琳编:《空白练习曲:〈今天〉十年诗选》,香港:牛津大学出版社,2002 年,第 XIX 页。

② 参见郑敏:《世纪末的回顾:汉语语言变革与中国新诗创作》,《文学评论》1993 年第 3 期。

③ [阿根廷]博尔赫斯:《博尔赫斯文集》文论自述卷,王永年等译,海口:海南国际新闻出版中心,1996 年,第 90 页。

④ 参见北岛:《缺席与在场——2009 年 11 月 11 日在第二届"中坤国际诗歌奖"上的获奖致辞》,见北岛:《古老的敌意》,香港:牛津大学出版社,2012 年,第 172 页。

就在这样的一个时刻,诗歌的兴衰更加显得重要。为此,北岛表示:"与民族命运一起,汉语诗歌走在现代转型的路上,没有退路,只能往前走,尽管向前的路不一定是向上的路——这是悲哀的宿命,也是再生的机缘。"①这也正是当代汉语诗人的艰巨使命。

---

① 北岛:《缺席与在场——2009 年 11 月 11 日在第二届"中坤国际诗歌奖"上的获奖致辞》,见北岛:《古老的敌意》,香港:牛津大学出版社,2012 年,第 173 页。

第二章　先锋诗歌与"流散美学"

　　20 世纪 70 年代末至 80 年代初,中国诗坛曾涌现出一股从行文到形式都迥异于鼎盛时期的"革命诗学"的另类思潮。而早在十几年前,这类思潮就已深藏于地下诗社、文化沙龙[①],或以知青个体与群落的秘密写作[②]的方式汇成汩汩涌动的潜流,与官方文学明暗交错、同时行进,最终从蓄势待发到喷涌而出,是以民办诗报、自印诗集为突破口,其中"最早创办、影响广泛,并成为'新诗潮'标志的自办刊物,是出现于北京的《今天》"[③]。

[①]　例如 20 世纪 60 年代初北京的"X 诗社"和"太阳纵队"等的活动,被称为"时代之根",这是《沉沦的圣殿》一书所表现的理解,也为许多 80 年代以来出版的当代诗歌史(文学史)论著所采纳。"文革"时期,北京也存在一些文化沙龙,如徐浩渊沙龙、史康成沙龙、赵一凡沙龙等,其成员读禁书、写禁诗,以被禁的"消极主体性"展开早期的诗艺探索。徐浩渊本人则说,当年在北京真正能称得上"沙龙"的地方,当属黄元的家,还保留了"文革"前的样子,有画册、书籍、唱片、钢琴、美酒……参见多多:《1970—1978:北京的地下诗坛》,刘禾编:《持灯的使者》,香港:牛津大学出版社,2001 年,第 119 页;杨健:《中国知青文学史》,北京:中国工人出版社,2002 年,第 226－227 页;徐浩渊:《诗样年华》,《今天》2008 年秋季号,"七十年代"专号。

[②]　例如"白洋淀诗歌群落"被看作是《今天》的"前驱",对这一"群落"所做的"定义",刊于《诗探索》1994 年的总 16 期上。

[③]　洪子诚、刘登翰:《中国当代新诗史》,北京:北京大学出版社,2010 年,第 206 页。

《今天》的诞生,连同以"三崛起"——谢冕《在新的崛起面前》(1980)、孙绍振《新的美学原则在崛起》(1981)、徐敬亚《崛起的诗群》(1983)[①]为代表的革新倡议,被视为中国文艺政策与西方现代主义美学之间的重新沟通的开始。尽管谢冕《在新的崛起面前》[②]的发表时间早于章明《令人气闷的朦胧》,"朦胧"这个比较通俗的说法却逐渐取代"崛起"而成为有争议的诗群的特指。"'崛起'也并非完全是谢冕的发明,前不久,在报刊上有一篇表彰李四光的文章叫做《亚洲大陆的新崛起》。谢冕以他的文采和情采让地质学的'崛起'变成了文学史、思想解放的历史关键词。"[③]而从国际层面来看,"波兰和东德诗人的抗议已在他们之前了。1968年克拉考就已出现了'此时'文学团体,它远早于北京的《今天》杂志(1978—1980)。'此时'要求回归人性、摒弃'斗士精神'、中止美化世界,对70年代影响极为深远。更早,东德在60年代初就兴起了一种诗歌浪潮,它的遭遇与中国后来的朦胧诗颇有相似"[④]。

回顾历史,"新诗潮"之所以得以异军突起,在很大程度上得益于封闭社会中的一种隐秘的开放,用新兴术语来讲,亦可称之为"流散"。

---

① 例如谢冕在其评论文章中,对"不拘一格、大胆吸收西方现代诗歌的某些表现方式","越来越多的'背离'诗歌传统"的"一批新诗人"给予支持。孙绍振、徐敬亚也在其文章中认同界的艺术革新。

② 根据谢冕在"全国诗歌理论讨论会"上的发言,经整理后刊发于《光明日报》1980年5月7日,及《诗探索》1980年第1期。

③ 孙绍振访谈:《我与"朦胧诗"之争》(未刊稿)。

④ [德]顾彬:《预言家的终结——二十世纪的中国思想和中国诗》,成川译,《今天》1993年第2期。

第一节　"流散"的历史

"流散"现象在人类历史上源远流长。"流散"（Diaspora，又译飞散、离散等）一词源于希腊语，原指植物通过种子和花粉的随风飘散繁衍生命，后引申为犹太民族在"巴比伦之囚"以后离开耶路撒冷而播散异邦。而它的新解，是指民族文化文学获得了跨文化的、世界性的特征。在当代的文学创作和文化实践中，"流散"成为一种新概念、新视角，"含有文化跨民族性、文化翻译、文化旅行、文化混合等涵意，也颇有德勒兹（G. Deleuze）所说的游牧式思想（nomadic thinking）的现代哲学意味"①。

如果从词源上分析，diaspora 由希腊语 dia 和 spenen 组成，前者表示"穿越""经过""经历"之意，后者表示"播散种子"。与 exile（流亡）相比，"流散"在美学含义上更接近于雅克·德里达所使用的 dissemination（播撒）。该词词干部分由 dis 和 seminate 构成，一表示"分离"的意思，二表示"播种"。

"流散"的存在是"世界文学"生生不息的重要一环。英国玄学派诗人约翰·多恩（John Donne，1572－1631）曾有诗云："没有人是一座孤岛/可以自全/每个人都是大陆的一片/整体的一部分"。同样，从历史的观点来看，没有一本书是一件完美、完整的艺术品，它不过是"从无边无际的一张网上剪下来的一小块"；没有一种文学思潮是一国特有、独有的潮流，"它不过是一个历

---

① 童明:《飞散》,《外国文学》2004 年第 6 期。

史阶段的时代精神被体现在相互影响的国家中的不同形态"。①
丹麦文学史家勃兰兑斯(Georg Brandes，1842—1927)认为，在一
个动荡、恐怖的时代，反动和进步浪潮裹挟下的文人往往被放逐
到社会的边缘，要么乡间隐居，要么异国流亡。只有远离喧嚣和
动乱，独立思考的人才能存在，"也只有独立思考的人才能创造
文艺、发展文艺"。②

　　但"流散"绝不只是在世界水平上发生，也在一国一社会之
内呈现。宋琳认为："对流亡诗歌也许存在着一种误解，仿佛它
仅是一个现代的发明，其实自屈原始，中国诗人就累代经历着流
亡，当代诗歌的流亡形象与楚辞、古诗十九首或唐诗宋词中的流
亡形象本质上有何差异呢？ 如果有，那么时代语境的复杂即其
最显著的因素之一。域外这个词所指的空间现在扩大到了整个
世界。"③

　　徐星回忆说："在中国有这样一批人，他们很早就开始做在
这种大合唱中发出自己的声音的尝试，我们都知道仅仅是这样
的尝试在当时的中国也是以'反革命'论处的，在'非官方'和'地
下'，在这两个词被广泛适用于各种形形色色的人们的今天，我
甚至不知道该怎么称呼他们，比如郭路生、彭刚等。"④

　　郭路生(食指)被北岛称作是"六十年代以来中国新诗运动

① 参见[丹麦]勃兰兑斯：《引言》，张道真译，见《十九世纪文学主流》(第一分册 流
　亡文学)，北京：人民文学出版社，1980年，第2页。
② 参见[丹麦]勃兰兑斯：《十九世纪文学主流》(第一分册 流亡文学)，张道真译，北
　京：人民文学出版社，1980年，第1—2页。
③ 宋琳：《主导的循环——〈空白练习曲〉序》，收入张枣、宋琳编：《空白练习曲：〈今
　天〉十年诗选》，香港：牛津大学出版社，2002年，第XXI页。
④ 麦文：《中国文学在国外研讨会》，《今天》1993年第1期。

的奠基人"①,他的诗与"革命诗歌"有着本质上的不同:"他把个人的声音重新带回到诗歌中。"②多多则以为:就他"早期抒情诗的纯净程度上来看,至今尚无他人能与之相比"。③ 郭路生是自朱湘自杀以来的又一位疯狂了的诗人,"也是七十年代以来为新诗歌运动伏在地上的第一人"。④

彭刚与芒克70年代初组建过"先锋派",他画画,也写诗,无论形式、内容还是语言,都给人以极大的震撼和新鲜感。他很早就开始探索现代主义和后现代主义的艺术方向,在马佳看来,"现在也没有人超过他"。⑤ 1975年彭刚被关了3天,诗集被烧,画作被毁,从此退出文艺江湖。⑥ "文革"结束后,彭刚考上北大化学系,80年代移居美国。

不仅仅是"奠基人"和"先锋派",广义上的"白洋淀诗群"以及后来的"今天派"都是"新语言"的探索者。他们透过"黄皮书"窥视世界文学图景,在时代的喧嚣中倾听不谐和音,以翻译文体为基础创造了一套满足自己智力需求的文本。例如北岛至今仍然喜欢使用的"蒙太奇"手法正是来源于法国超现实主义诗人:以意象(image)取代辞藻,再通过类似"蒙太奇"的剪辑和组合方

---

① 参见翟顿、北岛:《中文是我唯一的行李》,《书城》2003年第2期。
② 参见北岛、陈炯:《用"昨天"与"今天"对话——谈〈七十年代〉》,《时代周报》2009年8月26日。
③ 参见多多:《1970—1978:北京的地下诗坛》,见刘禾编:《持灯的使者》,香港:牛津大学出版社,2001年,第117页。
④ 多多:《1970—1978:北京的地下诗坛》,见刘禾编:《持灯的使者》,香港:牛津大学出版社,2001年,第118页。
⑤ 参见廖亦武、陈勇:《马佳访谈录》,见刘禾编:《持灯的使者》,香港:牛津大学出版社,2001年,第390页。
⑥ 参见廖亦武、陈勇:《彭刚、芒克访谈录》,见刘禾编:《持灯的使者》,香港:牛津大学出版社,2001年,第355—356页。

式处理之后，便可直接构成诗的元素。恰如戴望舒评价法国现代新诗人比也尔·核佛尔第（Pierre Reverdy）的诗时所说："他用电影的手法写诗，他捉住那些不能捉住的东西。"没有矫饰，但"飞过的鸟，溜过的反光，不大听得清楚的转瞬即逝的声音"，他都"把他们连系起来，杂乱地排列起来，而成了别人所写不出来的诗"。①

70 年代末、80 年代初，一些地下文学作品经由民刊《今天》进入公众视野，再通过《诗刊》等主流媒体的转载引发社会轰动效应。因其行文晦涩、拒绝释读，被批评界戏讽为"朦胧诗"。但晦暗难解本是现代诗歌的总体特征，"诗歌在尚未被理解之时就会传达自身意味"，T. S. 艾略特在他的散文中如此说明。② 不同于"文以载道"的中国古训，文学作品重要的并不是要教诲我们某种特定的东西，而是要使我们变得大胆、灵活、敏锐、聪颖、超然，而且给予我们快乐。这是尼采、罗兰·巴特等人的观点。③人民应该用文学的语言说话——假如民智需要开启，就像"文学革命"的初衷；而不是反其道而行之：文学用人民的语言说话——就像"革命文学"的宣传。历史往往事与愿违，在一个疯狂的季节转了向；革命弄丢了它的梦想，人民读不懂现代的文章。

徐星说："自从我们选择了文学，幻想用语言来表达我们自己的时候，自从我们认识到我们一直在受语言的愚弄，以我们中

---

① 戴望舒：《〈比也尔·核佛尔第诗〉译后记》，见《戴望舒译诗集》，长沙：湖南人民出版社，1983 年，第 61 页。

② 参见[德]胡戈·弗里德里希：《现代诗歌的结构——19 世纪中期至 20 世纪中期的抒情诗》，李双志译，南京：译林出版社，2010 年，第 1 页。

③ 参见[美]苏珊·桑塔格：《写作本身：论罗兰·巴特》，沈弘、郭丽译，见[美]桑塔格：《重点所在》，陶洁、黄灿然等译，上海：上海译文出版社，2011 年，第 90 页。

国人所处的特殊环境来说,我们已经开始了'流亡',从那个壮丽无比然而枯燥,激昂热烈然而廉价的语言中流亡……"①多多也称自己是在对"文化大革命"的本质的一种思考中,从抵抗者变为流亡者:"我的流亡时间应当是从1972年——我真正写作开始。"②

此种意义上的流亡,或曰"流散",是语言意义上的。宋明炜在一篇纪念萨义德教授的文章中指出:"流亡"在抽象意义上,意味着永远失去对于"权威"和"理念"的信仰;不再能安然自信地亲近任何有形或无形的精神慰藉,以此,知识分子形成能够抗拒任何"归属"的批判力量,不断瓦解外部世界和知识生活中的种种所谓"恒常"与"本质"。在其视野里,组成自我和世界的元素从话语的符咒中获得解放,仿佛古代先知在迁转流徙于荒漠途中看出神示的奇迹,在剥落了"本质主义"话语符咒的历史中探索事物的真相。③ 如此一来,"流散"本身就具有了形而上学的含义。并非地理或政治意义上的"流散"决定了"流散文学"的性质。作家勇于冲破语言的囚笼,拓展表达的疆域,为此不惜忍受孤独和磨难,无论异国飘零还是家园留守,都不能不算是精神天空的"流散者"。而他们的书写也以一种独特的方式体现了一种个人"自律"的程度。从这个角度上来看,北岛、多多、杨炼、顾城等汉语先锋作家早在出国之前就已开始了"精神流散"(metaphysical diaspora),他们的语言先于他们的脚步逸出国境线以外,并在另一个时空找到了知己,譬如特朗斯特罗姆之于北

---

① 麦文:《中国文学在国外研讨会》,《今天》1993年第1期。
② 凌越、多多:《我的大学就是田野——多多访谈录》,《书城》2004年第4期。
③ 参见宋明炜:《"流亡的沉思":纪念萨义德教授》,《上海文学》2003年第12期。

岛、茨维塔伊娃之于多多、圣-琼·佩斯之于杨炼①、洛尔迦之于顾城……

　　90年代,《今天》复刊之后始设"今天旧话"专栏,开始有意识地对自己的历史作一次集体性的回顾。2001年,《今天》编辑刘禾将专栏文章连同廖亦武主编的《沉沦的圣殿》(1999)的部分内容结集付梓,这便是回忆性文集《持灯的使者》的来历。刘禾发现,虽然《持灯的使者》里每篇文章的立意都是要谈诗人和诗,但文中经常被凸显出来的,甚至有点喧宾夺主的却是早期"今天派"和地下文学志愿者们在白洋淀、杏花村、北京十三路公共汽车沿线、东四胡同里的"七十六号"大杂院等地的诗歌"游历"和诗歌友谊。于是我们得知,多多和根子曾经作为歌者参与"徐浩渊沙龙";芒克与彭刚受凯鲁亚克《在路上》的启发结伴流浪;而整个白洋淀,"就像当年的梁山泊,集合了一群经历不同、背景各异,以当时正统的标准衡量无一例外的都是些'妖魔鬼怪'"②的诗人们。毋宁说,"流亡"的历史早已开始:

　　　　北岛、芒克和黄锐他们创办《今天》文学杂志在一九七八年十二月,(这个圈子很快又有徐晓、万之、周郿英等人加入),但在这之前的十几年中,手抄本诗歌的游历,诗人们的游历,还有读诗人(经常也是写诗人)的游历,是中国地下文学得以创造、生存和传播的唯一空间,那里面孕育了一代先

――――――――――

① 80年代初,叶维廉译的一本译诗集《众树歌唱》曾在北京的诗歌圈中风靡一时。叶维廉说,杨炼从他翻译的濮斯(一译:圣-琼·佩斯)的宇宙感中得到过灵感。参见叶维廉:《翻译:深思的机遇》(增订版代序),见[美]庞德等:《众树歌唱:欧美现代诗100首》(增订版),叶维廉译,北京:人民文学出版社,2009年,第15页。

② 宋海泉:《白洋淀琐忆》,见刘禾编:《持灯的使者》,香港:牛津大学出版社,2001年,第142页。

锋诗人和他们的读者。……九十年代以来,北岛、多多、杨炼、万之、还有已故的顾城等人在国外流亡的命运,好像也是沿续了多年前诗人们在北京和白洋淀之间,以及其他地方所开始的游走,这些诗人和作家的流亡肯定不是到了西方以后才开始的……①

既往的文学史的叙述框架遮蔽了以"流散"的形式展开的文学传播和文学创作,以及作者、读者和作品之间互动的关键环节,而缺少了这一环节,就很难理解"今天派"语言的"异质性",以及他们在普遍意义的文化废墟中所开创的一片小小的诗歌江湖。此外,《持灯的使者》作者大多自身就是诗人或专业写者,这些文字也就超越通常的文献资料而别具文学价值。例如田晓青在他那篇普鲁斯特笔调的《十三路沿线》中如此描述北岛所在的三不老胡同:

> 作为《今天》的中心人物,振开的位置正好处于十三路沿线的中段。这种巧合似乎印证了《今天》作为一个小小的地域性的概念所暗含的意味——文化意味着交流,交流有赖于交通的便利。一个不怎么合度的比方是,历史上那些沿大河流域或沿地中海形成的文明。在一个封闭与隔绝的社会里,除在家庭邻里之间和学校单位,任何别处的交往都是缺乏正当理由的,因而是可疑的。而十三路汽车就为这种可疑的交往提供了方便,尽管那些可疑的搭乘者并没有

---

① 刘禾:《编者的话》,见刘禾编:《持灯的使者》,香港:牛津大学出版社,2001 年,第 XIII 页。

意识到这一点。①

大约没有一个文学研究者认真思考过《今天》的才子们——北岛、江河（于友泽）、赵南、黄锐、多多与"十三路沿线"破败的老城区之间的关系，田晓青的文章为我们提供了一个奇特的思路："如果你乘坐从西南往东北开的十三路，那么到张自忠路截止，所有的《今天》同仁们都分布在你沿途的左侧，那可不像所谓塞纳河左岸那样出自传统和选择，也许哪位朋友能给我更令人满意的解释，除了巧合之类。"②而在十三路终点站附近有一处风景如画的地方——玉渊潭公园。1979 年 4 月和 10 月，《今天》编辑部在那里举办过两次诗歌朗诵会。③ 可以说，"十三路沿线"就是《今天》的生命线，你来我往的交通路径构成"流散"的主轴，迟来的青春期的躁动与迷宫般的陋巷混成了早期的生活的诗。

第二节 "流散"是一种美学

就全球范围来看，20 世纪也是"流散文学"的世纪，移民成了文学作品的中心人物或决定性人物。像很多背井离乡之人一样，他用他的语言保存着他的家园，装在随身携带的行李箱里：昆德拉的布拉格、乔伊斯的都柏林、格拉斯的但泽、布罗茨基的

---

① 田晓青：《十三路沿线》，见刘禾编：《持灯的使者》，香港：牛津大学出版社，2001年，第 43—44 页。

② 田晓青：《十三路沿线》，见刘禾编：《持灯的使者》，香港：牛津大学出版社，2001年，第 49 页。

③ 参见鄂复明提供：《今天编辑部活动大事记》，见刘禾编：《持灯的使者》，香港：牛津大学出版社，2001年，第 435—436 页。

圣彼得堡……"在这个漫游的世纪,流亡者、难民、移民在他们的铺盖卷里装着很多城市。"①这也是木心所言的"带根的流浪人":"天空海阔,志足神旺,旧阅历得到了新印证,主体客体间的明视距离伸缩自若,层次的深化导发向度的扩展。"②

"带根流浪"意味着对语言能力的拓展和对世界文化的眷念。语言之根使得传统通过历史的纵深得以继承和发展;四海流浪使得对母体的忠诚不再具有迂腐的情结。它传达着一种蒲公英般的生命状态。例如早在移居美国之前,王鼎钧就曾在一篇题为《本是同根生》的文章中盛赞了蒲公英以"流散""飘零"来延续生命:

> 教师在课堂上对着一群孩子说:"蒲公英的种子附有一具天然的降落伞。大风把她们吹得很高,吹到很远的地方,她们落下来,长成另一棵蒲公英。这些种子在成熟的那天就准备远走高飞,准备使蒲公英分布繁衍,使蒲公英的名字更普遍,更响亮。"③

蒲公英可以实现生命版图的扩大和延伸,只因她是带着根走的,以一种积极高扬的姿态来拓展自身。文学艺术也是如此,唯有超越"我族中心主义"的视域局限,开拓语言的冒险空间和艺术的表现空间,才能催生一种更为"成熟"的写作。萨义德在

---

① [英]萨尔曼·拉什迪:《论君特·格拉斯》,见[美]布罗茨基等:《见证与愉悦:当代外国作家文选》,黄灿然译,天津:百花文艺出版社,1999年,第340页。

② 木心:《带根的流浪人》,见《哥伦比亚的倒影》,桂林:广西师范大学出版社,2006年,第60页。

③ 王鼎钧:《本是同根生》,见《我们现代人》,作者自印,1975年。转引自黄万华:《在旅行中拒绝旅行:华人新生代和新华侨华人作家的比较研究》,北京:中国社会科学出版社,2008年,第61页。

其《东方论》中曾引用欧洲中世纪神学家圣维克多的休格的一段话:"发现世上只有家乡好的人只是一个未曾长大的雏儿;发现所有的地方都像自己的家乡一样好的人已经长大;但只有当认识到整个世界都不属于自己时一个人才最终走向成熟。"①对此,莎洛美可谓一语道破里尔克的心魔:"在今后的岁月里,无论你在何处逗留,无论你是否向往安全、健康与家园,或者更加强烈地向往流浪者的真正自由,乐于被变化的欲望所驱使,在你的内心深处总有一种无家可归感,而这种感觉是不可救药的。"②

"流散"将作家的参照系统打开,隔着一段距离审视客地与原乡。唯有在疏远与亲近之间达到一种微妙的平衡,才能对自我及他者做出合理的判断,对宇宙人生进行不动声色的描摹。这无疑会带来文学气质上的改变。乔伊斯曾说:"流亡,就是我的美学。"木心自叹不如乔伊斯阔气,只说:"美学,是我的流亡。"③而张枣则说:"先锋,就是流亡。"张枣相信,在 1949 年之前或未经"文革"的 50 年代,白话汉语都还尚不足以承担得了"流亡"话语,"而流亡就是对话语权力的环扣磁场的游离。流亡或多或少是自我放逐,是一种带专业考虑的选择,它的美学目的是去追踪对话,虚无,陌生,开阔和孤独并使之内化成文学品质。这也是当代汉语文学亟需的品质"。④

---

① ［美］爱德华·W. 萨义德:《东方学》,王宇根译,北京:生活·读书·新知三联书店,1999 年,第 331 页。

② 摘自《莎洛美回忆录》,转引自北岛:《时间的玫瑰》,香港:牛津大学出版社,2005 年,第 81 页。

③ 木心讲述、陈丹青笔录:《文学回忆录》,桂林:广西师范大学出版社,2013 年,第 818 页。

④ 参见张枣:《当天上掉下来一个锁匠》,见北岛:《开锁——北岛一九九六～一九九八》,台北:九歌出版社,1999 年,第 9—10 页。

文学的成熟与人的成熟是相辅相成的。木心认为,五四以来,许多文学作品之所以并不成熟,原因是作者的"人"没有成熟。① "中国人的视野的广度,很有限",例如:"莎士比亚写遍欧洲各国,中国人写不到外国去。莎士比亚心中的人性,是世界性的,中国戏剧家就知道中国人? 中国人地方性的局限,在古代是不幸,至今,中国人没有写透外国的。鲁迅几乎不写日本,巴金吃着法国面包来写中国。"②

早在 1961 年,夏志清在其英文版的《中国现代小说史》中就曾指出:现代的中国作家一直羁于"中国执迷"(obsession with China)③,未能洞察人性深渊,这使得他们的作品往往自外于世界性,流于一种偏狭的爱国主义:

> 现代的中国作家,不像陀思妥耶夫斯基、康拉德、托尔斯泰和托马斯·曼那样,热切地去探索现代文明的病源,但他们非常感怀中国的问题,无情地刻划国内的黑暗和腐败。表面看来,他们同样注视人的精神病貌。但英、美、法、德和部分苏联作家,把国家的病态,拟为现代世界的病态;而中国的作家,则视中国的困境,为独特的现象,不能和他国相提并论。他们与现代西方作家当然也有同一的感慨,不是失望的叹息,便是厌恶的流露;但中国作家的展望,从不逾越中国的范畴,故此,他们对祖国存着一线希望,以为西方国家或苏联的思想、制度,也许能挽救日渐式微的中国。假

---

① 参见木心:《风言》,见《琼美卡随想录》(第二辑),桂林:广西师范大学出版社,2010 年,第 81 页。

② 木心讲述;陈丹青笔录:《文学回忆录》,桂林:广西师范大学出版社,2013 年,第 353 页。

③ "obsession with China"亦被某些学者译为"感时忧国",或"对中国的执迷"等。

使他们能独具慧眼，以无比的勇气，把中国的困塞，喻为现代人的病态，则他们的作品，或许能在现代文学的主流中，占一席位。①

夏志清关于"中国执迷"的说法也构成了德国汉学家顾彬思考20世纪中国文学史的一条中心线索。他认为夏志清用此概念言简意赅地命名了这个对于中国作家来说如此典型的态度，也凸显了他所认为的中国现代文学的主要问题所在：

> "对中国的执迷"（obsession with China）表示了一种整齐划一的事业，它将一切思想和行动统统纳入其中，以至于对所有不能同祖国发生关联的事情都不予考虑。作为道德性义务，这种态度昭示的不仅是一种作为艺术加工的爱国热情，而且还是某种爱国性的狭隘地方主义。政治上的这一诉求使为数不少的作家强调内容优先于形式和以现实主义为导向。于是，20世纪中国文学的文艺学探索经常被导向一个对现代中国历史的研究。现代中国文学和时代经常是紧密相联的特性和世界文学的观念相左，因为后者意味着一种超越时代和民族，所有人都能理解和对所有人都有效的文学。而想在为中国的目的写作的文学和指向一个非中国读者群的文学间做到兼顾，很少有成功的例子。②

回溯历史，"中国执迷"是有因可循的，因为"新文化运动"产

---

① ［美］夏志清：《现代中国文学感时忧国的精神》（附录二），见《中国现代小说史》，刘绍铭等译，香港：香港中文大学出版社，2001年，第461—462页。

② ［德］顾彬：《二十世纪中国文学史》，范劲等译，上海：华东师范大学出版社，2008年，第7页。

生的背景便是中国被看作是一个急需救治的病人,疾病和传统画上了等号,而治病的药物来自"现代"的西方,运送药物的则是早期的"海归"学人,如曾经作为第二批庚款留学生赴美的胡适,以及早在20世纪初就去日本留学的鲁迅、陈独秀、欧阳予倩、郭沫若、张资平、郁达夫、成仿吾、田汉、周作人等,他们后来都成为中国现代文学的重要作家。到了二三十年代,旅欧的徐志摩、李金发、戴望舒、冯至等又相继向中国引进浪漫主义、象征主义和现代主义的诗歌;旅美的闻一多、梁实秋、陈衡哲、许地山、冰心、朱湘,旅欧的巴金、老舍等也纷纷成为"新文学"阵营的中坚力量。他们国学功底深厚、外语能力出色,横跨中西扮演着一种"文化搬运工"的角色,在很大程度上促进了现代汉语的成熟演进。但其"中国身份"较之"海外经历"显然更为彰显,因为"留洋"只是一种单向度的"流散",少则三年两载、多则十年寒暑,终能学成归国、衣锦还乡。他们不必异国生根,他们走异路,逃异地,原为寻求治国药方。

也正因如此,"新文学"的发展壮大为汉语言文学融入世界性的现代审美大潮创造了开端,但也留下了弊端:一是对传统文化的妄自菲薄;二是对"感时忧国"的过分耽溺。这使得主流文学逐渐变成革命的文本形式,沦为政治的宣传工具。"民族的速强制胜心理内在制约了对外来思想资源取舍的价值尺度,由此建立起立足于感时忧国传统对外来文化的呼应机制,即从民族、国家的忧患意识和现实出发来呼应世界潮流,有时反而滞后乃至疏离于世界文化潮流。"①现代文学原本期待个人"自律",需要"自我强健"和"承受能力",可惜时不待人,救亡的炮火压倒了

---

① 黄万华:《越界与整合:从20世纪中国文学史到20世纪汉语文学史——兼论百年海外华文文学的意义和价值》,《江汉论坛》2013年第4期。

"启蒙"的进程。大多数人由于缺乏足够的"自我强健"而宁愿选择"他律",投入民族国家的怀抱。① 从战争年代直至1949年新中国成立,以"左翼文学"为主要构成的"革命文学"一支独大,而"民主主义"和"自由主义"的思潮日益淡出,"执迷"升级为"迷狂"②,类似于一种神化,张枣称之为"太阳神化"③。到了"文革"时期,"太阳神化"达到无以复加的程度,为求"纯化"与世隔绝,中断了与西方、古典及"新文化"传统的交流和对接。

但文学作为一种与文明本身休戚与共的精神探索是无法被根本遏制的,好比植物的种子,会随风飘散,秘密生长。先锋诗人的"流散"写作便是一个例子。

同前辈诗人的探索相比,当代新诗在现代性的道路上走得更远,与其说是技术的精进,不如说是时代使然。类似于"宗教的衰落"成为西方现代主义兴起的契机,在"文革"中抛洒青春的"老三届"们的人生理想的沉落也令浪漫主义——这种"溅溢出

---

① 顾彬认为,"他律"在文化和文化之间、国与国之间各有不同表现。在中国的情形下是民族国家、祖国提供了身份获取的可能性,在时间进程中除了少数例外,大多数作家和艺术家都俯伏于此。这是西方不满于20世纪中国文学的实质性原因。参见[德]顾彬:《二十世纪中国文学史》,范劲等译,上海:华东师范大学出版社,2008年,第7—8页。

② 文学批评把一种"如痴如狂、充斥着道德说教和未来幻景"的文学称为"迷狂文学"(Literatur der Verzückung)。这一现象在现代派之后仅仅残存在社会主义文学之中;随着后现代派的兴起,它在西方已绝迹。参见[德]顾彬:《预言家的终结:二十世纪的中国思想和中国诗》,成川译,《今天》1993年第2期。

③ 参见张枣:《关于当代新诗的一段回顾》,见颜炼军编选:《张枣随笔选》,北京:人民文学出版社,2012年,第164—165页。

来的宗教"①日益失去信众。就拿北岛本人的创作来说,他在七八十年代对欧美象征主义、意象主义的接受并非移花接木而是内心选择的结果,这与 20 年代早期象征诗派在中国的传播不同。假如忽略了对这一历史情境的考察,便很容易得出"中国当代新诗是蹈袭西方现代诗歌"的结论。但是,如果追寻这一代先锋诗人的精神历程以及了解其痛苦的内心挣扎,便不难发现,正是大梦初醒时的忧闷以及忧闷的升华给了他们寻找出路的智慧,由此才真正地理解并喜爱现代诗歌,磨砺诗性的思维和传导器,开阔了视野,增强了想象力。没有长夜痛哭过的人,不足以语人生(托马斯·卡莱尔语)。以爱国、爱美、爱神为主要特征的浪漫主义随着早醒者所经历的梦想幻灭、信仰坍塌的精神崩溃过程趋于消弭,现代文明转而进入一个批判之存在性敞开的时代。强烈的否定意识和批判精神是北岛从西方现代文学译本中习得的"剑术",并斡旋在中文所特有的意象迭出的语义场里,去熔炼颇流畅又具范式的诗意。这一切带给了 80 年代的中国当代诗歌启示录般的辉煌。北岛诗歌的日文译者是永骏表示:"中国的现代主义并不是西洋的所谓'无根草',而是诗人们寻求自我解放的必然选择……事实上,让中国当代诗歌结出累累硕果的,并不是对于方法和技巧的借鉴和吸收,而是诗人们的精神上的苦斗和这一苦斗所焕发出来的辉煌精神。而且,正是它们必将迎来今后的当代诗歌的'文艺复兴'。"②

---

① 英国诗人、文学理论家和哲学家托马斯·厄内斯特·休姆(Thomas Ernest Hulme)认为:"浪漫主义就是溅溢出来的宗教,这是我能给它下的最好的定义。"参见[英]托·欧·休姆:《论浪漫主义和古典主义》,收入[英]戴维·洛奇编:《二十世纪文学评论上册》,葛林等译,上海:上海译文出版社,1987 年,第 174 页。

② [日]是永骏:《试论中国当代诗》,阿喜译,《今天》1997 年第 1 期。

第三节 “流散”是一个语言事件

杨炼曾用“眺望自己出海”这行诗句概括中国 20 世纪的历史,其中也包括他自己和所有中国诗人的命运。一个意象:诗人站在海岸边的峭崖上,眺望自己乘船出海。这既基于他自己亲历的国际漂流,更在给出一种思维方式:“所有外在的追寻,其实都在完成一个内心旅程。”①爱尔兰诗人谢默斯·希尼(Seamus Heaney,1939—2013)也曾借用《尤利西斯》主人公史蒂芬·德达卢斯的那句令人困惑的宣言表达过类似的观点:“通往‘塔拉’的最佳捷径是取道‘圣头’,意思是说离开爱尔兰再从外面视察这个国家是抓住爱尔兰经验核心的最可靠途径。”②北岛也在《白日梦》中写道:“传统是一张航空照片/山河缩小成桦木的纹理。”③距离给了观察一个纵观全局的视角,也给了思考一个深思熟虑的机会。北岛喜欢秘鲁诗人瑟塞尔·瓦耶霍(César Vallejo,1892—1938)的诗句“我一无所有地漂泊……”,假如没有后来的漂泊和孤悬状态,北岛坦言,他个人的写作只会倒退或停止。④

从 80 年代开始,包括北岛、万之、顾城、杨炼、多多、木心等

---

① 杨炼:《诗意思考的全球化——或另一标题:寻找当代杰作》,见《唯一的母语——杨炼:诗意的环球对话》,上海:华东师范大学出版社六点分社,2012 年,第 3 页。

② [爱尔兰]谢默斯·希尼:《翻译的影响》,见[美]布罗茨基等:《见证与愉悦:当代外国作家文选》,黄灿然译,天津:百花文艺出版社,1999 年,第 246 页。

③ 北岛:《白日梦》(节选),见《午夜歌手——北岛诗选一九七二～一九九四》,台北:九歌出版社,1995 年,第 110 页。

④ 唐晓渡、北岛:《“我一直在写作中寻找方向”——北岛访谈录》,《诗探索》2003 年第 Z2 期。

在内的一批中国作家纷纷移居海外,90年代又迎来精英迁徙的大潮,至此,"移民是这个时代的重要角色"这句话才真正适用于中国。20世纪七八十年代的那种文学与政治的激越变奏舒缓下来,代之以新环境与旧回忆间的徘徊,且反复挑战知识与自由限度的知识分子的异国飘零。① 汉语写作的场域由此发生了一次深刻的地缘变化,并促成了《今天》1990年8月在海外复刊。② 这标志着中断了十年的《今天》得以延续。为此,复刊后的海外《今天》编辑部表示将不改初衷:提倡文艺创作自由,主张中国文学的多元发展。"我们不可能回避社会和政治现实的河流,但我们确认文学是另一条河流,以至个人可以因此被流放到现实以外。"③

诗歌依然是这本依靠诗歌起家的人文杂志的一块招牌。无论是漂泊到海外,还是生活在国内,"每个诗人都是犹太人",茨维塔耶娃这句话恰切道尽了诗人"流散"的命运。"流散"令诗人语言与日常语言激烈碰撞,改变了词与物的既有关联。人的"流散"变成了词的"流散"。

不同于"五四"时期的"留洋者",80年代以后的"流散者"是

---

① 参见[美]爱德华·W.萨义德:《知识分子论》,单德兴译,北京:生活·读书·新知三联书店,2002年,第44—58页。

② 1989年8月,在挪威留学的万之到柏林会见北岛,北岛首先提出《今天》复刊的可能性。1989年9—12月,北岛应邀到挪威奥斯陆大学任访问学者,和万之商讨《今天》复刊的具体细节。1990年5月,北岛、万之在挪威奥斯陆大学筹办《今天》复刊的编委会会议。出席会议的有北岛、万之、高行健、李陀、杨炼、孔捷生、查建英、刘索拉、徐星、老木等。奥斯陆会议结束后,全体与会者应斯德哥尔摩大学东亚系邀请前往斯德哥尔摩继续开会,并和瑞典作家举行座谈。编委会正式决定复刊《今天》,编辑部设在奥斯陆,北岛担任主编。1990年8月,《今天》复刊号在奥斯陆出版。

③ 《今天》编辑部:《复刊词》,《今天》1990年第1期。

"一个被国家辞退的人/穿过昏热的午睡/来到海滩，潜入水底"①。在与国家告别之后，权力，即使是被否定的权力，也不再是(唯一的)思维对象。一代人的"我们"终于变成了流寓海外的"我"，这个"我"尝试"对着镜子说话"或者"把影子挂在衣架上"。

没有了读者的关注，也没有了敌人的诅咒，突如其来的巨大自由仿佛浩无边际的宇宙。布罗茨基做过这样一个比喻：一位身居异国的作家，"就像是被装进密封舱扔向外层空间的一条狗或一个人(自然是更像一条狗，因为他们从不将你回收)。而这密封舱便是你的语言"②。

只有具备足够"自我强健"和"承受能力"的"流散者"才经得起这样的宇宙漂流。多多说："在西方，我只能折腾我自己，最后简直受不了。"③ 1993 年，顾城自杀；此前不久，杨炼刚刚在纽约写下："黑暗中总有一具躯体漂回不做梦的地点。"④ 那是到了非得置之死地而后生的时候，"那个从不可能开始的开始，才是真的开始"。⑤ 从 1989 年到 1995 年，也是北岛生命里最黑暗的时期：六年之间搬了七国十五家，差点儿没搬出国家以外。"在北欧的漫漫长夜，我一次次陷入绝望，默默祈祷，为了此刻

① 北岛：《创造》，见《午夜歌手——北岛诗选一九七二～一九九四》，台北：九歌出版社，1995 年，第 189 页。
② [美]布罗茨基：《我们称为"流亡"的状态，或浮起的橡实》，见[美]布罗茨基：《文明的孩子——布罗茨基论诗和诗人》，刘文飞、唐烈英译，北京：中央编译出版社，1999 年，第 59 页。
③ 转引自[德]顾彬：《预言家的终结：二十世纪的中国思想和中国诗》，成川译，《今天》1993 年第 2 期。
④ 杨炼：《黑暗们》，见《大海停止之处：杨炼作品 1982—1997 诗歌卷》，上海：上海文艺出版社，2003 年，第 412 页。
⑤ 杨炼：《冥思板块的移动——与叶辉对话》，见《唯一的母语——杨炼：诗意的环球对话》，上海：华东师范大学出版社六点分社，2012 年，第 197 页。

也为了来生,为了战胜内心的软弱。我在一次采访中说过:'漂泊是穿越虚无的没有终点的旅行。'经历无边的虚无才知道存在有限的意义。"①

正是在这种"一夜长于一生"的"流散"生涯里,语言空间得到了扩展,自我意识得到了加强。杨炼说:"从国内到国外,正如卡缪之形容'旅行,仿佛一种更伟大,更深沉的学问,领我们返回自我'。内与外,不是地点的变化,仅仅是一个思想的深化:把国度、历史、传统、生存之不同,都通过我和我的写作,变成了'个人的和语言的'。"②

个人自律所伴随的语言自觉成为"流散文学"的一个重要特质,与此同时,与"流散"近义的"流亡"(exile)一词所蕴含的政治意味在全球化时代趋于淡化。交通和通信方式的多元便捷使得跨国迁徙日益成为一种自觉自愿的自我放逐。徐星说:"我不喜欢'流亡'这个词用于艺术,不仅仅因为它太古老、充填着这个概念的内容已不足以表达今天这个复杂的世界,重要的是它使艺术家们的工作看起来都是为了简单地服务于政治、国家、政府、民族,而艺术的灵魂——美和技巧,在这个概念的沉重压力下消失了。"③

张枣也认为,80 年代出现的"文学流散"现象虽然有外在的政治原因,但究其根本,美学内部自行调节的意愿才是真正的内驱力。④ "流散"语境也使得去国诗人获得了一种反观中西的双

---

① 北岛:《自序》,见《失败之书》,汕头:汕头大学出版社,2004 年,第 2 页。
② 杨炼:《因为奥德修斯,海才开始漂流——致〈重合的孤独〉的作者》,《今天》1997 年第 2 期。
③ 麦文:《中国文学在国外研讨会》,《今天》1993 年第 1 期。
④ 参见张枣:《当天上掉下来一个锁匠》,见北岛:《开锁——北岛一九九六～一九九八》,台北:九歌出版社,1999 年,第 9—10 页。

重视野和"对位"思考的能力,并在文化差异的自身比较中,产生一种相应的采撷各国之长,同时与传统衔接的内在需要的觉醒。"对位"本是一个音乐术语,意指把两个或几个有关但是独立的旋律合成一个单一的和声结构,而每个旋律又保持它自己的线条或横向的旋律特点。用于诗歌则是指将新诗的不同向度的特质熔炼合一的实验性尝试。

  如何在汉语新诗的现代性追求中修复古典诗歌的诗意,使之横贯中西,纵通古今,完成"对位"合成,已成为中国当代诗人面临的一项艰巨任务。多多表示:"中国古诗词无疑是人类诗歌的一大高峰。另一大高峰就是西方现代诗歌。这两大高峰合在一起,成为我的两大压力。所以,我一开始就活在问题之中。现在也活在问题之中,以后也必将在问题中死去。"①主张"中西双修"的张枣则认为:"中国流亡诗人既不能像西方发达资本主义时期的诗人那样,带着殖民者的优越心态,陶醉于异国情调,又不能像居家者那样悠闲地处理波澜不惊的日常生活。必须把自己确立为一个往返于中西两界的内在的流亡者和对话者,写作才具有当代性与合法性。"②从某种意义上来说,这也是在竟前辈诗人未竟之事业。例如1931年,梁宗岱在给徐志摩的信中就曾写道:"我们现代,正当东西文化之冲,要把二者尽量吸取,贯通,融化而开辟一个新局面——并非中学为体西学为用,更非明目张胆去模仿西方——岂是一朝一夕,十年八年底事!所以我们目前的工作,一方面自然要望着远远的天边,一方面只好从最近

---

① 多多访谈:《我主张"借诗还魂"》,《南方都市报》2005年4月9日。
② 参见宋琳:《精灵的名字——论张枣》,见宋琳、柏桦编:《亲爱的张枣》,南京:江苏文艺出版社,2010年,第159页。

最卑一步步地走。"①这是汉语诗歌的现代转型之路,"是悲哀的宿命,也是再生的机缘"。②

---

① 梁宗岱:《论诗》,《梁宗岱文集》II,北京:中央编译出版社,2003 年,第 43 页。

② 北岛曾表示:"与民族命运一起,汉语诗歌走在现代转型的路上,没有退路,只能往前走,尽管向前的路不一定是向上的路——这是悲哀的宿命,也是再生的机缘。"参见北岛:《缺席与在场——2009 年 11 月 11 日在第二届"中坤国际诗歌奖"上的获奖致辞》,收入《古老的敌意》,香港:牛津大学出版社,2012 年,第173 页。

第三章　北岛:"纯诗"写作与文化记忆

　　80 年代末期,随着流散语境的变化,北岛的诗歌风格也发生了重大转换。细观其 90 年代以后的海外诗作,先入为主的"观念写作"荡然无存,代之以诗思同步的语言本体主义的探索。这一类的诗歌在美学追求上是摒除一切非诗杂质的"纯诗";在结构趋向上则是显露成诗过程的"元诗"。事实上,北岛的这一转向可以追溯到 80 年代中期,伴随着白话汉语的成熟和时代的转型,逐渐生成诗歌纯艺术理念的表达潜能。其世界性的写作并非只是简单地蹈袭西方现代主义的后尘,而是通过承载人类文明的翻译媒介,延续"现代"诗人的前期探索,找回属于自己的民族传统的文化记忆。

　　北岛早期的诗大致是对观念的传递,对现实的反抗,虽然一些振聋发聩的格言警句赋予了北岛作为诗人的声名,但格言式思维仍然脱不了是非判定的窠臼①,同时也给针锋相对的异

---

①　例如罗兰·巴特认为,"格言式思维的本质在于总是处于结论的状态中;一种要得出最后结论的企图内含于所有强有力的创造警句的活动之中。"参见[美]苏珊·桑塔格:《写作本身:论罗兰·巴特》,沈弘、郭丽译,见[美]苏珊·桑塔格:《重点所在》,陶洁、黄灿然等译,上海:上海译文出版社,2011 年,第 85 页。

议之争埋下了伏笔,如此循环往复难免陷入话语权力磁场的僵局。80年代的北岛开始逃离现实潜往"陌生处",在永无可能靠岸的旅程中"保存一座无目的的精神纯粹性之岛"(马拉美语)。这同时也象征着"词的流亡开始了"①。这也正是圣-琼·佩斯(Saint-John Perse,1887—1975)在《流亡集》中所呼唤的"纯语言的流亡"。②

第一节 "纯诗"的美学理念
及"元诗"结构的涌现

自80年代中期,北岛便逐渐抛弃"观念式的诗"而踏上"纯诗"的理想之路。所谓"观念式的诗"是指定义或阐释类的诗,以反思和理性见长,往往主题明确又合乎逻辑,甚至可以达到心智和道德的辩证所构成的形式上的连贯。③ 宋理学家周敦颐所言的"文以载道"即属此中典范:"文"像车,"道"像车上所载的货物,通过车的运载,可以到达目的地。语言也就成了传播思想的工具和手段。

但对现代诗歌而言,语言不再是诗人的工具,相反诗人倒是

---

① 北岛:《无题》(他睁开第三只眼睛),见辑四(1989—1990),《守夜——诗歌自选集1972—2008》,香港:牛津大学出版社,2009年,第75页。

② 法国诗人圣-琼·佩斯曾在流亡美国期间创作《流亡集》,其中包括《流亡》《雨》《雪》《诗赠外国女友》四题。参见[法]圣-琼·佩斯:《圣-琼·佩斯诗选》,叶汝琏译,胥弋编,长春:吉林出版集团有限责任公司,2008年,第89页。

③ 参见圣-琼·佩斯对"观念诗"的定义。转引自叶汝琏:《佩斯在中国(代序)》,见[法]圣-琼·佩斯:《圣-琼·佩斯诗选》,叶汝琏译,胥弋编,长春:吉林出版集团有限责任公司,2008年,第6页。

语言延续其存在的手段。[①] 语言的世界是一个自足的世界，"在词中，在言语中，有某种神圣的东西"，而"巧妙地运用一种语言，这是施行某种富有启发性的巫术"。[②] 作为法国象征主义诗学的一个重要命题，"纯诗"(Pure Poetry)也被称作"绝对的诗"或"诗中之诗"，它是由爱伦·坡首创，为波德莱尔接受继承，经过魏尔伦、马拉美、兰波等人的理论倡导及作品充实，直至瓦雷里正式提出概念，已经走过了象征主义前后期两个发展阶段，在19世纪末到20世纪初，其影响波及欧洲大部分地区。"这一首诗就是一首诗，此外再没有什么别的了——这一首诗完全是为诗而写的。"[③]爱伦·坡最初是出于对19世纪美国文学严重的道德说教倾向的抵触而提出了一个回归文学本体的艺术构想：单纯地为诗而写诗。爱伦·坡认为，诗歌绝不是对外部世界的模仿，它至多是"在灵魂的面纱之下将感官对于自然的见闻再造出来"，因而诗歌是不依傍社会的，"任何社会、政治、道德、自然的条件都是对诗兴的压抑"。[④] 波德莱尔发扬了坡的艺术自足观，指出"艺术愈是想在哲学上清晰，就愈是倒退，倒退到幼稚的象形阶段；相反，艺术愈是远离教诲，就愈是朝着纯粹的、无所为的美上

---

① 参见[美]布罗茨基：《诺贝尔奖受奖演说》，见[美]布罗茨基：《文明的孩子——布罗茨基论诗和诗人》，刘文飞、唐烈英译，北京：中央编译出版社，1999年，第43页。

② 参见[法]波德莱尔：《1846年的沙龙——波德莱尔美学论文选》，郭宏安译，桂林：广西师范大学出版社，2002年，第66页。

③ [美]爱伦·坡：《诗的原理》，见潞潞主编：《准则与尺度——外国著名诗人文论》，杨烈译，北京：北京出版社，2003年，第18页。

④ 参见[美]雷纳·韦勒克：《近代文学批评史》第3卷，杨自伍译，上海：上海译文出版社，1997年，第189—193页。

升"①。象征主义诗学的纯艺术目标,在它的前期法国代表波德莱尔、马拉美、魏尔伦、兰波等诗人那里,多体现为通过感官直觉去探求"自我"的"最高真实",但到了后期象征主义者那里,由于第一次世界大战之后的西方世界正在经历普遍而深刻的精神危机,其主要代表人物叶芝(爱尔兰)、艾略特(美国)、瓦雷里(法国)、耶麦(法国)和里尔克(奥地利)等,都不约而同地增加了反思和智性的内容,认为诗应该走出"自我"承担社会使命。例如瓦雷里将"仅仅对一个人有价值的东西是没有价值的"视为"文学的铁的规律",而要实现这个目标,语言的作用就显得十分重要。②

　　"纯诗"的概念本身就蕴含着一些元文学的思考。瓦雷里(Paul Valery,1871—1945)称自己之所以"试图创造和提出诗歌问题的一个纯粹观念",是因为至少"有这样一个问题的最纯粹的观念存在着",而"纯粹意义上的诗,本质上却纯属语言方式的使用"。③ 瓦雷里的诗学语言意识显然有着一种师承关系——其师马拉美正是因为对现代诗歌的元状态的开启而深受后世敬仰④,他笔下频频出现的"纯粹"(Rein)和"纯粹性"(Reinheit)也透露了他对"纯诗"的设想。德国语言学家胡戈・弗里德里希

---

① ［法］波德莱尔:《波德莱尔全集》第二卷,伽利马出版社七星版,1975 年,第599 页。

② 参见［法］瓦雷里:《诗与抽象思维》,见伍蠡甫主编:《现代西方文论选》,上海:上海译文出版社,1983 年,第 37—38 页。

③ 参见［法］瓦雷里:《论纯诗——一次演讲的札记》,见潞潞主编:《准则与尺度——外国著名诗人文论》,杨烈译,北京:北京出版社,2003 年,第 6—7 页。

④ 罗兰・巴特在《文学与元语言》一文中认为,最早的元文学是 19 世纪下半叶由马拉美开始的,"马拉美的雄心壮志是把文学与关于文学的思想融合在同一文字实体中"。另参见［德］胡戈・弗里德里希:《现代诗歌的结构——19 世纪中期至20 世纪中期的抒情诗》,李双志译,南京:译林出版社,2010 年,第 126 页。

(Hugo Friedrich,1904—1978)指出:"诗歌纯粹性的前提是去实物化。现代抒情诗的其他所有特征也都汇合在了这个概念中,依照它被马拉美使用并传于后世的方式:摒弃日常的经验材料、含有教化或其他目的的内容、实践性真理、普通人的情感、心灵的沉醉。诗歌在脱离了这样一些元素之后就获得了自由,任语言魔术发挥作用。"①也就是说,在"纯诗"之中,思与诗同步,诗与言发生本体追问关系——即"元诗"②结构的涌现。"纯诗"与"元诗"是从不同角度而论的两个诗学术语,其极致境界有着极大的亲似性,反倒让人纠缠不清。好比同样是金刚钻石,"纯诗"强调的是不含杂质的碳元素单质(化学成分);"元诗"突出的则是碳元素的原子晶体构成(物理结构)。需要指出的是,"纯粹"意义上的"纯诗"正如瓦雷里所言,仅仅是"感觉性领域的一种探索",是一个"难以企及的目标",诗,"永远是企图向着这一纯理想状态接近的努力"。③ 因此,"纯诗"写作注定是一项孤绝而失败的事业,它存在于"天地交合的边际间",永远只能无限逼近却又无法抵达,其"纯美"境界"恰如我们平安地把手在火焰中横过一

---

① [德]胡戈·弗里德里希:《现代诗歌的结构——19世纪中期至20世纪中期的抒情诗》,李双志译,南京:译林出版社,2010年,第123页。

② 关于"元诗"的概念可以参见张枣的阐述:"诗歌的形而上学",即:"诗是关于诗本身的,诗的过程可以读作是显露写作者姿态,他的写作焦虑和他的方法论反思与辩解的过程。因而元诗常常首先追问如何能发明一种言说,并用它来打破萦绕人类的宇宙沉寂。"张枣:《朝向语言风景的危险旅行——中国当代诗歌的元诗结构和写者姿态》,收入张枣著、颜炼军编选:《张枣随笔选》,北京:人民文学出版社,2012年,第174页。

③ 参见[法]瓦雷里:《论纯诗——一次演讲的札记》,收入潞潞主编:《准则与尺度——外国著名诗人文论》,杨烈译,北京:北京出版社,2003年,第6页。

样。在火焰的本身中是不能逗留的"。①

同样,北岛90年代的诗作仿佛也是朝那"绝无之境"进行神秘的工作,与语言独处的"流亡"经验令其诗句愈发晦涩,凸显了一种不是由意义来谋划,而是由词语组合自身制造意义的实验性质。这种风格转变体现在美学上是"纯粹性"的提升;从结构上来看则是"元诗"趋向的深化。

可以说,北岛70年代的诗尚与外界互为镜像,从中得以寻见作者"履历"发展的线索:例如《眼睛》(1972)映射出民意的期盼,亦是《今天》诞生的先声;《星光》(1972)升起在先行者消失的方向,也为北岛点亮心里的明灯;《结局或开始》(1975)则是以遇罗克的名义"宣告",在他倒下的地方,"将会有另一个人站起"……②直至《雨夜》(1979)——写给热恋女友的"革命+爱情"宣言——因而"雨夜"不仅是北岛个人生命中的"雨夜",更增添了几分社会政治的含义。诚然,正如张枣所言,"北岛是一个语言本体直觉主义者",对于现实秩序本能而执着的怀疑,使他一开始就靠言说来确证生存的价值:"我来到这个世界上,/只带着纸、绳索和身影。"③尽管北岛日渐意识到,言说是个人面对空白和虚无为寻找意义而进行的艰难甚至是无力和徒然的命名行为,但"他对词与物之互馈在心灵凝注的那一瞬息所构幻出的美学远景一直有着十分独到的冷峻的把握,并能娴熟地将这一瞬

---

① 参见[法]梵乐希(瓦雷里):《前言》,见曹葆华编译:《现代诗论》,上海:商务印书馆,1937年,第233页。

② 关于北岛早期诗作的历史社会背景,详情参见亚思明:《北岛与遇罗克——从"结局或开始"说起》,《名作欣赏》2013年第7期。

③ 北岛:《回答》,见《午夜歌手——北岛诗选一九七二~一九九四》,台北:九歌出版社,1995年,第26页。

间转塑成警策格言式的仿佛来自未知世界的诗意口信"①。正是北岛对于语言的直觉把握使得他较早就从观念式的写作中抽身,转而另辟他途,因为"观念是人造的,见识才是本质的"②。对语言本体的沉浸以及对写作本身的觉悟,主导了 80 年代中期以后的北岛诗艺的变化,也预示了他 90 年代海外创作的走向。③

纵观北岛晚近的诗作,语词不再出自写作和经历之间的统一,主题不再是可以通过生平事迹阐明,这种"去个人化"被艾略特解释为诗歌创作之精确性和有效性的前提条件。④ 现代诗歌自兰波开始了诗歌主体与经验自我的异常分离,单单是这种分离就已经禁止人们将诗作理解为传记式表达。更有甚者,现代诗歌的一个基本特征是它日益坚定地与自然生命分离,也就是说,不仅仅去除了个人,也剔除了常规的人性。1925 年,西班牙著名思想家奥尔特加·加塞特(José Ortega y Gasset,1883—1955)发表了《论艺术的去人性化》,指明"去人性化"并不意味着"让其变得不人性",而是通过扫除自然感情状态,颠覆先前有效的物与人之间的等级次序,即把人放在这个次序的最低一级,再以这样一种视角来描述人。也就是说,让人尽可能不显现为人。"去人性化"由此成为理解现代诗歌的"匿名主体性"的一个诗学

① 参见张枣:《当天上掉下来一个锁匠》,见北岛:《开锁——北岛一九九六～一九九八》,台北:九歌出版社,1999 年,第 10 页。

② [美]华莱士·史蒂文斯:《最高虚构笔记——史蒂文斯诗文集》,陈东东、张枣编,陈东飚、张枣译,上海:华东师范大学出版社,2009 年,第 256 页。

③ 关于北岛转折时期的诗艺转变,详情参见亚思明:《彼岸有界 诗意无声——论转折时期的北岛的诗(1979—1986)》,《南方文坛》2013 年第 5 期。

④ 参见[德]胡戈·弗里德里希:《现代诗歌的结构——19 世纪中期至 20 世纪中期的抒情诗》,李双志译,南京:译林出版社,2010 年,第 23 页。

关键词。①

"去个人化"以及"去人性化"的确也是北岛海外诗作的特点。诗的说话者通常只是一个独白者,自我是虚构的,仅仅是语言的载体。很多诗作甚至根本只将物作为内容。这样的例子不胜枚举,例如:

> 深深陷入黑暗的蜡烛
> 在知识的页岩中寻找标本
> 鱼贯的文字交尾后
> 和文明一起沉睡到天明②
>
> 　　　　　　　　　(《多事之秋》,1991—1993)

> 道路追问天空
>
> 一只轮子
> 寻找另一只轮子作证:③
>
> 　　　　　　　　　(《蓝墙》,1994—1996)

> 写作与战争同时进行
> 中间建造了房子
> 人们坐在里面

---

① 参见[德]胡戈·弗里德里希:《现代诗歌的结构——19世纪中期至20世纪中期的抒情诗》,李双志译,南京:译林出版社,2010年,第155—156页。

② 北岛:《多事之秋》,见《守夜——诗歌自选集1972—2008》,香港:牛津大学出版社,2009年,第92页。

③ 北岛:《蓝墙》,见《守夜——诗歌自选集1972—2008》,香港:牛津大学出版社,2009年,第114页。

像谣言,准备出发①

《练习曲》,1997—2000)

记忆暴君在时间的

镜框外敲钟——乡愁

搜寻风暴的警察

因辨认光的指纹晕眩②

《那最初的》,2001—2008)

以上诗句出自北岛不同时段的海外诗作,"去人性化"是其共同特征。没有"我"在叙说,只有语言在言说,将所见与所思合二为一。由此一来,一首诗变成了一首醒着的梦,瓦雷里曾将之定义为"语言的感性力量和智识力量之间神奇而格外脆弱的平衡"③。这正是"纯诗"的魅力所在。张枣也注意到,从结构上来看,这种"无自传"写作具有浓郁的"元诗"意味:"它是诗的内部构成的隐喻,在它里面发生的记忆,观看,梦想,动作皆内化成写者与空白的搏斗。"④这样的诗既不透露写者的来历,也对外界物性采取通约化的处理手法,例如写"海"而不特指某个海;"蜡烛""道路""天空""轮子""房子""风暴"全部都是放之四海而皆准的"宇宙意象"。北岛似乎相信"现代汉语已经真正生成了可以表

---

① 北岛:《练习曲》,见《守夜——诗歌自选集 1972—2008》,香港:牛津大学出版社,2009 年,第 163 页。

② 北岛:《那最初的》,见《守夜——诗歌自选集 1972—2008》,香港:牛津大学出版社,2009 年,第 183 页。

③ 转引自[德]胡戈·弗里德里希:《现代诗歌的结构——19 世纪中期至 20 世纪中期的抒情诗》,李双志译,南京:译林出版社,2010 年,第 173 页。

④ 张枣:《当天上掉下来一个锁匠》,见北岛:《开锁——北岛一九九六~一九九八》,台北:九歌出版社,1999 年,第 9 页。

达自身现代性的主体"，他对它们的征用"基本上斡旋在现代汉语独有而错综的语义场里，来熔炼颇流畅又具范式的诗意"。①

第二节　"莫若以明"：
找回民族传统的文化记忆

　　毋庸置疑，北岛向着艺术"纯粹性"趋近的"纯诗"意识是一种深具"世界性"的尝试，许许多多的前辈大师，如艾略特、史蒂文斯、里尔克都是围绕这一主题展开他们一生追溯的诗意。然而引人深思的是，北岛以其"世界诗歌"的写作对于"环球后现代性"的参与是否真如宇文所安所说，仅仅只是"迟到"地领受了一份早已被西方纳入传统的诗学成果，从而更加深化了他作为中国诗人的身份危机？对此，张枣显然并不认同。虽然从表面上来看，"北岛只关注写诗，写出一种尖端的诗，而不关注他是否在写汉语诗"，但生成这种表达潜能的正是"白话汉语的成熟和时代的转型"。②

　　回望历史，20世纪30年代的中国诗学界一度兴起过包括创作和研究在内的"纯诗"热潮，但抗日战争中断了"现代"诗人的探索。例如戴望舒曾对所译诗作包含的"纯诗"质地给予讲解和

① 参见张枣：《当天上掉下来一个锁匠》，见北岛：《开锁——北岛一九九六～一九九八》，台北：九歌出版社，1999年，第21页。
② 参见张枣《当天上掉下来一个锁匠》，见北岛：《开锁——北岛一九九六～一九九八》，台北：九歌出版社，1999年，第9—23页。

说明,这些文字都散见于译诗后记。① 40 年代,戴望舒还翻译过瓦雷里《波特莱尔的位置》②,这是"纯诗"理论译介最重要的译文之一。由于时代的隔绝,戴望舒在"纯诗"方面的积淀直至四十年后才陆续传递给北岛,其中《洛尔迦译诗抄》深刻地影响了包括北岛、顾城、方含、芒克在内的"今天派"。作为 20 世纪最伟大的西班牙诗人,洛尔迦对于"纯诗"艺术的贡献在于他创造性地发挥了源自马拉美的"非逻辑性"语素,令现代抒情诗如梦似幻。在一次演讲中,洛尔迦指出,"隐喻必须让位给'诗歌事件'(poetic event),即不可理解的非逻辑现象",他还引用了《梦游人谣》的诗句为例,他说:"如果你问为什么我写'千百个水晶的手鼓,/在伤害黎明',我会告诉你我看见它们,在天使的手中和树上,但我不会说得更多,用不着解释其含义。它就是那样。"③这种"非逻辑现象"在北岛作品中也比比皆是,例如在上一节中所列举的那些诗句,无一适用于"正常"的逻辑惯性。

一、北岛的"纯诗"意识与《庄子·齐物论》的相通

不可否认,正是一些优秀的翻译文学作品极大地拓展了北岛的诗学疆域,刺激了他的美学神经,令其最初的"流散"触角得以延伸。但假如我们认同"文明是受同一精神分子激励的不同文化的总和,其主要的载体——无论是从隐喻的角度还是就文

① 这些译后记后来收入《戴望舒译诗集》,长沙:湖南人民出版社,1983 年。另请参见高蔚:《"纯诗"的中国化研究》,北京:中国社会科学出版社,2008 年,第202 页。

② [法]瓦雷里:《波特莱尔的位置》,戴望舒译,收入《戴望舒诗全编》,杭州:浙江文艺出版社,1989 年。

③ 参见北岛:《洛尔迦》,见《时间的玫瑰》,香港:牛津大学出版社,2005 年,第 20—21 页。

字的意义而言——就是翻译"①，那么翻译借鉴无非就是从人类
文明的"弱水三千"中"取一瓢饮"，最初的源泉，又怎能说得清？
事实上，"纯诗"的艺术因子也潜藏在中国文化的艺术生命中。
中国哲学自老庄始，其思维方式就是纯艺术的。"中国传统诗性
文化所体现的对世界的认知方式是'性灵'性的，它追求'大象无
形'、'大音希声'、'大美不言'的至高审美境界，也体现出'无为
而无不为'、'道可道非常道，名可名非常名'的至高哲学理念"，
只是近代以来，"我们严峻的家国命运不允许诗人们在纯艺术上
做太多停留，纯美艺术自然舒展的原始生命形态被暂时忽略
了"。② 从"文学革命"到"革命文学"，对艺术的"纯美"追求多为
政治的现实需求所覆盖，如王国维的"纯粹美术"之倡导，在 20
世纪初并未得到应有的响应；戴望舒、梁宗岱③等人的前期探索
又遭阻隔④——直至 80 年代中后期，诗歌中的纯艺术理想才伴
随着文艺界的纯文学呼声而被重新提及。可以这样说：20 世纪
中国诗歌的"纯诗"意识，是在法国象征主义那里找回自己民族
传统的文化记忆的。例如当我们细读北岛 90 年代的诗作，其玄
思妙想似与《庄子·齐物论》有着相通之处。

　　《齐物论》是《庄子》全书中义理最为丰富的一篇，它以一种

---

① 　[美]布罗茨基：《文明的孩子》，见[美]布罗茨基：《文明的孩子——布罗茨基论诗
　　和诗人》，刘文飞、唐烈英译，北京：中央编译出版社，1999 年，第 109－110 页。

② 　参见高蔚：《"纯诗"的中国化研究》，北京：中国社会科学出版社，2008 年，第
　　7 页。

③ 　在"现代"诗人中，梁宗岱是较早涉足"纯诗"理论的译介者，其主要建树请参见高
　　蔚：《"纯诗"的中国化研究》，北京：中国社会科学出版社，2008 年，第 206－
　　251 页。

④ 　梁宗岱曾于 1951 年在广西百色被关进监狱两年多，新时期以后，他的作品才重
　　见天日。参见柏桦：《左边：毛泽东时代的抒情诗人》，南京：江苏文艺出版社，
　　2009 年，第 81－82 页。

"齐物"的价值观、宇宙观来烛照万物,以齐"物论",于百家争鸣的是非争端中跳脱出来,"乘云气,骑日月,而游乎四海之外"。庄子是哲学家、思想家,更是一位杰出的文学家,他的语言风格用清代学者刘熙载的话来说,"如空中捉鸟,捉不住则飞去","意出尘外,怪生笔端"。[①] 正是这种模糊多义的"谬悠之说,荒唐之言,无端崖之辞"使得庄子学说得以突破认识论的藩篱而带有一种语言哲学的特质。

例如《庄子·齐物论》中有这样一段被后人称之为"相对主义"的精彩论述:

> 夫言非吹也,言者有言,其所言者特未定也。果有言邪?其未尝有言邪?其以为异于鷇音,亦有辩乎?其无辩乎?道恶乎隐而有真伪?言恶乎隐而有是非?道恶乎往而不存?言恶乎存而不可?道隐于小成,言隐于荣华。故有儒墨之是非,以是其所非而非其所是。欲是其所非而非其所是,则莫若以明。

黄锦铉先生的译文如下:

> 人们的言论,和自然的风吹并不相同,所以学者们尽管发议论,但他们议论的对象是没有一定的准则。(既然这样)那他们究竟是发了议论呢?还是没有发议论呢?他们都以为所发议论是有分别的,和小鸟有声无意的叫声有所不同,可是究竟是有分别呢?还是没有分别呢?"道"被什么隐蔽了而有真伪?"言论"被什么隐蔽了而有是非?"道"在那里而不存在呢?言论怎么会有不可的呢?"道"是被小

---

① (清)刘熙载:《艺概》,上海:上海古籍出版社,1978年,第183页。

成有偏见的人隐蔽了的，言论是被浮华巧饰的人隐蔽了的。因此才有儒家、墨家的是非争论，他们都以自己认为“是”的意见去批别人的“非”，而以自己认为“非”的意见，去批别人的“是”。要想纠正他们的错误，“是”就说“是”，“非”就说“非”，莫过于“以明”。①

庄子的这段论述与北岛的一个观点暗合：“文学在意识形态层面的正面对抗，往往会成为官方话语的一种回声。”②因此，若要减弱语言的暴力倾向，解构意识形态的铜墙铁壁，就必须从词语出发带来形式上的开放，如罗兰·巴特在《零度写作》中所说的那样：“闪烁出无限自由的光辉，随时向四周散射而指向一千种灵活而可能的联系。”

作为新诗潮的领军人物，北岛在 20 世纪 70 年代的部分创作被贴以“朦胧诗”的标签，但这一含混指涉③无碍于那些锐利而凛冽的诗作，连同诗人勇于质疑现状以及高声呐喊的英雄形象的深入人心。“卑鄙是卑鄙者的通行证，高尚是高尚者的墓志铭”早已成为脍炙人口的名句。但今天如果有人提及《回答》，他会觉得惭愧，因为站在“文革”废墟上的北岛，他在《回答》里的石破天惊的那一句“我——不——相——信！”与诗相比，更像口号，是从一个是非之端滑向另一个是非之端，正如庄子所说的，“以是其所非而非其所是”。刘小枫将北岛这一代人划为“四五一代”，并说：“‘四五’一代从真诚地相信走向真诚的不信，为拒斥意义话

①　黄锦鋐注译：《新译庄子读本》，台北：三民书局，2007 年，第 72 页。

②　北岛：《艾基》，见《时间的玫瑰》，香港：牛津大学出版社，2005 年，第 282 页。

③　引起争议的北岛的《太阳城札记》《结局或开始》《回答》和《一切》都是构思或完成于 1974 年到 1977 年，然而，迟至 1980 年它们才被冠以“朦胧诗”之名。参见李润霞编：《被放逐的诗神》，武汉：武汉出版社，2006 年，第 411、413－417 页。

语的物件性失误提供了条件，也给出了新的危险。"①

80年代末期，流亡海外的北岛开始进入一种漂泊及孤悬状态，他在一次采访中说过，"漂泊是穿越虚无的没有终点的旅行"，经历无边的虚无才知道存在有限的意义。② 这种虚无之旅在认识论上有些类似于"心斋"（《庄子·人间世》）、"坐忘"（《庄子·大宗师》）的直觉体悟，从而达到与道合一的境界。

1989年至1995年的六年之间，辗转七国，频繁迁徙的北岛经历了包括年龄、心态到语言的转换。直至他后来从欧洲移居北美，再从北美回归，近二十年的多国游历不仅开阔了视野，也因此而让他获得某种思维越界的批判能力：远离权力中心和大众喧嚣，行走在物质世界的边缘，忍受孤独，但也有勇气否定自己，"重估一切价值判断"。跳出以往的是非成见之圈，北岛对自己早期的诗基本持否定态度。"那时候我们的写作和革命诗歌关系密切，多是高音调的，用很大的词，带有语言的暴力倾向。我们是从那个时代过来的，没法不受影响，这些年来，我一直在写作中反省，设法摆脱那种话语的影响。对于我们这代人来说，这是一辈子的事。"③

静观北岛90年代以后的创作，不难发觉心路的变化也在他的笔端留下了痕迹：诗韵由激越趋于平静，文字暗藏锋芒而内敛幽思，远是非而近乎道，用庄子的话来讲：摈弃"是故滑疑之耀"，"为是不用而寓诸庸，此之谓以明"。（《庄子·齐物论》）也就是说，他不再炫耀智慧和言论，而是将之寄托于中庸之道，这就叫

---

① 刘小枫：《"四五"一代的知识社会学思考札记》，见《这一代人的怕和爱》，北京：生活·读书·新知三联书店，1997年，第132页。
② 北岛：《自序》，《失败之书》，汕头：汕头大学出版社，2004年，第2页。
③ 翟頔、北岛：《中文是我唯一的行李》，《书城》2003年第2期。

做"以明"。

例如《旧地》中,他写道:

> 此刻我从窗口
>
> 看见我年轻时的落日
>
> 旧地重游
>
> 我急于说出真相
>
> 可在天黑前
>
> 又能说出什么
>
> 饮过词语之杯
>
> 更让人干渴
>
> 与河水一起援引大地
>
> 我在空山倾听
>
> 吹笛人内心的呜咽①

这首诗给人一种"欲语还休"的苍凉之感。真相是无法言说的。"是非之彰也,道之所以亏也。"(《庄子·齐物论》)言之不尽,不如"与河水一起援引大地",在空山倾听,"吹笛人内心的呜咽",是地籁,是人籁,还是天籁?

海德格尔曾说:"诗是那无法表达的东西的语言。"海德格尔认为:"诗意并不是作为异想天开的无目的的想象,单纯概念与幻想的飞翔去进入非现实的领域。诗作为澄明的投射,在敞开性中所相互重叠和在形态的间隙中所预先投射下的,正是敞开。诗意让敞开发生,并且以这种方式,即现在敞开在存在物中间才

---

① 北岛:《旧地》,见《午夜歌手——北岛诗选一九七二~一九九四》,台北:九歌出版社,1995 年,第 222 页。

73

使存在物发光和鸣响。"①因此，诗意是真理投射的一种方式，诗意的天性即投射的天性。这在北岛的《夜》中也有类似描述：

> 夜比所有的厄运
>
> 更雄辩
>
> 夜在我们脚下
>
> 这遮蔽诗的灯罩
>
> 已经破碎②

"夜"是一种隐喻，暗示未知的黑暗，它的雄辩在于谬误的言说。而"诗"好比澄明的投射，一旦让"遮蔽诗的灯罩"破碎，真理之光就能照进黑暗，改变我们的厄运。

诗意也是一种道的言说，即庄子所谓的"照之于天"或"以明"。正是以诗意为媒，我们才能从北岛的诗中读出"庄味"。例如《二月》中的一段与"庄周梦蝶"有异曲同工之妙：

> 在早晨的寒冷中
>
> 一只觉醒的鸟
>
> 更接近真理
>
> 而我和我的诗
>
> 一起下沉③

究竟是"我"做梦梦到自己变成了鸟，还是鸟做梦梦到自己变成了"我"？从世人的眼光来看，"我"与鸟必定是有分别的，但

---

① 海德格尔：《诗·语言·思》，北京：文化艺术出版社，1991年，第68页。

② 北岛：《夜》，见北岛：《零度以上的风景——北岛一九九三～一九九六》，台北：九歌出版社，1996年，第96页。

③ 北岛：《二月》，收入北岛：《零度以上的风景——北岛一九九三～一九九六》，台北：九歌出版社，1996年，第56页。

从道的角度来看，二者皆是梦，好比《庄子·齐物论》里的庄周与蝴蝶，不过是"物化"的幻象而已。而觉醒的鸟"更接近真理"，寓意着生命的觉悟和超升。

二、"失败之书博大精深"

了解到庄子的"物化"之理，就能更好地辨析被语言歧义所遮蔽的诗意的微光。而"所有的诗艺和所有的诗情/不过是对现实之梦的说明"。[①] 以一种释梦的心态阅读难懂程度不下于梦中呓语的北岛诗语，洞彻时的快慰感不啻"开锁"：

> 一扇窗户打开
> 像高音 C 穿透沉默
> 大地与罗盘转动
> 对着密码——
> 破晓![②]

而北岛后期诗风的变化令"开锁"的关键词的语义由大变小，从强到弱，由实质转为虚空，正如《关键词》一诗中所表现出的：

> 关键词，我的影子
> 捶打着梦中之铁
> 踏着那节奏

---

① 这是尼采的《悲剧的诞生》中，亨斯·萨克斯（Hans Sachs）在《善歌者》（Meistersinger）中的诗句："朋友呵，这正是诗人的责任；去阐明和记下自己的梦境。信我吧，人间最真实的幻影/往往是在梦中对人们显现；所有的诗艺和所有的诗情/不过是对现实之梦的说明。"

② 北岛：《开锁》，见北岛：《开锁——北岛一九九六～一九九八》，台北：九歌出版社，1999 年，第 164 页。

75

一只孤狼走进

无人失败的黄昏
鹭鸶在水上书写
一生一天一个句子
结束①

关键词带有语言暴力的色彩。"这就是权力在语言深处的延伸,从而改变人们的言说和思维方式。"②一心追求诗艺精进的北岛试图摆脱关键词的束缚,就像持灯的使者试图摆脱自己的影子。但自由之于暴力、光明之于阴影是相互对立而又相互依存的,纵行空谷亦闻足音。正是踏着这种暴力的金属的铮铮之音,诗人好比一只孤狼走进他梦中的诗境。这是艺术的臻境。这是"无人失败的黄昏"。而在庄子看来,世上本来就没有成功与失败的分别:"其分也,成也;其成也,毁也。凡物无成与毁复通为一。惟达者知通为一,为是不用而寓诸庸。"(《庄子·齐物论》)

> 万物乃在成就另一物,而另一物的成就,也就是建立在毁坏他物上。其实万物是没有什么生成与毁灭的,而是通而为"一"的。只有得道明达的人才能了解这通而为"一"的道理。因此就不用辩论,而把智慧寄托于平庸的道理中。③

"为是不用而寓诸庸"也就是"以明"。没有大是大非的争

---

① 北岛:《关键词》,见北岛:《零度以上的风景——北岛一九九三～一九九六》,台北:九歌出版社,1996 年,第 126 页。

② 北岛:《艾基》,见《时间的玫瑰》,香港:牛津大学出版社,2005 年,第 308 页。

③ 黄锦鈜注译:《新译庄子读本》,台北:三民书局,2007 年,第 73 页。

辩,好比"鹭鸶在水上书写",写下的一刻也是消逝的一刻,生成与毁灭都是通而为"一"的。一生如此,一天如此,一个句子亦是如此,直至"结束"。

据说,汉学家魏斐德曾经朗诵北岛这首诗的英文版,读到"一只孤狼走进/无人失败的黄昏"时,不禁流下了眼泪。① "孤狼"是现实社会里的"失败者",而世界文坛不乏一意孤行的"孤狼"形象。例如卡夫卡在遗嘱中托付朋友将书稿付之一炬的态度表明:"作者对自己的作品是不满意的;他认为自己的努力是失败的;他把自己归并到那些注定要失败的人之列。"②德国文艺评论家和哲学家本雅明认为,要恰如其分地看待卡夫卡这个形象的纯粹性及独特性,千万不可忽略的是"这种纯粹性和美来自一种失败","再没有什么事情比卡夫卡强调自己的失败时的狂热更令人难忘"。③ 本雅明特别强调,理解卡夫卡的作品,除了别的诸多条件外,"必须直接地认识到他是一个失败者",这句精准无比的评价其实也适用于他自己。④ 恰如他笔下的"历史的天使",本雅明本人也被一场所谓"进步"的风暴一步步吹向他所背对着的未来,而在他的面前,残垣断壁越堆越高直逼天际。

"要当艺术家就要失败",这是"荒诞派戏剧"的奠基人、1969

① 参见北岛:《魏斐德:熟悉的陌生人》,《南方周末》2006年11月9日文化版。
② [德]汉娜·阿伦特编:《启迪:本雅明文选》,张旭东、王斑译,北京:生活·读书·新知三联书店,2014年,第138页。
③ [德]汉娜·阿伦特编:《启迪:本雅明文选》,张旭东、王斑译,北京:生活·读书·新知三联书店,2014年,第155页。
④ 参见[德]汉娜·阿伦特:《导言:瓦尔特·本雅明:1892—1940》,王斑译,见[德]汉娜·阿伦特编:《启迪:本雅明文选》,张旭东、王斑译,北京:生活·读书·新知三联书店,2014年,第36页。

年诺贝尔文学奖得主塞缪尔·贝克特（Samuel Beckett，1906—1989)的惊人之语，因为艺术的王国就是"那种失败"，那种不与外来价值系统沟通的潜意识领域。① 在这个王国里，文学艺术的现代性是对正在扩散的中产阶级的现代性及其庸俗世界观、功利主义成见、中庸随俗性格与低劣趣味的激烈反抗。美国学者马泰·卡林内斯库（Matei Calinescu)指出："可以肯定的是，在19 世纪前半期的某个时刻，作为西方文明史一个阶段的现代性同作为美学概念的现代性之间发生了无法弥合的分裂（作为文明史阶段的现代性是科学技术进步、工业革命和资本主义带来的全面经济社会变化的产物）。从此以后，两种现代性之间一直充满不可化解的敌意……"②

艺术的先锋派对资产阶级价值观的拒斥注定他们只能以"成功者"的反面形象出现。因此不难理解，为什么"发达资本主义时代的抒情诗人"要在《恶之花》中以一个"游荡者"的目光凝视巴黎城；而本雅明毕十年之功研究波德莱尔，正是要给现代主义的宗师画像。他敏锐地注意到，浪漫主义的巨匠雨果是以"文学和政治生活的成功经验所赋予他的眼光来看待事物"，他不是"游荡者"，"对于他来说，大众几乎是旧时代意义上的顾客——这便是他们的大批读者和支持者"。③

然而，"在跟随雨果的大众和雨果所跟随的大众中都没有波

---

① 参见 Beckett，Samuel and Duhuit，Georges. *Proust and Three Dialogues with Georges Duhuit*. London：Chatto & Windus，1931，p. 126.

② ［美]马泰·卡林内斯库：《两种现代性》，顾爱彬、李瑞华译，见周宪主编：《文化现代性精粹读本》，北京：中国人民大学出版社，2006 年，第 109 页。

③ 参见［德]本雅明：《发达资本主义时代的抒情诗人》，张旭东、魏文生译，北京：生活·读书·新知三联书店，2014 年，第 89 页。

德莱尔"①。虽然他也喜欢人群——这与他对孤独的偏好并不矛盾——确切地说,"他喜欢的是稠人广众中的孤独"②。作为一个"游荡者",波德莱尔需要用借来的、虚构的、陌生人的孤独来填满那种"每个人在自己的私利中无动于衷的孤独"给他造成的空虚,并以此"测量他的失败的深度"。③

波德莱尔在《恶之花》中的"游荡者"形象正是"流散者"的原型。对于北岛本人来说,这种"流散者"的状态意味着"词的流亡开始了",与之相应的是他有意抹掉"英雄主义"的痕迹,打破诗歌内部强大的韵律系统,语调趋于和缓平静,甚至干脆给自己放假,让词语解甲归田。正如帕斯捷尔纳克意识到"抒情诗已不再可能表现我们经历的广博。生活变得更麻烦、更复杂。在散文中我们能得到最佳表达的价值……"④北岛也转而从诗歌的高山步入散文的平原,并且以车代步,角色转换得驾轻就熟,受到国内外学者的普遍赞誉——例如顾彬认为北岛是当代华语圈最杰出的散文写者。⑤

对于"失败",北岛有自己的理解:"失败,在我看来是个伟大

---

① ［德］本雅明:《发达资本主义时代的抒情诗人》,张旭东、魏文生译,北京:生活·读书·新知三联书店,2014 年,第 89 页。

② ［德］本雅明:《发达资本主义时代的抒情诗人》,张旭东、魏文生译,北京:生活·读书·新知三联书店,2014 年,第 73 页。

③ 参见［德］本雅明:《发达资本主义时代的抒情诗人》,张旭东、魏文生译,北京:生活·读书·新知三联书店,2014 年,第 89 页。

④ 北岛:《帕斯捷尔纳克》,见《时间的玫瑰》,香港:牛津大学出版社,2009 年,第257 页。

⑤ 德国汉学家、翻译家、作家沃尔夫冈·顾彬在 2008 年接受《瞭望东方周刊》记者采访时,谈到中国作家与中国文学,认为北岛的散文是当代中国最好的。另参见 Wolfgang Kubin. "Nachbemerkung", Bei Dao. *Von Gänseblümchen und Revolution*, Wien: Erhard Löcker GesmbH, 2012, s. 64.

的主题,它代表了人类的精神向度:漂泊的家园、悲哀的能量、无权的权力。我所谓的失败者是没有真正归属的人,他们可能是伟大的作家,也可能是小人物,他们与民族国家拉开距离,对所有话语系统保持警惕。失败其实是一种宿命,是沉沦到底并自愿穿越黑暗的人。"①

---

① 王寅、北岛:《失败者是没有真正归属的人》,《第一财经日报》2004 年 11 月 26 日第 D3 版。

第四章　多多:"中间状态"和"复调"结构

　　从 1972 年的"白洋淀"出发,至今保持着不衰的创作活力和高超的艺术水准的多多无疑也是波德莱尔星系下的诗人,他说"没有波德莱尔我不会写作"①。而在"白洋淀三剑客"②之中,他又走得最为坚决、彻底,以一种"眺望原野的印象力量"③去看太阳西沉。这种力量来自十六岁的痛苦的村庄——"文化大革命"就像地震,但也震开了现代主义的泉源。王家新评价说:"多多的诗,已构成了汉语诗歌近二三十年乃至近百年来一道最优异、罕见的景观。无论何时何地,我都为汉语诗歌能拥有这样的诗人骄傲。"④

　　多多的诗里很早就有一种"异"视野,这在中国当代文学作品中并不多见。如《当人民从干酪上站起》(1972)、《悲哀的玛琳娜》(1973)、《手艺——和玛琳娜·茨维塔耶娃》(1973)、《玛格丽

---

①　凌越、多多:《我的大学就是田野——多多访谈录》,《书城》2004 年第 4 期。

②　"白洋淀三剑客"是指:根子、芒克、多多。多多在这三人之中创作时间最长、成就最大。

③　多多:《同居》,见李润霞编:《被放逐的诗神》,武汉:武汉出版社,2006 年,第282 页。

④　王家新:《阿姆斯特丹的河流》,《中华读书报》2002 年 6 月 26 日。

和我的旅行》(1974)仅标题就不乏"异国情调"。他在一组题为
《万象》①(1973)的短诗中信手裁剪诸国印象：法兰西(你放浪的
美少年的侧影/刚好装饰一枚硬币)、德意志(像一只黑色的大提
琴)、英吉利(偶尔又会流露出/大不列颠海盗的神气)、美利坚
(那儿的天空倾落下金币/那儿的人民，就会幽默地撑起雨伞)、
阿拉伯(别了，遗落在沙漠中的酒具、马鞍)、印第安(远处，一息
古罗马的哀愁/从丁当响着的钥匙声中传来)。这些从书本里得
来的剪纸艺术自然不够丰满立体，但透着几分凭栏远眺的自在
想象。多多曾说，他有犹太血统，"外祖家是世居开封的犹太
人"。② 若能确证，便不难理解他诗里的"流散"情结的存在。

第一节　新环境与旧回忆之间的"中间状态"

1989年离国的多多，经历了个人命运的转折，体味到旅居异
国的悲凉。十四年来他先后辗转漂泊于荷兰、英国、加拿大，后
定居荷兰，2004年回国。往返于中西两界，但又两头不靠，仿佛
一个站在母语与外语交会十字路口的旁观者，如萨义德在《知识
分子论》中描述的那样："存在于一种中间状态，既非完全与新环
境合一，也未完全与旧环境分离，而是处于若即若离的困境，一

---

① 多多以《万象》命名的组诗现有两种版本，此诗收入《行礼：诗38首》，另一组诗
　《万象》收入《里程：多多诗选1972—1988》。参见多多：《万象》，见李润霞编：《被
　放逐的诗神》，武汉：武汉出版社，2006年，第240—243页。

② 参见宋海泉：《白洋淀琐忆》，收入刘禾编：《持灯的使者》，桂林：广西师范大学出
　版社，2009年，第118页。

方面怀乡而感伤,一方面又是巧妙的模仿者或秘密的流浪人。"①
纵观多多的海外创作,许多作品就是这种"中间状态"的文字流
露,《阿姆斯特丹的河流》(1989)是一个典型例子:

> 十一月入夜的城市
> 唯有阿姆斯特丹的河流
>
> 突然
>
> 我家树上的桔子
> 在秋风中晃动
>
> 我关上窗户,也没有用
> 河流倒流,也没有用
> 那镶满珍珠的太阳,升起来了
>
> 也没有用
> 鸽群像铁屑散落
> 没有男孩子的街道突然显得空阔
> 秋雨过后
> 那爬满蜗牛的屋顶
> ——我的祖国

---

① ［美］爱德华·W.萨义德:《知识分子论》,单德兴译,北京:生活·读书·新知三
联书店,2002 年,第 45 页。

> 从阿姆斯特丹的河上，缓缓驶过……①

开篇直奔主题，时间地点全交代清楚了：11 月的一个夜晚；水城阿姆斯特丹。但城市面貌隐去，唯有河流奔流不息。"突然"，一个急转弯，老家树上的"桔子"在眼前晃动，作者的乡愁涌上心头，而且无论如何也挥之不去。即使到了第二天早上，阳光灿烂，"鸽群像铁屑散落"（欧洲街头的鸽子远比人多），作者依然想念故乡的热闹的街景；即使阳光过后是秋雨，即使雨过天晴，不经意的一瞥——"那爬满蜗牛的屋顶"，还是勾起了追思无限："祖国"像一艘船，"从阿姆斯特丹的河上，缓缓驶过……"

对于"语不惊人死不休"的多多来说，《阿姆斯特丹的河流》是他的清新之作，全篇语言流畅，富有音乐性，特别适合京腔（乡音）朗诵，但技法依然是超现实主义的。事实上多多想念的也许并非真实的，而是记忆中的北京："桔子""鸽群""蜗牛"，这些自然景观交叠在一起，令他依稀仿佛看见"祖国"之船载着往昔的生活，从眼前的河上驶过。幻想与现实、家乡与异域奇妙地交织在一起。

谢默斯·希尼曾经说过："诗人具有一种在我们的本质与我们生活其中的现实本质之间建立意料不到和未经删改的沟通的本领。"②多多是这方面的行家里手，异域漂泊的"中间状态"更是给了他一种参悟现实的参照视野。他笔下的"祖国"是船，载着过客，载着记忆，而风景并非这边独好，只是物是"船"非，令人不禁叹惋。唐晓渡注意到，多多出国后的作品中，"运用复沓手法

---

① 多多：《阿姆斯特丹的河流》，见张枣、宋琳编：《空白练习曲：〈今天〉十年诗选》，香港：牛津大学出版社，2002 年，第 1 页。

② ［爱尔兰］谢默斯·希尼：《舌头的管辖》，见［美］布罗茨基等：《见证与愉悦：当代外国作家文选》，黄灿然译，天津：百花文艺出版社，1999 年，第 254 页。

的频率和密度大大增加了";此外,"自然的元素、农业文明的元
素,在其作品构成中的地位也获得了强化"。① 这种改变无疑凸
显了多多诗歌的音乐性,平添一份泥土的气息,并因一种本质上
的勾连而熠熠闪着永恒之光,例如这首《依旧是》(1993):

> 走在额头飘雪的夜里而依旧是
> 从一张白纸上走过而依旧是
> 走进那看不见的田野而依旧是
>
> 走在词间,麦田间,走在
> 减价的皮鞋间,走到词
> 望到家乡的时刻,而依旧是
>
> ……
>
> 每一粒星星都在经历此生此世
> 埋在后园的每一块碎玻璃都在说话
> 为了一个不会再见的理由,说
>
> 依旧是,依旧是②

原诗很长,因篇幅所限只能摘取其中的几小节,但不难看
出,这首诗讲的是"变"中的"不变"。多多曾在访谈中说,他的大
学就是田野,他从那里开始写作,无论是后来回城工作、海外漂
泊,在他身上只有诗歌是最自然的一种形式,"决不受什么外在

---

① 唐晓渡:《多多:是诗行,就得再次炸开水坝》,《当代作家评论》2004 年第 6 期。
② 多多:《依旧是》,《今天》1994 年第 2 期。

生存环境影响而改变而有任何影响"。① 对他而言,写作已经成为必需和更为本质的生命及生活。②

这首《依旧是》就是永恒追求的体现。从词句上来看,时空跨越很大,原诗跨越寒暑衰荣、生离死别——因删节不能完全体现,而贯穿其中不变的字眼就是"依旧是"。

生命的真实与写作的隐喻在多多这里是打成一片的,"白纸"不是"白纸","田野"不是"田野",又或者,"白纸"是"田野","田野"是"白纸"。作者以一种翻阅书页的速度穿越于经验世界和虚拟世界之间:"词间""麦田间""减价的皮鞋间",视域的切换并未令他感觉冲突,反而却是"依旧是"。遥远如天上的"星星",切近如埋在后园的"碎玻璃",因为诗意的存在,它们都在说话,而这诗意是穿透世间万象的永恒之光,因为一个万变不离其宗的理由:"依旧是,依旧是。"

多多这首诗是对法国超现实主义的隐喻手法的巧妙借用。在传统诗歌中,隐喻是为了揭示两个对象之间已经存在,只是还没有被认识到的相似性,因此具有与真理相似的地位。而对于现代诗歌来说,它并不适用,"因为现代诗歌不是用隐喻为一个现存者唤起一个相似者,而是借用隐喻强迫彼此分离者汇合为一"。③ 现代隐喻往往希望有一种尽可能极端的差异性,同时以诗歌的方式取消这种差异性。例如"白纸"和"田野","词"和"麦田","星星"和"碎玻璃",无不都是最出人意表的组合,却在多多

---

① 参见凌越、多多:《我的大学就是田野——多多访谈录》,《书城》2004 年第 4 期。

② 参见夏榆、陈璇、多多:《"诗人社会是怎样一个江湖"——诗人多多专访》,《南方周末》2010 年 11 月 17 日。

③ 参见[德]胡戈·弗里德里希:《现代诗歌的结构——19 世纪中期至 20 世纪中期的抒情诗》,李双志译,南京:译林出版社,2010 年,第 194—195 页。

的语言实验室里融合成了一个整体。其中"田野""麦田""家乡"是原乡意象，是早年记忆里的东西；"白纸"和"词"属"元诗"语素，源于一种语言自觉意识；"减价的皮鞋"是过量生产和市场经济的产物，意喻着庸俗、琐碎的现实生活。看似毫不搭界的不同向度里的事物，多多却用现代的技法将它们"对位"整合到了一起。

　　类似的代表作还有《小麦的光芒》(1996)，仅以前两节为例：

　　　　摘三十年前心爱的樱桃，挑故乡
　　　　运来的梨，追射向青春的那支箭
　　　　世上，还有另一种思念
　　　　没有马送我来，用留在门上的
　　　　三下扣门声，人们为我命名：
　　　　小麦的，小麦的

　　　　小麦的光芒

　　　　走过中国城的酱菜园，高丽参店，
　　　　棺材行，看我的前半生怎样
　　　　从一片麦地走出，羞愧的时刻
　　　　也是幸福的时刻，黄昏的分分秒秒
　　　　从红绸子店中闪耀的，依旧是

　　　　小麦的光芒①

----

① 多多：《小麦的光芒》，见《多多四十年诗选》，南京：江苏文艺出版社，2013年，第247页。

细读此诗,第一节的"旧回忆"与第二节的"新环境"相映成趣,而穿透岁月的永恒之光是"小麦的光芒"。整体而言依然不失为一种徘徊于新旧之间的"中间状态"的"流散写作"。值得注意的是,全诗的诗眼"小麦的光芒"以单行诗节的形式不断复沓出现,形成一种循环往复的韵律结构,类似于古典律诗的平仄安排或者英语诗歌的音步设计,以此来增进余音绕梁的节奏感或音乐性。这在现代汉语诗歌日趋口语化乃至口水话的当下实属难能可贵——因为新诗在旋律方面的散漫一直令其饱受"汉语性"缺失的诟病,而多多是为数不多的几位在新诗的音乐性上颇有建树的诗人之一——这或许又与他本人的音乐素养有关:早在尝试新诗写作之前,多多是以业余男高音的身份出现在"徐浩渊沙龙"①里。

第二节　多重性声音的"复调"结构

读多多的诗,会发现新诗原来也是一种与声音有关的艺术形式。黄灿然指出:"多多诗歌中强烈而又独特的音乐感,又使他跟传统诗歌接上血脉——这就是诗歌的可吟可诵和可记。"②具体而言,多多最常用来构造诗歌的音乐手段又包括:"一、相同或者相近的词组和句式;二、押韵以及其他类型的同音复现。前

---

① "文革"时期,北京存在一些地下文化沙龙,"徐浩渊沙龙"是其中之一,其成员读禁书、写禁诗,学习音乐或者绘画。多多和根子起初都是以歌者身份加入"徐浩渊沙龙"的,根子唱男低音,多多唱男高音。参见多多:《1970—1978北京的地下诗坛》,收入刘禾编:《持灯的使者》,桂林:广西师范大学出版社,2009年,第89页。

② 黄灿然:《多多:直取诗歌的核心》,《天涯》1998年第6期。

者是句法结构方面的相近关系,后者是语音方面的相近关系",
它们在多多作品中"是作为一个整体而出现的"。① 例如这首《没
有》(1991)：

> 没有人向我告别
> 没有人彼此告别
> 没有人向死人告别,这早晨开始时
>
> 没有它自身的边际
>
> 除了语言,朝向土地被失去的边际
> 除了郁金香盛开的鲜肉,朝向深夜不闭的窗户
> 除了我的窗户,朝向我不再懂得的语言
>
> 没有语言
>
> 只有光反复折磨着,折磨着
> 那只反复拉动在黎明的锯
> 只有郁金香骚动着,直至不再骚动
>
> 没有郁金香
>
> 只有光,停滞在黎明
> 星光,播洒在疾驰列车沉睡的行李间内
> 最后的光,从婴儿脸上流下

---

① 　参见李章斌：《多多诗歌的音乐结构》,《当代作家评论》2011 年第 3 期。

没有光

我用斧劈开肉,听到牧人在黎明的尖叫
我打开窗户,听到光与冰的对喊
是喊声让雾的锁链崩裂

没有喊声

只有土地
只有土地和运谷子的人知道
只在午夜鸣叫的鸟是看到过黎明的鸟

没有黎明①

　　《没有》一诗的写作背景是 1991 年,多多到了荷兰,不懂荷兰语也不学荷兰语,陷入一种失语状态。但"无语的时候,词语仍是中心"②。对此,布罗茨基曾有论述:对于作家这个职业的人士,"流散"首先是一个语言事件:"他被推离了母语,他又在向他的母语退却。开始,母语可以说是他的剑,然后却变成了他的盾牌、他的密封舱",他与语言之间那种隐私的、亲密的关系,变成

①　多多:《没有》,见《多多四十年诗选》,南京:江苏文艺出版社,2013 年,第 196－197 页。
②　多多:《"第三届华语传媒最佳诗人奖"受奖演说》,《当代作家评论》2005 年第 3 期。

了命运——"甚至在此之前,它已变成一种迷恋或一种责任"。①

　　了解到这一背景,便不难理解,《没有》表现的依然是那种"没有语言"和"只有语言"之间的"中间状态",与之相应的是三行诗节与单行诗节的交替出现,以及"没有""只有"句式的回旋反复。这里的音乐结构已不再是单声部的,而是多声部的,或曰:"复调"结构。

　　"复调"(Polyphony)原为音乐术语,是多声部音乐的一种组成形式:"它由两组以上同时进行的旋律组成,各声部各自独立,但又彼此形成和声关系,以对位法为主要创作技法。换言之,一方面,复调音乐的各个声部在节奏、重音、力度及曲调起伏等方面都具有自己的独立性;另一方面,各声部之间又彼此和谐地统一为一个整体。"②1929年,俄罗斯著名文艺学家巴赫金(M. M. Bakhtin,1895—1975)首度将"复调"概念引入小说理论之中,此后,"复调"不仅被当作小说的一种叙述结构,还被看成是一种对话性的艺术观念,人类认知世界的一种思维方式。

　　具体到多多的这首作品《没有》,全诗有两个调式、两种说话的声音:三行诗节的宣泄和单行诗节的矜默;一个汪洋恣肆、一个淡定悠远。彼此独立,又相互映衬,表达着自我分裂的激烈冲突,由此也构成一种诗学的"复调"结构。这样的一种诗歌形式不仅仅是出于音乐性的考虑,更令一个"深刻根植于'中文之内'

---

① 参见[美]布罗茨基《我们称为"流亡"的状态,或浮起的橡实》,收入[美]布罗茨基:《文明的孩子——布罗茨基论诗和诗人》,刘文飞、唐烈英译,北京:中央编译出版社,1999年,第59页。

② 李凤亮:《复调:音乐术语与小说观念——从巴赫金到热奈特再到昆德拉》,《外国文学研究》2003年第1期。

写作的诗人"、一个外表冷静、内心狂热的"外语世界的漂流者"①的形象跃然纸上。

总体而言,这种由多行诗节和单行诗节组合而成的"复调"结构频现于多多 90 年代的诗歌创作,几乎成为他"流散写作"的一个特色。譬如:《静默》(1992)、《在墓地》(1992)、《依旧是》(1993)、《锁住的方向》(1994)、《锁不住的方向》(1994)、《从不做梦》(1994)、《没有》(1996)、《节日》(1996)、《小麦的光芒》(1996)、《等》(1998)、《四合院》(1999)等。即便是在诗节对比并不明显的作品之中,或者同一诗节内部,记忆与现实、原乡与异域、传统与现代的画面所交织构成的极具反差的声部转换也好比"两个小人在打架",例如:

> 一阵午夜的大汗,一阵黎明的急雨
>
> 在一所异国的旅馆里
>
> 北方的麦田开始呼吸
>
> 像畜栏内,牛群用后蹄惊动大地②

(《北方的记忆》,1992)

"午夜的大汗"和"黎明的急雨"都是"随风潜入夜,润物细无声"的东西,这与"牛群用后蹄惊动大地"形成鲜明的对比,其实也是一种心理情绪的反映。可以想象,一个"梦里不知身是客,一晌贪欢"的异乡客在"异国的旅馆里"幡然醒转,思乡的悲凉在

---

① 关于先锋诗人的海外流散,杨炼曾说:"深刻根植于'中文之内'写作的诗人,由于其他原因,成为外语世界的漂流者,这是中文诗有史以来,一个全新的现象。"参见杨炼《诗意思考的全球化——或另一标题:寻找当代杰作》,见《唯一的母语——杨炼:诗意的环球对话》,上海:华东师范大学出版社,2012 年,第 4 页。
② 多多:《北方的记忆》,见《多多四十年诗选》,南京:江苏文艺出版社,2013 年,第218 页。

他内心深处发出的那种惊天动地的鸣响。这一节诗里其实也蕴含着两个调式,两种声音。再如:

> 多少小白教堂,像牡蛎壳粘在悬崖边缘;
> 多少飞倦的大鸟,像撑开记忆的油纸伞。
> 我在童年见过的海,是一只七百年前的大青碗,
> 此刻,大海是亿万只嘶叫的海鸥的头
>
> 举着火把出门,为见识大海。
> 彻夜倾听海底巨石滚动的声响,
> 为见识冬日大海的凄凉。
> 在冬日的威尼斯吃章鱼,
> 手,依然搁在锄把上。
> 葡萄牙海上的云让我醉,
> 指头,依旧向往泥土。[1]

(《五亩地》,1995)

"牡蛎壳""油纸伞""大青碗"都曾经历风雨、见过世面,它们安安静静地见证着岁月的惊涛骇浪,但到了这一节的末尾,"亿万只嘶叫的海鸥的头"陡然将音量提高了近百分贝。与之相对,下一节的声音又由"海底巨石滚动"的喧嚣入耳转为"在冬日的威尼斯吃章鱼"的悄声细语。这样的两组声调转换也与作者从向往远洋历险到渴望田园安逸的心态变化遥相呼应。

综合以上分析,多多对多重性声音、"复调"结构的独具匠心的运用不仅丰富了其诗歌的音乐性表达,而且"总是能够超越词

---

[1] 多多:《五亩地》,见《多多四十年诗选》,南京:江苏文艺出版社,2013 年,第234 页。

语的表层意义，邀请我们更深地进入文化、历史、心理、记忆和现实的上下文"，这也正是黄灿然所认为的"多多另一个直取诗歌核心并且再次跟传统的血脉连接的美德"①所在。

写到这里，似乎不得不提及多多与传统的关系。早在现代诗歌秘密潜隐地下的 70 年代，多多便从波德莱尔、洛尔迦、茨维塔耶娃等世界诗歌的创造者手中接过了诗行和音节的传递，并因其早熟的超现实主义风格而显得尖锐怪异，正如黄灿然对他的评价："从一开始就直取诗歌的核心。"②如果对其早期的诗歌做一次小小的抽样回顾，相信任何诗人和读者都会像触电一样，被震退好几步："怎么可以想象他在写诗的第一年也即 1972 年就写出《蜜周》这首无论语言或形式都奇特无比的诗，次年又写出《手艺》这首其节奏的安排一再出人意表的诗？"③但远超同辈的创新使得多多注定不被理解或者迟被理解，就像他诗里的讽喻："他们是误生的人，在误解人生的地点停留/他们所经历的——仅仅是出生的悲剧。"④超然物外的姿态也令多多即使到了"新时期"也对那场关于"朦胧诗"的懂与不懂的论争免疫，颇有几分波德莱尔式的自绝于时代："不被理解，这是具有某种荣誉的。"因此在杨小滨看来，多多是少数几位"能归为'今天派'而不能归为'朦胧派'"的诗人之一："如果说'朦胧'还暗示了一种半透明（translucency）的状态，多多的诗从开始就由于缺乏那种对光明的遐想而显出绝对的晦暗（opacity）。"⑤这种晦暗实属有

① 黄灿然：《多多：直取诗歌的核心》，《天涯》1998 年第 6 期。
② 黄灿然：《多多：直取诗歌的核心》，《天涯》1998 年第 6 期。
③ 黄灿然：《多多：直取诗歌的核心》，《天涯》1998 年第 6 期。
④ 多多：《教海——颓废的纪念》，见李润霞编：《被放逐的诗神》，武汉：武汉出版社，2006 年，第 279 页。
⑤ 参见杨小滨：《今天的"今天派"诗歌》，《今天》1995 年第 4 期。

意为之,经历了哈罗德·布鲁姆(Harold Bloom)所言的一种"魔鬼化"和"逆崇高"①的过程,亦是对波德莱尔诗歌精神的弘扬与延续。

80年代末期以来,处于"中间状态"的多多更多是游走于忽明忽暗的灰色地带,就像他在诗里所说:"是航行,让大海变为灰色。"②他时而"作无风的夜里熄灭的蜡烛",时而"作星光,照耀骑马人的后颈";与之相应的是他忽高忽低的声音,时而"作风,大声吆喝土地",时而"作一滴水,无声滴下"。③ 这样的一种"复调"结构令多多偏离了任何一个轨道的单向度前进,因为当他"朝任何方向走","瞬间,就变成漂流"④。黄灿然认为,多多是在传统与现代之间取得了几乎是天赐的成就:"他的成就不仅在于他结合了现代与传统,而且在于他来自现代,又向传统的精神靠近,而这正是他对于当代青年诗人的意义之所在:他的实践提供了一条对当代诗人来说可能更有效的继承传统的途径。"⑤

在多多看来,"诗歌是精神的整体性的结晶",诗歌存在的意义之一,就是"炸开实证性的逻辑语法","解放想象力,扩大现实感,呈现生命的秘密"。⑥ 而中国古典诗人的群像"带着字里行间一路而来的山脉,河流,重量与压力,和我们在一起,不只在语文的中断处,也在地质的断层,等待我们接说——这生命草坪的又

---

① 关于"魔鬼化"和"逆崇高",参见[美]哈罗德·布鲁姆:《影响的焦虑——一种诗歌理论》(增订版),徐文博译,南京:江苏教育出版社,2005年,第101—114页。

② 多多:《它们——纪念西尔维亚·普拉斯》,见《多多四十年诗选》,南京:江苏文艺出版社,2013年,第219页。

③ 多多:《从不做梦》,见《多多四十年诗选》,南京:江苏文艺出版社,2013年,第234页。

④ 多多:《归来》,见《多多四十年诗选》,南京:江苏文艺出版社,2013年,第229页。

⑤ 黄灿然:《多多:直取诗歌的核心》,《天涯》1998年第6期。

⑥ 参见多多:《雪不是白色的》,《今天》1996年第4期。

一季"①。虽然在现代社会,诗歌已沦为边缘,但"边缘靠近家园","诗歌享用这边缘,并继续为生病的河流提供仪式,为心灵提供可阅读的风景",而这正是"我们绵延的理由"。②

① 多多:《边缘,靠近家园——2010 年纽斯塔特文学奖受奖词》,《名作欣赏》2011 年第 13 期。
② 多多:《边缘,靠近家园——2010 年纽斯塔特文学奖受奖词》,《名作欣赏》2011 年第 13 期。

第五章 张枣:"元诗"理论及诗学实践

在当代中国诗人中,张枣可谓是用来验证新诗回归语言的最好的案例。用德国汉学家、诗人及译者顾彬的话来说,张枣"是中文里唯一一位多语种的名诗人。他不仅可以用多种语文交流,也阅读和翻译俄语、英语、法语和德语的文学。因而对他而言,用汉语写作必定意味着去与非汉语文化和语言进行辨析。这类辨析直接作用于他诗歌构图的形式和结构上"①。

张枣有一个热爱白居易、杜甫的外婆,以及一个懂俄语的诗人父亲,自幼受其家庭的熏养,张枣很早就意识到:"普希金和杜甫是一样的,人类的诗意是一样的。"②80 年代,身为四川外国语学院研究生的张枣初露锋芒,他那个时期的创作,如《镜中》《何人斯》《楚王梦雨》等已经表露出他试图以现代心智去修复古典诗意的尝试,而要做到这一点,就少不了要与外语世界相勾连。因此在文学道路的方向选择上,张枣从未改变。柏桦表示:"他

---

① [德]顾彬:《综合的心智——张枣诗集〈春秋来信〉译后记》,《作家》1999 年第 9 期。

② 张枣、颜炼军:《"甜"——与诗人张枣一席谈》,见宋琳、柏桦编:《亲爱的张枣》,南京:江苏文艺出版社,2010 年,第 200 页。

早在 22 岁时就深深懂得了真先锋只能在旧中求得，此外，绝无他途，而我及其他人却要等很多年之后才能真正恍然大悟个中至理。"①

第一节 语言本体主义的价值取向

1986 年，年仅二十三岁的张枣怀着一个秘密的目的远赴德国留学，他曾用《刺客之歌》自喻他当时的境况："为铭记一地就得抹杀另一地／他周身的鼓乐廓然壮息。"②时隔二十年，他在接受《新京报》采访时回忆说："我在国内好像少年才俊出名，到了国外之后谁也不认识我。我觉得自己像一块烧红的铁，哧溜一下被放到凉水里，受到的刺激特别大。"③张枣出国是负有一个神秘的使命，就是特别想让自己的诗歌"能容纳许多语言的长处"。因为从开始写作起，他就"梦想发明一种自己的汉语，一个语言的梦想，一个新的帝国汉语"，而"这种发明不一定要依赖一个地方性，因为母语不在过去，不在现在，而是在未来。所以它必须包含一种冒险，知道汉语真正的边界在哪里"。④ 张枣以为，反思在某种意义上是一种西方的能力，而感性是汉语固有的特点，所以他特别想写出一种非常感官又非常沉思的诗，"沉思而不枯燥，真的就像苹果的汁，带着它的死亡和想法一样，但它又永远

---

① 柏桦：《张枣》，见宋琳、柏桦编：《亲爱的张枣》，南京：江苏文艺出版社，2010 年，第 58 页。

② 张枣：《刺客之歌》，见《张枣的诗》，北京：人民文学出版社，2012 年，第 71 页。

③ 刘晋锋：《张枣：80 年代是理想覆盖一切》，《新京报》2006 年 4 月 4 日。

④ 张枣、颜炼军：《"甜"——与诗人张枣一席谈》，见宋琳、柏桦编：《亲爱的张枣》，南京：江苏文艺出版社，2010 年，第 208 页。

是个苹果"。①

　　不同于以北岛为代表的"朦胧诗人"的早期写作,张枣并不通过诗歌来表达观念或反抗现实,因为他深明现代诗歌的要义不再是一种传达。传达是向外进行的准确无疑的信息传递,而现代诗歌的"写作"是向内挖掘的晦暗艰涩的精神探索。这就造成了一种荒诞:"写",却词不达意,或不被理解。现代抒情诗自兰波和马拉美以来日益成为一种语言魔术。对于这样的诗歌,真实的不是世界而仅仅是语言。所以现代抒情诗人也一再强调:"诗并不表意,诗存在。"②语言不再是诗人的工具,相反诗人倒是语言延续其存在的手段。③ 在某一个神秘的时刻,通过写作,文字获得了生命,词挣脱了物的羁縻:

　　　　……
　　　　我写作。蜘蛛嗅嗅月亮的腥味。
　　　　文字醒来,拎着裙裾,朝向彼此,

　　　　并在地板上忧心忡忡地起舞。
　　　　真不知它们是上帝的儿女。或
　　　　从属于魔鬼的势力。我直想哭。
　　　　有什么突然摔碎,它们便隐去

①　参见张枣、颜炼军:《"甜":与诗人张枣一席谈》,见宋琳、柏桦编:《亲爱的张枣》,南京:江苏文艺出版社,2010 年,第 211 页。

②　[德]胡戈·弗里德里希:《现代诗歌的结构——19 世纪中期至 20 世纪中期的抒情诗》,李双志译,南京:译林出版社,2010 年,第 170 页。

③　参见[美]布罗茨基:《诺贝尔奖受奖演说》,见《文明的孩子——布罗茨基论诗和诗人》,刘文飞、唐烈英译,北京:中央编译出版社,1999 年,第 43 页。

> 隐回事物里,现在只留下阴影
>
> 对峙着那些仍然琅响的沉寂。①
>
> ……

上述诗句摘自张枣的《卡夫卡致菲丽丝》(十四行组诗),写作时间为 1989 年,距他离开四川外国语学院,远赴德国特里尔留学已经三年了。之所以选择卡夫卡作为语言客体,很重要的一个缘由是:张枣当时的处境与内在的那个卡夫卡有着一致性——他们同为外语世界的漂流者。1918 年,当捷克从奥匈帝国分裂出来的时候,已经用德语完成大部分作品的卡夫卡仿佛是被囚禁在一座悬浮于捷克语境的文化孤岛,他生前的那种沉闷的疏离感,和张枣在德国的感受相近,此种文学"流散"现象在某种程度上又增进了母语的隐秘性和亲密感。

张枣写诗,不是想好了再写,而是语言让他这样写下去。②"文字"化作舞蹈的精灵,灵性直感与智性觉悟相互作用,"写"上升为对"写"的反思。张枣 90 年代所提出的"元诗"理论正是源出于此。张枣认为,"作家把写作本身写出来的手法,也正是现代写作的一大特点,即:对自身写作姿态的反思和再现。这种写作手法被称为'元叙述'(Metawriting),写出来的作品被称为'元诗'(Metapoetry)或'元小说'(Metanovel)"③。张枣用"元诗"这个术语,即"关于诗的诗",或者说"诗的形而上学",来指向写者在文本中所刻意表现的语言意识和创作反思,以及他赋予这种

---

① 张枣:《卡夫卡致菲丽丝》(十四行组诗),见张枣、宋琳编:《空白练习曲:〈今天〉十年诗选》,香港:牛津大学出版社,2002 年,第 58 页。

② 参见张枣、颜炼军:《"甜":与诗人张枣一席谈》,见宋琳、柏桦编:《亲爱的张枣》,南京:江苏文艺出版社,2010 年,第 206 页。

③ 张枣:《秋夜,恶鸟发声》,《青年文学》2011 年第 3 期。

意识和反思的语言本体主义的价值取向,"在绝对的情况下,写者将对世界形形色色的主题的处理等同于对诗本身的处理"①。

透过"元诗"的理论视角,张枣指出:"过去,传统上把胡适看做是中国现代诗第一人,但事实上他的作品中并没有体现出'现代性',他的诗人身份其实也是毫无意义的。鲁迅才应该是中国现当代的诗歌之父。"②在其完成于图宾根大学的德语博士论文中,张枣用了第二章的内容,以鲁迅的《野草》为例论述了一种源自言说及生命困境的发声方式。③《野草》的写作时间大约介于1924—1927年之间,当时的鲁迅在发表《狂人日记》、《阿 Q 正传》等作品之后面临着一个写不下去的危机:

> 通常人们只是负面评价作家的语言危机,以为这将导致创造力的损毁,精神的颓靡。论及鲁迅,特别是他的《野草》,也并未认识到其中蕴藏的感官的、动态的和辩证的语言增殖力。由此一来,危机与战胜危机的意愿、失语与对词语的重新命名、"我"的隐退与其可视化、缺席与再现、梦想与形式之间的应力场所产生的不谐和音,以及其中所暗含的精辟的诗意也就遭到了漠视。《野草》源自这种应力场,同时将不谐和音转化为一种象征主义的自成一体的创作内容。因此相应地我们也就尝试去对这些作品做元诗意义上的解读,并相信正是元诗的语言反涉和反思特性赋予了自

---

① 张枣:《当天上掉下来一个锁匠》,见北岛:《开锁——北岛一九九六～一九九八》,台北:九歌出版社,1999 年,第 11 页。

② 张枣:《秋夜,恶鸟发声》,《青年文学》2011 年第 3 期。

③ 参见 Zhang Zao. *Auf die Suche nach poetischer Modernität*: *Die Neue Lyrik Chinas nach 1919*, Tübingen: TOBIAS-Lib, Universitätsbibliothek, 2004. s. 32—58.

身一种诗的现代性。[①]

"元诗"理论构成张枣思考由鲁迅开启的新诗现代性演进的一条中心线索。现代文学有其私密法则,"每个作家都在表达自己,他想表达的那部分是他的'内象',即内心,但这个'内象'一定要依托于一个'外象'来表达,这是文学的基本策略。因为文学语言是一种隐喻语言"[②]。从写作《野草》的鲁迅到李金发等"象征派"诗人,梁宗岱和"新月派"诗人,30 年代的卞之琳、废名和"现代派"诗人,40 年代的冯至和"九叶派"诗人,无不是在围绕"消极主体性"(Negative subjectivity)来追随他们一生所孜孜以求的诗意。所谓"消极主体性",即以消极事物为文本的主体,通过重新命名,使之脱离单向度的、二元对立的审美思维模式。德国语言文学家胡戈·弗里德里希曾言:"所谓现代就是指,从创新性幻想和独立语言中诞生的世界是现实世界的敌人",由此一来,现代抒情诗也就成了一种"几乎单单由幻想造就、跃出现实或者毁灭现实的世界的语言"。[③]老一辈的汉语新诗探索者"稍迟甚至平行地实践过任何可辨认的现代主义诗学手法——'苦闷的象征'到言说困难的升华,意象构图、自动写作到超现实结构,从'抒情我'的面具化到寻找客观对立物"[④]。但为何到了 1949 年以后,正当中文现代主义诗歌技法日渐成熟之时,诗人和作家们却突然在中国大陆似乎是主动放弃了现代性的进一步延续

① Zhang Zao. *Auf die Suche nach poetischer Modernität : Die Neue Lyrik Chinas nach* 1919,Tübingen:TOBIAS-Lib,Universitätsbibliothek,2004. s. 34.

② 张枣:《秋夜,恶鸟发声》,《青年文学》2011 年第 3 期。

③ 参见[德]胡戈·弗里德里希:《现代诗歌的结构——19 世纪中期至 20 世纪中期的抒情诗》,李双志译,南京:译林出版社,2010 年,第 190 页。

④ 张枣:《朝向语言风景的危险旅行——中国当代诗歌的元诗结构和写者姿态》,见颜炼军编选:《张枣随笔选》,北京:人民文学出版社,2012 年,第 172 页。

呢? 张枣认为:

> 主动放弃命名的权力,意味着与现实的认同:当社会历
> 史现实在那一特定阶段出现了符合知识分子道德良心的主
> 观愿望的变化时,作为写者的知识分子便误认为现实超越
> 了暗喻,从此,从边缘地位出发的追问和写作的虚构超渡力
> 量再无必要,理应弃之。……在中国,虽然非个人化作为诗
> 歌技巧也被极具诗学意义的诗人如下之琳和后来的"九叶
> 集"诗人征用,并对它进行过有趣的(借用奚密引入的一个
> 概念)交叉文化生成(transculturation)(他将它与中国传统
> 诗学的"境界说"相沟通),但它最终未能转化成一种现代主
> 义的写者姿态,反而引发了写者的身份危机,进而外化成写
> 者与个人、"小我"与"大我"、语言与现实、唯美主义与爱国
> 主义等一系列二元对立,最后导致对现代性追求的中断。
> 可以说这是源于儒家诗教"诗言志"即不愿将语言当作惟一
> 终极现实的写者姿态在某一特定境况中的失败。①

因为隐喻的消失、"消极主体性"的解构、臆想中的现实对乌
托邦彼岸的抵达,中国当代主流诗歌逐渐上升为一种神化,张枣
将之命名为"太阳神话",其核心意象就是"太阳"。而在"文革"
时期,"太阳神话达到无以复加的程度",致使文学窒息:"这种话
语权威导致了一套话语体系,配置这个体系就要有一个说话的
调式,一个说话的声音,宏大的、朗诵性的、简单的,而不是隐喻

---

① 张枣:《朝向语言风景的危险旅行——中国当代诗歌的元诗结构和写者姿态》,见
颜炼军编选:《张枣随笔选》,北京:人民文学出版社,2012年,第173页。

的、曲折的、美文的"。① 而所谓的"朦胧诗"正是建立在反"太阳神话"的基础上,以多种多样的个人意象颠覆了权力对语言的控制,恢复了汉语诗歌的生命力,但同时也因针锋相对的环扣关系犯了二元对立的忌讳。北岛承认自己的早期创作带有一定程度的语言暴力倾向,这也正是他后来一直在写作中反省,并设法摆脱的革命话语的影响。②

张枣本人是 1985 年初春在重庆认识北岛的。③ 据傅维回忆,张枣初见北岛就坦言自己不太喜欢他诗中的英雄主义。④ 的确,张枣、柏桦、翟永明、欧阳江河等年轻十岁左右的"新生代"也被称为"后朦胧诗人",他们对时势和意识形态的远离不仅有外在的社会原因更有内蕴的美学缘由。他们的作品没有历史伤痕,干净明亮、随性所至、随情而发,打破了先有观念、后有写作的既定模式,也激励了北岛推陈出新、另辟蹊径的决心。⑤ 对语言本体的沉浸及对写作本身的觉悟,主导了 80 年代中期以后的北岛诗艺的变化:重要的不是教诲,而是写作。正如罗兰·巴特(Roland Barthes)对作家的定义:"站在所有其他话语交汇十字

---

① 张枣:《关于当代新诗的一段回顾》,见颜炼军编选:《张枣随笔选》,北京:人民文学出版社,2012 年,第 165 页。

② 参见翟頔、北岛:《中文是我唯一的行李》,《书城》2003 年第 2 期。

③ 参见北岛:《悲情往事》,见宋琳、柏桦编:《亲爱的张枣》,南京:江苏文艺出版社,2010 年,第 84 页。

④ 参见傅维:《美丽如一个智慧——忆枣哥》,见宋琳、柏桦:《亲爱的张枣》,南京:江苏文艺出版社,2010 年,第 100 页。

⑤ 张枣在其德语博士论文《诗的现代性的追寻:1919 年后的中国新诗》中称,北岛与柏桦等"新生代"诗人有过一些通信,在逐步深入的诗艺交流中他开始正视其早期创作的一些问题,并决心在诗歌创作的道路上另辟他途。Zhang Zao. *Auf die Suche nach poetischer Modernität: Die Neue Lyrik Chinas nach* 1919, Tübingen: TOBIAS-Lib, Universitätsbibliothek, 2004. s. 181-183.

路口的旁观者。""写作"这个不及物动词的含义就是自由的样板,"对于巴特而言,并非对写作之外事物的投入(以实现社会或道德的目标)使得文学变成反对或颠覆的工具,而是写作本身的某种实践使然:过度的、游戏的、复杂的、微妙的和感官的——这是一种决不隶属于权势的语言"。①

　　张枣发现,共同的"元诗"趋向使得"朦胧诗人"与"后朦胧诗人"貌似"断裂"的关系实为殊途同归。他在博士论文中用了近三章的篇幅详细分析了"朦胧诗"及"后朦胧诗"的来龙去脉,指出到 1989 年,这两股诗潮不仅没有停止发展,而且事实上已经合二为一。既然是同一类诗歌,就不该有两种后设概念的对立:"几位重要的诗评人也就相应地有了'先锋诗'或'实验诗'之类的提法。"②陈晓明也注意到:"北岛、多多、杨炼虽然被称为第二代诗人,但他们在 90 年代的创作与第三代诗人有某种共通的地方。由此可见,汉语言诗歌在 90 年代的整体性变异。"③

---

① 参见［美］苏珊·桑塔格:《写作本身:论罗兰·巴特》,见《重点所在》,陶洁、黄灿然等译,上海:上海译文出版社,2011 年,第 94 页。

② Zhang Zao. *Auf die Suche nach poetischer Modernität*: *Die Neue Lyrik Chinas nach 1919*, Tübingen: TOBIAS-Lib, Universitätsbibliothek, 2004. s. 242 - 243. 例如唐晓渡称朦胧诗是实验诗的"开先河者";陈超认为先锋诗是对朦胧诗的超越(包括"朦胧诗人"后期创作的自我超越)。参见唐晓渡:《实验诗:生长着的可能性》,见《唐晓渡诗学论集》,北京:中国社会科学出版社,2001 年,第 43 - 48 页;陈超:《中国先锋诗歌论》,北京:人民文学出版社,2007 年。

③ 陈晓明:《中国当代文学主潮》(第二版),北京:北京大学出版社,2013 年,第 455 页。

第二节 "纯诗"与政治的融合

导致"朦胧诗"与"后朦胧诗"合流的更深一层的原因则是文学"流散"现象。张枣认为,"流散"虽然有外在的政治原因,但究其根本,美学内部自行调节的意愿才是真正的内驱力:先锋,就是"流散","是对话语权力的环扣磁场的游离";"或多或少是自我放逐,是一种带专业考虑的选择,它的美学目的是去追踪对话,虚无,陌生,开阔和孤独并使之内化成文学品质。这也是当代汉语文学亟需的品质"。① 从这个意义上来讲,"流散"早在80年代末以前就已开始,"流散"的场域也不仅限于国外。"所有诗人都是犹太人",茨维塔耶娃的这句诗恰切道尽了诗人"流散"的命运。

茨维塔耶娃曾深刻影响了包括北岛、多多、张枣等在内的先锋诗人,他们通过诗歌寻求与她的精神对话。早在"文革"时期,多多就曾写下《手艺——和玛琳娜·茨维塔耶娃》(1973);而在海外,张枣也因流亡与茨维塔耶娃倍感亲近。精通英、德、俄三国外语的张枣可以通过原文直接领略茨维塔耶娃与她的挚友——里尔克的精神恋爱的通信。1992年在荷兰鹿特丹,张枣曾用俄语采访楚瓦什诗人艾基(Gennady Aygi,1934—2006),其中问道:诗人能否既关心政治又写"纯诗",比如像茨维塔伊娃?对此,艾基的回答是:"其实政治与纯诗,两者互不妨碍。……政治渗透每个人的生活,但无论如何,经历各种日常困境的灵魂都

---

① 张枣:《当天上掉下来一个锁匠》,见北岛:《开锁——北岛一九九六~一九九八》,台北:九歌出版社,1999年,第9—10页。

高于政治,它必须以人类的名义,以美好、自由的名义来讲话。"①

　　1994 年,张枣创作的十四行组诗《跟茨维塔伊娃的对话》就是这样的一种尝试。德文译者顾彬赞赏他:"大师般的转换手法,声调的凝重逼迫,语气的温柔清晰和在译文中无奈被丢失的文言古趣与现代口语的交相辉映。"②形式上涉及的也是"元诗"原理。因篇幅所限,仅摘取十二节长诗中的第二小节:

> 我天天梦见万古愁。白云悠悠,
> 玛琳娜,你煮沸一壶私人咖啡,
> 方糖迢递地在蓝色近视外愧疚
> 如一个僮仆。他向往大是大非。
> 诗,干着活儿,如手艺,其结果
> 是一件件静物,对称于人之境,
> 或许可用? 但其分寸不会超过
> 两端影子恋爱的括弧。圆手镜
> 亦能诗,如果谁愿意,可他得
> 防备它错乱右翼与左边的习惯,
> 两个正面相对,翻脸反目,而
> 红与白因"不"字决斗;人,迷惘,
>
> 照镜,革命的僮仆似原路返回;
> 砸碎,人兀然空荡,咖啡惊坠……③

---

① 张枣:《俄国诗人 G. Aygi 采访录》,《今天》1992 年第 3 期。

② [德]顾彬:《综合的心智——张枣诗集〈春秋来信〉译后记》,《作家》1999 年第 9 期。

③ 张枣:《跟茨维塔伊娃的对话》,见张枣、宋琳编《空白练习曲:〈今天〉十年诗选》,香港:牛津大学出版社,2002 年,第 62—63 页。

《跟茨维塔伊娃的对话》采用的是莎士比亚商籁体,讲究隔行押韵,最后两行对押。如:"悠"对"疚";"啡"对"非";"果"对"过";"境"对"镜";"回"对"坠"。"万古愁"取自李白《将进酒》;"白云悠悠"令人联想起崔颢的《登黄鹤楼》。这样的一首古意盎然的诗却是以现代诗人为言说对象的。"你煮沸一壶私人咖啡,/方糖迢递地在蓝色近视外愧疚",这里又很俏皮地暗示了几组信息:茨维塔耶娃爱喝黑咖啡;①她是近视眼。② 黑咖啡加白糖意喻一对黑白分明的主仆搭配,这或许也是大是大非的革命的搭配。

茨维塔耶娃是一位对诗艺的追求从不懈怠的诗人,她在诗中写道:"我知道/维纳斯是手的作品/我,一个匠人,懂得手艺。"但艺术在现实世界里毫无用处。茨维塔耶娃也一度被革命所吸引,她出国前写的一本颂扬白党的诗集《天鹅营》后来遭到了她丈夫谢·雅·埃夫伦的反对。早年加入白党、革命失败后流亡捷克的埃夫伦向她叙述了白军的残暴,谈到了他们的暴行和心灵的空虚。"天鹅在他的叙述里变成了乌鸦,玛丽娜迷惘了。"③

张枣通过几句简洁的诗行陈述了这段过往,表达了他对历史的反思:"凡是活动的,都从分裂的岁月/走向幽会。哦,一切

---

① 参见[俄]阿里阿德娜·埃夫伦:《女儿心目中的茨维塔耶娃》(节选),见[俄]丘可夫斯卡娅等著:《寒冰的篝火:同时代人回忆茨维塔耶娃》,苏杭等译,桂林:广西师范大学出版社,2012年,第4页。

② 参见[俄]伊利亚·爱伦堡:《人,岁月,生活》(节选),见[俄]丘可夫斯卡娅等著:《寒冰的篝火:同时代人回忆茨维塔耶娃》,苏杭等译,桂林:广西师范大学出版社,2012年,第11页。该版本译为"茨维塔耶娃",即张枣译的"茨维塔伊娃"。

③ [俄]伊利亚·爱伦堡:《人,岁月,生活》(节选),见[俄]丘可夫斯卡娅等著:《寒冰的篝火:同时代人回忆茨维塔耶娃》,苏杭等译,桂林:广西师范大学出版社,2012年,第14页。

全都是镜子！"①白与黑、红与白、左与右、是与非，一切"对称于人之境"的影像就像一首圆手镜的诗，其结果：互为敌对的双方总是长得越来越像！恰如布罗茨基所言："世上最容易翻转过来并从里到外碰得焦头烂额的，无过于我们有关社会公义、公民良心、美好未来之类的概念了。"②如此严肃重大的主题，张枣却用轻松俏皮的诗来表明，可见他是试图在智性与趣味之间建立一种微妙的平衡。现代诗艺往往过于幽僻，令人望而生畏，而张枣希望通过重拾古典之美闯出一条新路——"首先得生活有趣的生活"，这是张枣《茨》诗中表达的重要主题。③

　　1999 年，中德双语印刷的张枣诗集《春秋来信》(*Brief aus der Zeit*)由德国黑德浩夫出版社(Heiderhoff Publications)出版发行，并获得了德国当代著名诗人、出版者及翻译家尤阿希姆·萨托琉斯(Joachim Sartorius)在《世界报》上的高度赞美的评价，"德国文学界的各项庆典聚会的邀请也向作者纷至沓来"。④2000 年 6 月，萨托琉斯为张枣撰写了一篇诗评，解读的正是选自《春秋来信》的《猫的终结》：

　　　　忍受遥远，独特和不屈，猫死去，

---

① 张枣:《卡夫卡致菲丽丝》(十四行组诗)，见张枣、宋琳编:《空白练习曲:〈今天〉十年诗选》，香港:牛津大学出版社，2002 年，第 58 页。

② ［美］约瑟夫·布罗茨基:《毕业典礼致辞》，见［美］布罗茨基等著:《见证与愉悦:当代外国作家文选》，黄灿然译，天津:百花文艺出版社，1999 年，第 307－308 页。

③ 张枣 1996 年 9 月 18 日于图宾根写给傅维的一封信中如此表述。参见傅维:《美丽如一个智慧——忆枣哥》，见宋琳、柏桦编:《亲爱的张枣》，南京:江苏文艺出版社，2010 年，第 112 页。

④ 参见［德］顾彬:《最后的歌吟已远逝——祭张枣》，肖鹰译，《中华读书报》2010 年11 月 3 日。

> 各地的晚风如释重负。
>
> 这时一对旧情侣正扮演陌生，
>
> 这时有人正口述江南，红肥绿瘦。
>
> 猫会死，可现实一望无垠，
>
> 猫之来世，在眼前，展开，恰如这世界。
>
> 猫太咸了，不可能变成
>
> 耳鸣天气里发甜的虎。
>
> 我因空腹饮浓茶而全身发抖。
>
> 如果我提问，必将也是某种表达。[①]

以下是萨托琉斯的阐释：

> 这首诗很迷人，尽管——因为？——它如此令人费解。1962 年出生于中国、现今生活在图宾根的张枣，是一位以晦涩而著称的"后朦胧"诗人，对于他来说，这首先意味着语言自身，以及他常常在自述中提及的元诗写作。
>
> 在这首诗中，一幅幅鲜明的画面纷至沓来，似乎令人猝不及防，彼此之间又缺乏关联。显然这是一首挽歌。
>
> 猫死去。晚风如释重负，世界从容舒展。即使是往日情侣也如获新生，宛若初次相识。
>
> 口述重又成为可能，从遥远的南国家乡传来夏日的鸣响，花朵的艳丽盖过了绿叶的苍翠。"红肥绿瘦"等同于汉语古诗中一个关于季节转换的常用的典故。
>
> 显然"猫"代表的是失语，无言以对。诗人为此历经磨难，而今他找到了一条重返语言、回归世界的路径。诗的最后一行表明：提出问题也意味着重新言说，以及从一个新的

---

① 张枣：《猫的终结》，见《张枣的诗》，北京：人民文学出版社，2012 年，第 212 页。

视角审视世界的可能。

　　据张枣本人陈述,这首 1993 年写于特里尔的诗传达的是一种将自己从语言危机中解救出来的策略。当真情实景重新展开,就像诗中描写的那样;当猫——毕竟只是虎的仿拟——退出历史舞台,从而揭开了新一轮的投胎转世的序幕,原初意义上的虎重新登台,诗人试图创作一首关于创作的告别的歌,而他所使用语言的方式令他不再软弱无能。

　　他提问。他表现自身。

　　焕然一新的世界在他的耳边发出甜蜜的鸣响。①

　　《猫的终结》是张枣为之奋斗过的文学理想的写照。宋琳认为:"张枣的'元诗写作'与欧美现当代诗人如马拉美、史蒂文斯、策兰的写作之间存在着呼应,即叩问语言与存在之谜,诗歌行为的精神性高度是元诗写作的目标,而成诗过程本身受到比确定主题的揭示更多的关注。"②"猫的终结"意味着一种语言方式的终结,也暗示着"虎"(张枣属虎)的时代的来临,即一种新的写者姿态的出现,将写作视为是与语言发生本体追问关系。惟有如此,诗歌才能给我们"这个时代元素的甜,本来的美"。③ 这也正是张枣穷其一生孜孜以求的诗歌梦想。

————————

① Joachim Sartorius. "Das Ende einer Katze: Das neue Gedicht von *Zhang Zao*". *Die Welt* (24. 06. 2000). (http://www.welt.de/print-welt/article519704/Das-Ende-einer-Katze.html)

② 宋琳:《精灵的名字——论张枣》,见宋琳、柏桦编:《亲爱的张枣》,南京:江苏文艺出版社,2010 年,第 152 页。

③ 张枣、颜炼军:《"甜"——与诗人张枣一席谈》,见宋琳、柏桦编:《亲爱的张枣》,南京:江苏文艺出版社,2010 年,第 223 页。

第六章　犁青:"流散写作"与"立体诗学"

　　洛夫曾说,犁青"具有世界性的宏观眼光",这在今日华语诗坛"十分罕见"[①];谢冕也认为,犁青是因一种超越民族局限的"大情怀"而成为国际性的诗人。[②] 其世界性或国际性,就文学内容而言表现为跨地域、跨文化、跨艺术门类的"流散写作";就文学形式而言则是与他诗艺渐趋成熟以后所追求的"立体诗学"相得益彰。然而,诚如木心所指出的:"一种思维,一种情操,来自品性伟大的人,那么这个人本身是个创造者。或曰,思维、情操的创造性,必然伴随着形式的创造性。艺术原理、形式、内容,是一致的。没有形式的内容,是不可知的,独立于内容之外的形式,也是不可知的。"[③]因此,"流散写作"与"立体诗学"实际上构成了犁青诗歌不可分割、互为表里的两个部分,仿佛一枚硬币的正反面。而这样一种写作形式和诗学观念的形成与犁青本人的人格

---

① 参见洛夫 2001 年 5 月 10 日于温哥华写给犁青的信,见犁青:《犁青世界》,北京:
　　人民文学出版社,2009 年,第 368 页。
② 参见谢冕:《诗人的大情怀——论犁青》,《海南师范学院学报》2003 年第 4 期。
③ 木心讲述;陈丹青笔录:《文学回忆录》,桂林:广西师范大学出版社,2013 年,第
　　201 页。

特质及人生经历又是分不开的。

第一节　"图像诗"与"立体主义"的概念界定

犁青自称,80 年代周游列国初始,受到了苏联诗人安德烈·沃兹涅先斯基(Andrei Voznesensky,1933—2010)、英国/塞浦路斯诗人乌斯曼·杜凯(Osman Türkay,1927—2001)等所创作的"图像诗"的启发,开始有意识地探索这种"立体主义"的诗歌形式。[1]"图像诗"是一种把词语、诗行按某一图案或形状排列而成的诗,又称"具象诗"(concrete poetry),"具象"(concrete)意即"有形的""具体可触的"。虽然"图像诗"的雏形最早可追溯至古希腊罗马;中国古典杂体诗中的回文诗、璇玑图、宝塔诗、藏头诗等也属于类似的高级文字游戏。但现代意义上的"图像诗"始于法国诗人纪尧姆·阿波利奈尔(Guillaume Apollinaire,1880—1918)将毕加索(Pablo Picasso,1881—1973)绘画的立体观引入诗歌,因此更包含有一种美学及形而上的思考。

纵观 20 世纪现代抒情诗发展的整体图景,呈现出两个彼此针锋相对的方向:"其中一个方向是形式自由的、非逻辑性的抒情诗,另一个方向是讲求智识的、形式严整的抒情诗。"[2]这两个方向之间的对立性也是整个现代诗歌创作的普遍对立。但与此同时,这两种对立类型之间又俨然呈现出一种结构一致性:

---

[1]　参见犁青:《犁青论犁青的立体诗——回答有关写作立体诗的诗路履程》,见犁青:《犁青世界》,北京:人民文学出版社,2009 年,第 61 页。

[2]　[德]胡戈·弗里德里希:《现代诗歌的结构——19 世纪中期至 20 世纪中期的抒情诗》,李双志译,南京:译林出版社,2010 年,第 129 页。

　　智识型诗歌与非逻辑诗歌的一致之处在于：逃脱人类的中庸状态，背离惯常的物象与俗常的情感，放弃受限定的可理解性，代之以多义性的暗示，以期让诗歌成为一种独立自主、指向自我的构成物，这种构成物的内容只有赖于其语言、其无所约束的幻想力或者其非现实的梦幻游戏，而不依赖于对世界的某种摹写、对感情的某种表达。①

有趣的是，对现代绘画的观察也会带来类似的结果。德国语言文学家胡戈·弗里德里希由此认为："现代诗歌创作的结构一致性也是整个现代艺术的结构。从这出发可以解释抒情诗、绘画以及音乐之间的风格相似性。"②类似于中国古代的诗画同源之说，20世纪西方现代诗人与画家之间也有频繁的交流和互渗现象："从波德莱尔与德拉克罗瓦的交往到亨利·卢梭、阿波利奈尔、马克斯·雅各布、毕加索、布拉克、洛尔卡和达利之间的友情"，画家的创作纲领会运用"文学纲领中的理念和术语，反之亦然"。③"立体主义"的艺术思潮便是一个例子。

"立体主义"（Cubism）是西方现代艺术的一个重要运动和流派，20世纪初起源于法国。代表性画家有毕加索（Pablo Picasso，1881—1973）、布拉克（Georges Brague，1882—1963）等。"立体主义"的艺术家追求碎裂、解析、重新组合的形式，形成分离的画面——以许多组合的碎片形态为艺术家们所要展现

---

① ［德］胡戈·弗里德里希：《现代诗歌的结构——19世纪中期至20世纪中期的抒情诗》，李双志译，南京：译林出版社，2010年，第130页。

② ［德］胡戈·弗里德里希：《现代诗歌的结构——19世纪中期至20世纪中期的抒情诗》，李双志译，南京：译林出版社，2010年，第130页。

③ 参见［德］胡戈·弗里德里希：《现代诗歌的结构——19世纪中期至20世纪中期的抒情诗》，李双志译，南京：译林出版社，2010年，第130－131页。

的目标。例如毕加索曾言，"一幅画是一大群破坏"；布拉克则说，"感觉变形，思想成形"。这"好比一个外科大夫，先把人体的每一部分都从每一面切开，再将其并列组合在画面上——先破坏形，再创造形，这就是'分析的立体主义'"。以立体主义画家的画为例："只要在一个侧面上画两个眼睛、两个鼻孔，你就知道它表示的既是人的侧面，又是人的正面。"[①]这也正是毕加索的拼贴、移位、变形等艺术技巧，因而强化了其作品的思想性和艺术感染力。

毕加索的"立体主义"艺术重视运用"立体透视""分析的立体主义"，"这类似于今日医学科学方面的 X 光透视、扫描、切片、导管造影等手法"，也同样适用于文学。但犁青认为："如果单纯地追求和探索如何写图像诗，则可能会流于为图像而图像，从而失去诗意，直写伪诗。"[②]犁青追求的"立体诗学"自然和谐，浑然天成，讲究形神合一、思想内涵和艺术形式的完整，从"无技巧"状态表达出其"独特的诗的技巧"："同一个诗人写的诗，可能有时是自由体的诗、有时是格律诗；有时是诗中有画、有时是诗中有歌、有时是诗中有声、有色、有味，'立体'得很；有时象征、有时浪漫、有时写实、有时魔幻……"[③]

因此，"立体诗学"就诗学内涵而言大于"图像诗"：后者是犁青八九十年代以后的形式探索；前者则贯穿了犁青的整个的诗歌世界。

---

① 杨蔼琪：《西方现代绘画》，见杨乐牲、车成安、王林主编：《西方现代派文学与艺术》，长春：时代文艺出版社，1987 年，第 547－555 页。
② 犁青：《犁青论犁青的立体诗——回答有关写作立体诗的诗路履程》，见犁青：《犁青世界》，北京：人民文学出版社，2009 年，第 63 页。
③ 犁青：《与南斯拉夫记者谈诗》，收入犁青：《犁青的诗》，北京：人民文学出版社，1996 年，第 461 页。

第二节　从感官交融的"立体主义"
　　　到形神合一的"图像诗"

　　犁青曾提出诗歌技法的音乐美和建筑美，"前者指诗语言的节奏感、韵律感。后者指诗形式的美、视觉美、绘画美、图像诗等"[①]，与闻一多 20 年代提出的新诗的"三美"的艺术主张（音乐美、绘画美、建筑美）相映成趣。从 1944 年至 1948 年，颠沛流离的岁月里犁青辗转迁徙，曾在中国、菲律宾、印尼等地发表过 200 多首诗作，大部分已经散失，后找回 60 余首，收入《山花初放》集子中。犁青说，这些诗，"是我的生命的朝晖，蓝天红彩，春意盎然；它也是我的生命的朝露，清新而脆弱"。[②] 小荷才露尖尖角，融听觉、视觉、味觉为一体的感官的"立体主义"已初现端倪。例如这首《伊里村》：

　　　　我想甩掉喧嚣

　　　　我想甩掉吵嚷

　　　　我想甩掉连绵阴雨

　　　　使我深陷泥泞难以拔足的

　　　　城市啊

　　　　我走上花蝶纷飞的泥路

---

① 犁青：《诗旅断想——答 Dr. Krinka Vidakovic Petrov》，收入犁青：《犁青世界》，北京：人民文学出版社，2009 年，第 348 页。

② 犁青：《朝晖与彩霞（自序）》，收入犁青：《犁青的诗》，北京：人民文学出版社，1996 年，第 3 页。

我来到翠绿苍茸的阡陌间
我看见茅房上炊烟升起
我看见溪畔的水磨旋转
我看见牛栏里的老黄牛
我看见小辫子姑娘姗姗前来
乡村啊

我踩着松松绵绵的土地
泥土的香味
花草的香味
稻花的香味
迎面扑过来

伊里村啊　伊里村啊
你是绿色的童话
你是红色的故事
你是我幼年时吮吸的母亲的乳房
你是我幼年时吟唱的
　　　永不脱色的诗章

乡村　　是我生长的地方
我要撕掉一串串都市的痛苦
我要在你的温馨的怀抱里打滚
　　　直到永远①

---

① 犁青:《伊里村》,收入犁青:《犁青的诗》,北京:人民文学出版社,1996 年,第 48—
49 页。

　　《伊里村》是《在伊里村》组诗中的一首，1946 年写于厦门。彼时静谧的乡村生活已成回忆，抗战之后又是内战的动荡岁月，广大的农村迅速地由"民变区"转为"游击区""根据地"。犁青也投入时代的洪流，由家乡古山村移居到县城，再到厦门。但城市在他的心目中似乎是与"喧嚣""吵嚷"等听觉刺激以及"深陷泥泞难以拔足"的肢体感受相连。相形之下，乡村留给他的却是"暖暖远人村，依依墟里烟"的美好印象。因此，第二节、第三节都是在铺陈儿时的视觉和味觉记忆，第四节则将"绿色的童话""红色的故事"与"幼年时吮吸的母亲的乳房"和"幼年时吟唱的/永不脱色的诗章"彼此勾连，视觉、触觉、听觉相互融通，混为一片。通观全诗，的确有一种从局部感官走向全盘通感的"立体主义"的呈现。类似的例子在《山花初放》的早期诗篇中不胜枚举，如《花朵》(1944)、《知道》(1944)、《夜行者》(1944)、《歌声》(1944)、《船内》(1945)、《野庙》(1945)等。

　　犁青自认为，他早年本无意于图像诗、立体诗的写作，"但从其少年期习作(处女作)《老黄牛》来看，其诗中的牛富有立体感，而《行进·旋律》一诗，已有走向图像诗的迹象"。[①]

　　　　黄牛的眼睛蒙上了黑布
　　　　它推着石磨转啊转啊

　　　　转了一转
　　　　　　回到原头

---

① 犁青：《犁青论犁青的立体诗——回答有关写作立体诗的诗路履程》，收入犁青：《犁青世界》，北京：人民文学出版社，2009 年，第 55 页。

转了一转

　回到原头

把黑布撕开　拆烂

老黄牛拖着沉沉的石磨向前走

誓不回头①

《老黄牛》是犁青40年代的牛刀小试之作，当时不敢将之投稿，后收入《山花初放》②诗集中。不过，正如俄罗斯裔诗人布罗茨基所说，"性格形成的所有线索均可以在童年生活中被发现"③，《老黄牛》在某种程度上预言了犁青后期诗歌的走向。诗中的"黄牛"从原地打转到义无反顾地勇往直前，经历了一个从圆圈到直线的足迹变化，与之相应的是诗行的形式在第二节和第三节出现了一次周而往复的循环，直至"把黑布撕开　拆烂"单句成节，凸显了这一行为的破釜沉舟效应，最后的一节与第一节则构成了"黄牛"前后生命轨迹的鲜明对照。这首富有象征意义的小诗同时也象征了少年犁青就已具有借助诗歌外形强化语言意旨的初心。而"牛"的形象四十多年后又重现于犁青一行一句式的"图像诗"实验中：

这一只雕塑的开荒牛是活的

　它会流血滴汗

---

① 犁青：《老黄牛》，见犁青：《犁青的诗》，北京：人民文学出版社，1996年，第27页。

② 犁青：《山花初放》，福州：海峡文艺出版社，1996年。

③ ［美］约瑟夫·布罗茨基：《小于一》，见《文明的孩子——布罗茨基论诗和诗人》，刘文飞、唐烈英译，北京：中央编译出版社，1999年，第3页。

不会流泪！①

这首《开荒牛》写于 1986 年，是犁青参照深圳市府广场上的牛雕塑所创作的一首典型的语言模仿图像的"逆势而上"之作。根据赵宪章在《语图互仿的顺势与逆势——文学与图像关系新论》中提出的观点，语言艺术和图像艺术的相互模仿"存在非对称性态势：图像模仿语言是二者互仿的'顺势'，语言模仿图像则表现为'逆势'"。② 原因在于，语言的优长是叙述持续性的动作，而非描绘静态的事物。不难看出，犁青也因此而扬长避短地用诗歌形式再现了一只"活"的"开荒牛"，无论"流血"还是"滴汗"，塑像都被转化为行动着的生动画面，并赋予其神灵活现的"立体"感。

在另一首与"牛"有关的"图像诗"中，犁青试图表现的是美国的"高速公路"：

　　　一头自由跳跃的

　　　　发情的

　　　　　雄牛③

这首上宽下窄的矩形诗从外形上直接模拟了司机视野中的一条无限延伸的大路的形状。写作时间是 1989 年 5 月 13 日，写作地点是美国佛罗里达州威尔逊旅馆 2095 室。从 70 年代

---

① 犁青：《开荒牛》，见犁青：《犁青的诗》，北京：人民文学出版社，1996 年，第 303 页。但在排版格式上参见犁青：《犁青论犁青的立体诗——回答有关写作立体诗的诗路履程》，见犁青：《犁青世界》，北京：人民文学出版社，2009 年，第 57 页。
② 赵宪章：《语图互仿的顺势与逆势——文学与图像关系新论》，《中国社会科学》2011 年第 3 期。
③ 犁青：《高速公路》，见犁青：《犁青世界》，北京：人民文学出版社，2009 年，第 202 页。

后，犁青时常往返美国，他惊羡美国的地大物博、繁荣富裕。“尤以驱车南北向高速公路时，由迈亚美至极南边境，19 世纪的跨海火车已经放置不用，全由高速公路连结。”①但谈及直观感受，千言万语汇作一句便是“一头自由跳跃的发情的雄牛”，并“一直希望有日能找到一位现代派画家为诗配画。至今未遇。上月往南京时于机场商店看到一只铜雕华尔街雄牛，威武万状，可惜忘了购入”。②

美国诗人华莱士·史蒂文斯（Wallace Stevens，1879—1955）在其名篇《诗歌与绘画的关系》中，曾引述法国建筑师与作家卡特梅尔·德·昆西（Quatremère de Quincy，1755—1849）的观点：“诗人和画家之间的区别就如同两种模仿者之间的区别，一种是精神的，另一种是肉体的。存在着模仿中的模仿，诗歌与绘画的关联所显示的也许不过如此。”③

具体到这首《高速公路》，犁青笔下的“雄牛”是对美国“高速公路”的“精神”的模仿，而机场商店错失的那只铜雕雄牛则是对诗中“雄牛”的“肉体”的模仿，同时又是“模仿中的模仿”。总体而言，犁青的这首简单的图像诗可谓形神合一，既有诗形上的直观勾勒，又有精神上的动态仿效，从而呈现出一种“立体透视”的艺术效果。

---

① 犁青：《犁青论犁青的立体诗——回答有关写作立体诗的诗路履程》，见犁青：《犁青世界》，北京：人民文学出版社，2009 年，第 61 页。

② 犁青：《犁青论犁青的立体诗——回答有关写作立体诗的诗路履程》，见犁青：《犁青世界》，北京：人民文学出版社，2009 年，第 62 页。

③ ［美］华莱士·史蒂文斯：《诗歌与绘画的关系》，见《最高虚构笔记——史蒂文斯诗文集》，陈东东、张枣编，陈东飚、张枣译，上海：华东师范大学出版社，2009 年，第 396 页。

第三节　语言"越界"与创新型的"立体主义"

从 20 世纪 80 年代开始,犁青的脚步遍布全球各地,足履所至,都会以诗画像,留下速写的文字,人的"流散"变成词的"流散"。因此,当 20 世纪——以"流散写作"为"世界文学"主题的世纪行将结束时,犁青几乎成为所有重大事件的在场者与见证人。"柏林墙倒塌时他在柏林,海湾战争时他在开罗,东欧剧变时他在塞尔维亚。……他的诗像摄像机一样,留下了既让人感到陌生、又让人感到亲切的静美画面。"①超越种族的胸襟、视野及大爱为他赢得了国际桂冠和世界声望。

正是在跨界行旅和"流散写作"中,犁青逐渐找到适合自己独特气质的诗的形式。他较多写"山水诗"和"政治诗",追求意象的简洁、明快。例如他写桂林有"十个月亮"②;他写日本是东京铁塔"直刺青天"③;他写 1991 年的南斯拉夫是"一座耸立着的倒置的金字塔"④;他写美利坚自由女神像是个"出色和称职的大海的宪兵"⑤……犁青用他的 X 光眼总能发现隐藏在事物表象内部的东西。他在和朋友谈诗时曾经说过:

---

① 谢冕:《诗人的大情怀——论犁青》,《海南师范学院学报》2003 年第 4 期。

② 犁青:《桂林月》,收入犁青:《犁青的诗》,北京:人民文学出版社,1996 年,第288 页。

③ 犁青:《东京铁塔》,收入犁青:《犁青的诗》,北京:人民文学出版社,1996 年,第390—391 页。

④ 犁青:《一九九一年的南斯拉夫是——一座耸立着的倒置的金字塔》,见犁青:《犁青的诗》,北京:人民文学出版社,1996 年,第 399 页。

⑤ 犁青:《望自由女神》,见犁青:《犁青的诗》,北京:人民文学出版社,1996 年,第379—380 页。

> 我接触到诗的自然三界是:"看""想"与"悟",亦即"视":"内视"与"灵视"。先看到其外表形象(第一自然),再想到其内里(第二自然),最后悟到其精神、气质和灵魂(第三自然)。直至我的内心受到极大的震撼,我很想写诗时,我才想写它。[①]

这诗的"自然三界"构成了犁青"立体诗学"的基础。90 年代以后的犁青已不满足于写简单的"图像诗",更不写沦为画的陪衬、失去诗性的图像文字,他重视的"立体主义"是对诗的题材的"立体透视"和"分析的立体主义"的写作方式的成熟运用,并认为"一首完整的美好的诗应该是既要有鲜明的强烈的主题思想,也要有完美的创新的艺术技巧和形式"。[②] 纵观他的科索沃系列诗作,不乏这样的例子:

五角大楼
北约大军
"救世主"
和"天使"
低酌密谈
测位定点
B—52 型
隐形幻影
按钮投放
导弹铀弹

---

① 转引自谢冕:《诗人的大情怀——论犁青》,《海南师范学院学报》2003 年第 4 期。
② 犁青、卡桑:《立体诗》,见犁青:《犁青世界》,北京:人民文学出版社,2009 年,第 394 页。

漫天散花

遍地轰炸

　天堂崩塌

　　压下来了

炸　机场炸毁

炸　公路溃烂

炸　桥梁断裂

炸　学校损毁

炸　电厂起火

炸　医院焚烧

炸　河湖污黑

炸　鱼肚泛白

炸　地上窟窿处处

炸　血肉尸骸纷飞

炸　那位穿白衫者神情恐惧伸出双手

　　十字架的身型迎向射杀

　　那位着黑衫的老修道女抵挡不住

　　向她倾泻下来的厚墙重压

大树被压得肢断叶飞

柔弱的草地野花

　无力躲开成吨成吨炸弹的轰炸①

　　这首《戈雅，1999 年 3 月 24 日》初稿于 1999 年 7 月 16 日，是对西班牙大画家戈雅名画《五月三日蒙克洛阿的处决》的仿拟

---

① 犁青：《戈雅，1999 年 3 月 24 日》，见犁青：《犁青世界》，北京：人民文学出版社，2009 年，第 272－273 页。

之作。全诗的上半部分采用了马雅可夫斯基(Mayakovsky,1893—1930)的楼梯诗的外形,描绘出了五角大楼、北约大厦的先生们,啜饮香槟轻按弹钮,投射炸弹导弹铀弹的抛物轨迹;中间部分则以一个"炸"字贯穿了上天入地的科索沃的血色春天:每一行诗都是一副惊心动魄、目不忍睹的画面。"那位穿白衫者神情恐惧伸出双手/十字架的身型迎向射杀"出自戈雅原画;"那位着黑衫的老修道女抵挡不住/向她倾泻下来的厚墙重压"则有真实原型:1991年犁青初访南斯拉夫,南向旅游时路过一座与阿尔巴尼亚相邻的修道院:

> 其山巅是层深厚的积雪,山腰有绵羊在低头啃草,山脚是清溪潺潺。气候寒冷。老修女安排我们住宿。以院中自种的苹果、自养的蜂蜜接待我们。老修女的十字架项链引起我的注视,我预感到她的和平生活将遭受灾祸。翌日,我送她一条诗的项链,为她祝福。①

这首《诗的项链——赠圣诺姆修道女》全文如下:

<pre>
莹   蜜
   白   蜂
      的   的
         雪山清澈的溪水调匀了亲亲
                  你
                  是

                  一
</pre>

---

① 犁青:《犁青论犁青的立体诗——回答有关写作立体诗的诗路履程》,见犁青:《犁青世界》,北京:人民文学出版社,2009年,第63页。

位
巍
巍
前
一朵芬芳的　洁白的雪花
行
的
好
妈
妈①

　　1996 年，犁青再次访问塞尔维亚，那时，战争已使这个原本美丽的国家阴云笼罩、暗无天日。1999 年春天，连续不断的大轰炸又把塞尔维亚推到痛苦的极点。从一封来自科索沃的电子邮件中，犁青得知，老修道院已被炸弹击中，老修道女生死未卜。②怀着悲愤的心情，他写下了《戈雅，1999 年 3 月 24 日》，对北约联军对科索沃发动战争的罪行做出了"立体透视"及"分析的立体主义"的展现。除了反战名画，犁青还在同期创作中大量征用战争资料、摄影图片、科索沃儿童的绘画等，这六十五篇作品后来汇编成诗集《科索沃·苦涩的童话》③，以中英双语出版发行，并配以生动的插画。绿原评价说，犁青"为了充分发挥题材应有和能有的艺术效果，这本画运用了多种多样的艺术手段。不但以

① 犁青：《诗的项链——赠圣诺姆修道女》，见犁青：《犁青世界》，北京：人民文学出版社，2009 年，第 226 页。
② 参见犁青：《科索沃，血色的春天——一封来自科索沃电子邮件》，见犁青：《犁青世界》，北京：人民文学出版社，2009 年，第 270 页。
③ 犁青：《科索沃·苦涩的童话》，香港：汇信出版社，2001 年。

画入诗,即以直观的形象配合文字,……还在文字层面上,利用童话、掌故、神话等资料,扩大了抒情的范围,……这些诗,从形式上说,是立体的诗;从质料上说,是蘸血写成的诗;从效果上说,是刻在石头上的诗;从历史上说,是世世代代忘不了的诗"。①

　　综上所述,犁青的"立体诗学"是一种追求思想内涵和艺术形式里应外合的创新型的"立体主义",也是对毕加索和阿波利奈尔的"立体"观念的移用、发展和延续。鉴于他在诗歌之外所进行的工商贸易、科技探索、异国环游及兴趣养成,犁青的"流散写作"也表现为一种跨行业、跨地域、跨门类的语言"越界"(Cross over),例如他将工业机械名词、电子战争术语、精纺机床分钟转速、液晶电片生产过程、英文红枣(Dates)与约会(Date)的精妙差异等都作为材料写进诗里,表现出一种强烈的语言混搭风格。② 而随着诗歌与音乐、图画、舞蹈、电影、戏剧以及电子传媒文化的互动发展,犁青相信今后的"立体诗"也将在文体上出现相应的变革更新,以适应更加开放、更富动感的现代生活的需要。

---

① 绿原:《终于读到了这样的诗》,《文艺报》2001 年 10 月 27 日,《作家论坛周刊》专版。
② 参见犁青《哈尔滨之夜》《我咒骂你——838》《我和电子棋对弈》《万里长城和尼亚加拉瀑布》及《红枣》等诗,见犁青:《犁青的诗》,北京:人民文学出版社,1996 年,第 185－187 页、第 190－192 页、第 193－197 页、第 367－372 页、第 410 页。

第七章　木心：传统余脉与现代心智

　　木心自称是"绍兴希腊人"，祖先在绍兴，精神传统在古希腊。[1] 他的童年少年是从中国古典文化的沉淀物中"苦苦折腾过来的"[2]，五绝七律四六骈俪样样来得，十四岁起就暗自尝试白话新诗了。水乡乌镇，古朴幽僻，历代便是文人雅士的隐居之地，从南朝梁太子萧统的昭明书院，到现代著名作家茅盾的故居书屋，文脉涌溢绵延不绝。木心自幼与"不以诗名而善诗者"的汤国梨女史——章太炎之妻为邻，"每闻母姑辈颂誉汤夫人懿范淑德，而传咏其闺阁词章，以为覃思隽语，一时无双，……于今忆诵犹历历如昨"[3]。木心本人也出身名门望族，外婆精通《周易》，祖母谙熟《大乘五蕴论》，母亲教他读杜诗，家中仆人亦不乏能歌善吟、白壁题诗者。木心说："能够用中国古文化给予我的眼去看世界是快乐的，因为一只是辩士的眼，另一只是情郎的眼——艺

---

①　参见李宗陶：《木心 我是绍兴希腊人》，《南方人物周刊》2006 年第 26 期。

②　木心：《仲夏开轩——答美国加州大学童明教授问》，见木心：《鱼丽之宴》，桂林：广西师范大学出版社，2013 年，第 65 页。

③　木心：《朱绂方来》，见木心：《素履之往》，桂林：广西师范大学出版社，2013 年，第17 页。

术到底是什么呢，艺术是光明磊落的隐私。"①

但木心在他所处的文化启蒙的那个阶段，20世纪二三十年代中国南方的富庶之家又确曾全盘西化过。抗日战争时期，茅盾携眷生活在内地，沈家老宅的丰富藏书便成为少年木心"得以饱览世界文学名著的嫏嬛福地"②，以至于八九十年代他在纽约成了"文学的鲁滨逊"，开讲"世界文学史"课程所凭全是先前的文本记忆以及灵智的"反刍"功能。最早提倡"文学的统一观"③的郑振铎也曾深刻影响过木心，中国现代第一部真正意义上的世界文学史《文学大纲》(1927)也就成为《文学回忆录》所参考的底本。木心是反对文化本质主义论的，他说："所谓现代文化，第一要义是它的整体性，文化像风，风没有界限，也不需要中心，一有中心就成了旋风了。……我只凭一己的性格走在文学的道路上，如果定要明言起点终点或其他，那么——欧罗巴文化是我的施洗约翰，美国是我的约旦河，而耶稣只在我心中。"④

第一节 "多脉相承"的美学意义上的完成

正如美国加州州立大学洛杉矶分校英语系教授童明所指出的，木心的汉语风格"是世界性美学思维的载体"，就传统渊源而

---

① 木心：《仲夏开轩——答美国加州大学童明教授问》，见木心：《鱼丽之宴》，桂林：广西师范大学出版社，2013年，第65页。

② 木心讲述；陈丹青笔录：《木心谈木心：〈文学回忆录〉补遗》，桂林：广西师范大学出版社，2015年，第29页。

③ 参见郑振铎：《文学的统一观》，原载《小说月报》1922年8月第13卷第8期。

④ 木心：《仲夏开轩——答美国加州大学童明教授问》，见木心：《鱼丽之宴》，桂林：广西师范大学出版社，2013年，第63页。

言,不是"一脉相承",而是"多脉相承"。① 在木心的观念世界里,艺术不分时代,跨越门类,没有国籍,譬如:"李商隐活在十九世纪,他一定精通法文,常在马拉美家谈到夜深人静,喝棕榈酒"②;"试想庄周、嵇康、八大山人,他们来了欧美,才如鱼得水哩,嵇康还将是一位大钢琴家,巴黎、伦敦,到处演奏……"③木心正是这样一个观念世界里的无尽漂泊者,美学是他的流亡。换句话说,美学意义上的完成对他而言其实也正是艺术跨界的"流亡"。很少有人知晓,六七十年代的木心曾经试过谱曲,有钢琴协奏曲,也有为宋朝词牌谱写的曲子,他称自己"是一个人身上存了三个人,一个是音乐家,一个是作家,还有一个是画家,后来画家和作家合谋把这个音乐家杀了"④。但细细聆听,木心的作品中依然潜藏着乐音,他用"意识流"的手法作文,也与肖邦作曲存在相通之处:"'即兴''叙事''练习',我听来情同己出,辄唤奈何。……文体家先要是个修辞学家、音韵学家,古义的音韵只在考究个别单字,宋朝的几位大词家就已是以作曲家的身份出入文学了。反过来说也对:肖邦是音乐上的文体家,音乐上的意识流大师。"⑤

"意识流"(Stream of consciousness)是从心理学借用过来

---

① 童明:《世界性美学思维振复汉语文学——木心风格的意义》,《中国图书评论》2006 年第 8 期。

② 木心:《嗫语》,见木心:《琼美卡随想录》,桂林:广西师范大学出版社,2010 年,第 45 页。

③ 木心:《贲于丘园》,见木心:《素履之往》,桂林:广西师范大学出版社,2013 年,第 73 页。

④ 夏辰:《"世人哪,不要弄污我的书"木心的流言与传奇》,《南方周末》2015 年 12 月 4 日。(http://www.infzm.com/content/113496/)

⑤ 木心:《迟迟告白一九八三年——一九九八年航程纪要》,见木心:《鱼丽之宴》,桂林:广西师范大学出版社,2013 年,第 86 页。

的一个术语，由美国心理学家、哲学家威廉·詹姆斯（William
James，1842—1910）首创，认为"意识是流动的、混杂的、过渡
的"①。此后，法国哲学家亨利·柏格森（Henri Bergson，1859—
1941）提出了"心理时间"理论，即我们通常所说的时间只是自然
时间或钟表时间，按照从过去到现在，再到将来的顺序线性延
伸，而人类的精神活动打破了这一顺序，遵循的是意识深处的
"心理时间"。②几乎就在同一时期，奥地利心理学家弗洛伊德
（Sigmund Freud，1856—1939）也创建了心理分析学说，将人的
心理过程分为潜意识、前意识和意识三个区域。上述三位学者
的建树奠定了"意识流"文艺理论和文学创作的基石，衍生出 20
世纪一个非常重要的现代流派，并渗透到各种文学体裁及艺术
领域中去。

　　木心最初读到普鲁斯特等人的"意识流"小说还是在少年时
代，文体上一见钟情，"旋即想到用意识流手法写长篇小说是不
智的，几乎是不可能的"③，真正自己动笔学写是在 1959 年国庆
十周年，不用于小说，而用于散文。④ 1984 年，移居美国不到两
年的木心已经蜚声海峡彼岸，《联合文学》创刊号主编痖弦特设
"木心专卷"，内容包括散文个展、答客问、小传、著作一览。于是
在那段昼夜不分、赶稿不息的日子里，木心重温了"意识流"写

---

① 参见［美］威廉·詹姆斯：《心理学原理》，象愚节译，见柳鸣九主编：《意识流》，北
　京：中国社会科学出版社，1989 年，第 346—348 页。

② 参见［法］柏格森：《创造性的进化》，郭建节译，见柳鸣九主编：《意识流》，北京：中
　国社会科学出版社，1989 年，第 370—371 页。

③ 木心：《迟迟告白一九八三年——一九九八年航程纪要》，见木心：《鱼丽之宴》，桂
　林：广西师范大学出版社，2013 年，第 85 页。

④ 参见木心讲述、陈丹青笔录：《文学回忆录》，桂林：广西师范大学出版社，2013
　年，第 810 页。

作,相继创作出《明天不散步了》《遗狂篇》《哥伦比亚的倒影》等
一系列散文名篇,诗作《赴亚当斯阁前夕》亦是出自这一时期:

> 一些异味的
> 细点子忧悒
> 撒落门口
> 雀儿啁啾,飞走
> 天色渐暗
> 忧悒在
>
> 年年名缰利锁
> 偶值深宵
> 与少壮良友谈
> 那类谈不完的事
> 每次像要谈完它
> 因而倦极
> 因而无力成寐
>
> 良友似一本
> 平放的书
> 架上诸书也睡着了
> 常常是此种
> 不期然而然的橄榄山
>
> 现在变得
> 凡稍有幸乐将临的时日
> 便见一些细点子的忧悒

撒落门口窗口

现在变得

当别人相对调笑似戏

我枯坐一侧

不生妒忌

现在变得

街头，有谁拥抱我

意谓祝福我去

远方的名城

接受朱门的钥匙

我茫然不知回抱

风寒，街阔

人群熙攘

总之，庞培册为我的封地时

庞培已是废墟①

这首诗的写作背景是 1984 年，美国哈佛大学的亚当斯阁为五十七岁的木心举办了生平第一次个展，使得他的绘画作品从此进入西方评论界视野。哈佛大学东方学术史教授罗森菲奥观展后赞叹说："这是我理想中的中国画。"②到了 20 世纪 90 年代，美国著名收藏家罗伯特·罗森克兰茨一举收藏了木心三十三幅

① 木心：《赴亚当斯阁前夕》，见木心：《西班牙三棵树》，桂林：广西师范大学出版社，2013 年，第 9—11 页。
② 李宗陶：《人类已经忘记了"灵魂"这个词——木心答问》，《南方人物周刊》2006 年第 26 期。

"转印法"水墨山水画,各大艺术杂志竞相报道,好评如潮,彻底打开了木心在美艺术界的局面,并于 1996 年开始筹备全美博物馆级巡回展。耶鲁大学美术馆室内总设计师法比安这样形容木心的画作:"它们亦真亦幻,也许是树木、山峦、大海,也许只是对旧世界的表达。这些画尺寸虽小,蕴含的力量却非常大。因为你永远不知道,画作要表达的确切内容:关于生命、死亡,还是昼与夜?"①

《赴亚当斯阁前夕》描述的正是木心站在通往"成功"第一级台阶上的那种兴奋而又忧悒的"心理真实"。关于"心理真实","意识流"大师弗吉尼亚·伍尔夫(Virginia Woolf,1882—1941)曾在她著名的《论现代小说》(*Modern Fiction*)一文中写道:

> 心灵接纳了成千上万个印象——琐屑的、奇异的、倏忽即逝的或者用锋利的钢刀深深地铭刻在心头的。它们来自四面八方,就像不计其数的原子在不停地簇射;当这些原子坠落下来,构成了星期一或星期二的生活,其侧重点就和以往有所不同;重要的瞬间不在于此而在于彼。②

"原子坠落下来",构成了木心笔下的"细点子的忧悒",而且总是与"幸乐"同时降临。对此,木心的一首诗体散文《圆满》已经做出了阐释:生命的两大神秘是欲望和厌倦,"每当欲望来时,人自会有一股贪、馋、倔、拗的怪异大力。既达既成既毕,接着来

---

① 夏辰:《"世人哪,不要弄污我的书"木心的流言与传奇》,《南方周末》2015 年 12 月 4 日。(http://www.infzm.com/content/113496/)

② 〔英〕弗吉尼亚·伍尔夫:《论现代小说》,见李乃坤选编:《伍尔夫作品精粹》,石家庄:河北教育出版社,1990 年,第 338 页。

的是熟、烂、腻、烦，要抛开，非割绝不可，宁愿什么都没有"。①

木心也有欲望，而他为超脱欲望开出的药方是先满足欲望。临离中国之前，木心去北京向亲友们告别时说："要脱尽名利心，唯一的办法是使自己有名有利，然后弃之如敝屣。"木心不取"陶潜模式"，宁择"王维路线"，"且把纽约当长安，一样可以结交名流，鬻画营生，然后将 Forest Hills 当作'辋川别业'，一五一十地做起隐士来"②。1984 年在答台湾《联合文学》编者问时，他也坦言："日日夜夜地写，也要画，最终目的是告别艺术，隐居，就像偿清了债务之后还有余资一样地快乐。"③

木心喜读孟德斯鸠的书，特别牢记他所说过的："成功之路，往往看一个人是否知晓要多久才能成功"，既要避免青壮得志而一蹶不振，又要谨防叱咤风云而晚节不保，"顺亦不足喜，逆未觉得哀"，"细点子的忧悒"倒是常伴左右，诚如孟德斯鸠所言"就像人在悲哀中才是人"。④ 木心要的是美学意义上的完成，而非艺术生命里的行过，因此从 1983 年至 1993 年，在写过十年散文之后，他便悄然隐退了。"编者、读者、评者、出版者的概念都模糊远去了，讲演、辩论、沙龙夜谭的才情和欲望都风平浪静了"⑤，木心放下了在他看来是"阿世的曲学"的散文，转而写他真正钟情

---

① 木心：《圆满》，见木心：《琼美卡随想录》，桂林：广西师范大学出版社，2010 年，第 11 页。

② 木心：《迟迟告白一九八三年——一九九八年航程纪要》，见木心：《鱼丽之宴》，桂林：广西师范大学出版社，2013 年，第 88 页。

③ 木心：《海峡传声答台湾〈联合文学〉编者问》，见木心：《鱼丽之宴》，桂林：广西师范大学出版社，2013 年，第 35 页。

④ 参见木心《困于葛藟》，见木心：《素履之往》，桂林：广西师范大学出版社，2013 年，第 99 页。

⑤ 木心：《迟迟告白一九八三年——一九九八年航程纪要》，见木心：《鱼丽之宴》，桂林：广西师范大学出版社，2013 年，第 88 页。

的诗的咏叹调,诗集《巴珑》《我纷纷的情欲》《诗经演》《伪所罗门书》源源流出,更是他隐秘心声的流露。

《赴亚当斯阁前夕》在某种程度上预演了木心后期的文体转变。全诗贯以"意识流"的内心分析和个人独白,并按"心理时间"的顺序娓娓道来,最后再借"庞贝古城"盛极陨灭的历史典故引以为戒。其中"橄榄山"源自《圣经》:据《路加福音》记载,耶稣每日在圣殿传道,"每夜出城在一座山名叫橄榄山住宿"。当他决定赴死前一晚,"照常往橄榄山去"。木心认为,"最动人的是耶稣在橄榄山上的绝唱:当他做最后的忧愁的祷告时,门徒一个个撑不住了,睡倒不醒"①,耶稣在最需要朋友的时候依然是孤独的。从人生的价值判断,"耶稣对人类的爱,是一场单恋";从艺术的价值判断,耶稣是"成了":"耶稣的志愿,章节分明。该逃的时候逃,该说的时候说,该沉默的时候,一言不发,该牺牲了,他走向十字架。最后他说:'成了。'"耶稣留下的典范是什么呢?所谓艺术,所谓爱,"原来是一场自我教育"②。

通篇读来,木心的诗并无外在的有形格律,却有内在的无形格律。木心曾在一篇散文中表白:汉语新诗不扣韵脚以后,"就在于统体运韵了","渗在全首诗的每一个字里的韵,比格律诗更要小心从事,不复是平仄阴阳的处方配药了,字与字的韵的契机微妙得陷阱似"。③

木心是将他作曲的才华移用到作诗上,在自由与格律张弛

---

① 木心讲述;陈丹青笔录:《文学回忆录》,桂林:广西师范大学出版社,2013 年,第 106 页。

② 木心讲述;陈丹青笔录:《文学回忆录》,桂林:广西师范大学出版社,2013 年,第 106 页。

③ 木心:《某些》,见木心:《琼美卡随想录》,桂林:广西师范大学出版社,2010 年,第 147 页。

有度的琴弦上奏响一组组和弦。《伪所罗门书:不期然而然的个人成长史》记载了他在诗艺臻于醇厚、近乎出神入化境界的冥想,也是他个人最为得意的一本诗集。诗集的末尾附上了一则看似毫不相干的巴赫作曲的述评:

> 巴赫的晚年处于十八世纪中叶,"巴洛克"已近尾声,"古典"隐约在望,多旋律的对位作曲法被认为陈旧迂腐,流行走红的是单一旋律的和声作曲法,唯巴赫继续用严谨的对位法为教堂写清唱剧。
>
> ……
>
> J. S. 巴赫并非保守,宁是迈迹,他只认为自己的作曲法适合自己,写好,写透,就是他的"完成",而与巴赫同代的音乐家终究没有写好,更无论写透,姑且称作为"行过",纷纷行过,纷纷。[1]

若将音乐的声调改为诗歌,木心无疑是在表明愿作"诗歌界巴赫"的心迹。他不以先锋自居,不肯跟风逐浪,不写毫无韵律可言的自由诗,也不单纯追求严谨工整的句子。只按适合自己的方式写好,写透,就是自己的"完成"。

由此联想到木心与他所处的时代的关系,也是一个颇费思量的问题。若说他前卫,他文有古风,用孙郁的话来说:"古希腊哲理与六朝之文,文艺复兴的烛光与五四遗响,日本的俳句和法国的诗画"[2],都构成了他深厚的人文教养;若说他怀旧,他对中国文化的继承姿态无疑又是颠覆性的,鞭辟入里的警句背后透

---

[1]　木心:《附录》,见木心:《伪所罗门书:不期然而然的个人成长史》,桂林:广西师范大学出版社,2013年,第257—258页。

[2]　孙郁:《木心之旅》,《读书》2007年第7期。

露出来的是现代心智(Modern mind)的明彻之光。美国加州州立大学洛杉矶分校英语系教授鲁宾·昆泰罗(Ruben Quintero)称:"木心是大智者(a Sage),他的语流回环浩荡,浚泓无底,唯其机智而旷达,所以他洞察世物锋锐无阻,使人觉得他是在启示录的边周逆风起舞。"①

第二节　感性直觉与智性思辨的微妙平衡

因为有了思的光华,木心的诗格外神采飞扬,那些深埋于历史岩层里的词的化石在他的魔杖点化之下全都灵气活现起来。木心说:"诗是灵感,灵感是一刹那一刹那的",若要不间断的灵感怎么办呢? 好比将珍珠串成项链,"靠当中那根线。整个现代文化是造成这根线的,通俗讲,这根线就是哲学"。②

因此,木心的诗又是一种在语言的感性直觉与哲学的智性思辨之间取得微妙平衡的艺术。他在"相背的二律之间的空隙"游戏和写作③,尤其擅用波德莱尔式的"矛盾修辞法"(Oxymoron)。

一、"矛盾修辞"与"二律背反"

不同于通常意义上的对比,"矛盾修辞"是将两种截然相反

---

① 童明辑译:《有朋自远方来:木心珍贵的文友们》,见木心:《鱼丽之宴》,桂林:广西师范大学出版社,2013年,第138页。

② 木心讲述;陈丹青笔录:《文学回忆录》,桂林:广西师范大学出版社,2013年,第248页。

③ 参见木心:《迟迟告白:一九八三年——一九九八年航程纪要》,见木心:《鱼丽之宴》,桂林:广西师范大学出版社,2013年,第101页。

的审美意象并置而使它们发生语义上的关联,从而使得原本不可调和的事物的属性彼此渗透、相互转化,合力生成一个充满悖论的统一世界。

"矛盾修辞"并非波德莱尔的发明,却被《恶之花》带入了一个全新的境界,成为现代诗歌的重要技法之一。关于波德莱尔,木心的评价是:"他在法国诗台的重要性不下于塞尚之于法国近代绘画史,是一个真正成功的诗人。"[①]他也是木心一直偏爱的诗人:"不忘记少年时翻来覆去读《恶之花》和《巴黎的忧郁》的沉醉的夜晚。我家后园整垛墙,四月里都是蔷薇花,大捧小捧剪了来,插在瓶里,摆书桌上,然后读波德莱尔,不会吸鸦片,也够沉醉了。"[②]而木心对于"矛盾修辞"的密集使用也印证了这种"偏爱"、这种"沉醉"。典型例句俯首可拾,仅以《云雀叫了一整天·乙辑》为证:

> 常见人家在那里庆祝失败;
>
> 凡倡言雅俗共赏者 结果都落得俗不可耐;
>
> 久别重逢 那种漠然的紧张;
>
> 提倡幽默 是最不幽默的事;
>
> 汉族是有极大可塑性的种族 却也因而被塑坏了;
>
> 我保持着一些很好的坏习惯;
>
> 风情万种的禁欲生涯;
>
> 越是现象复杂的事物 本质越简单;
>
> 你使我感到分外的满足和虚空;

---

① 木心讲述;陈丹青笔录:《文学回忆录》,桂林:广西师范大学出版社,2013年,第600页。

② 木心讲述;陈丹青笔录:《文学回忆录》,桂林:广西师范大学出版社,2013年,第601—602页。

世上多的是无缘之缘；

就此快快乐乐地苦度光阴；

感谢你如此诚恳地欺骗了我；

口才一流 废话百出；

霉运好运 都有云里雾里之感；

第一阵凉意 在说 我不是夏尾 我是秋首；

自重 是看得起别人的意思；

我追索人心的深度 却看到了人心的浅薄；

能体会到寂寞也是一种戏剧性时 就好；

智者天涯 天天愚人节；

小有才气 反而显得小家子气；

天堂地狱之虚妄 在于永乐则无所谓乐 永苦则不觉得苦；

生活最佳状态是冷冷清清地风风火火；

清澈的读者便是浓郁的朋友；

那种吃苦也像享乐似的岁月 便叫青春①

　　类似的箴言还有很多，因篇幅所限，不再一一列举。"矛盾修辞"偏离了日常语言的规范和逻辑，其反常而突兀的词语搭配不仅是语言层面的游戏，更是对复杂人性和悖谬人生的洞察和揭示，其哲学源头可以溯至康德（Immanuel Kant，1724—1804）的二律背反（Antinomies）。木心说："猜想康德最初排列出'二

---

① 木心：《乙辑》，见木心：《云雀叫了一整天》，桂林：广西师范大学出版社，2013 年，第 223 页、第 224 页、第 228 页、第 239 页、第 245 页、第 249 页、第 249 页、第 253 页、第 259 页、第 260 页、第 261 页、第 262 页、第 266 页、第 266 页、第 271 页、第 271 页、第 274 页、第 276 页、第 282 页、第 283 页、第 283 页、第 287 页、第 289 页、第 300 页。

律背反'来的时候是觉得很有趣很快乐的。无法猜想康德排到后来是否也觉得乏味而沮伤。"①木心所言是以己度人，他自己就是一个语言的享乐主义者、人生的悲观主义者。

什么是悲观主义？木心以为就是"透"观主义，"不要着眼于'悲'，要着眼于'观'……得不到快乐，很快乐，这就是悲观主义"②。"矛盾修辞"和"二律背反"由此也就构成木心"透"观人生的艺术手段和哲学依据，"如此就有自知之明，知人之明，知物之明，知世之明"③。有知才会有爱，"知是哲学，爱是艺术"④。关于二者的关系，木心有诗云：

> 我愿他人活在我身上
> 我愿自己活在他人身上
> 这是"知"
>
> 我曾经活在他人身上
> 他人曾经活在我身上
> 这是"爱"
>
> 雷奥纳多说
> 知得愈多，爱得愈多

① 木心：《寒砧断续》，见木心：《即兴判断》，桂林：广西师范大学出版社，2013年，第59页。
② 木心讲述；陈丹青笔录：《文学回忆录》，桂林：广西师范大学出版社，2013年，第615页。
③ 木心讲述；陈丹青笔录：《文学回忆录》，桂林：广西师范大学出版社，2013年，第615页。
④ 木心讲述；陈丹青笔录：《文学回忆录》，桂林：广西师范大学出版社，2013年，第90页。

知与爱永成正比①

雷奥纳多即达·芬奇。根据达·芬奇画作《圣安娜与圣母子》的构图——其中圣·安娜（Saint Anna）代表知（或智）；圣·玛利亚（Blessed Virgin Mary）代表爱；耶稣（Jesus）代表救世主；羔羊代表人民，木心推导出"知与爱的公式"："知与爱永成正比。知得越多，爱得越多。逆方向意为：爱得越多，知得越多。秩序不可颠倒：必先知。无知的爱，不是爱。"②

他要表达的，就是推己及人："你要人如何待你，你就如何待人。"推己及人"在西方是个人主义。个人主义，是指先从自己做起，不是自私自利"。③ 个人主义并非自古有之："希腊，开始认识自己；文艺复兴，是中世纪后新的觉醒；启蒙主义，是我们可以做些什么；到浪漫主义，是个性解放；到现代，才能有个人主义。"④ 而中国自外于世界潮流，"中国没有个人主义。'五四'以后，要在几十年内经历人家两千年的历程，也因为没有个人主义。革命一来，传统里没有'个人'，一击就垮"。⑤

因此，木心的文学也有政治性。他是以其对艺术的爱修行"爱的艺术"，然后推己及人，通过与人分享艺术，唤醒人对艺术

---

① 木心：《知与爱》，见木心：《云雀叫了一整天》，桂林：广西师范大学出版社，2013年，第51—52页。

② 参见木心讲述；陈丹青笔录：《文学回忆录》，桂林：广西师范大学出版社，2013年，第90页。

③ 木心讲述；陈丹青笔录：《文学回忆录》，桂林：广西师范大学出版社，2013年，第89页。

④ 木心讲述；陈丹青笔录：《文学回忆录》，桂林：广西师范大学出版社，2013年，第518页。

⑤ 木心讲述；陈丹青笔录：《文学回忆录》，桂林：广西师范大学出版社，2013年，第519页。

的爱,从而践行"爱的艺术"。而"爱"的救赎又与"知"的求索相辅相成。"知"是哲学,是木心用来串连诗的珍珠的那根"水灰的线"①,也是用以解脱"宗教的偏见,道德的教条,感情的牵绊,知识的局限"的那种或可称为现代心智的东西。② 由此,"爱"不必具有迂腐的情结,精神世界的漂泊者也不必强说乡愁:"乡愁呢,总是有的,要看你如何对待乡愁,例如哲学的乡愁是神学,文学的乡愁是人学,……乡愁太重是乡愿,我们还有别的事要愁哩。若问我为何离开中国,那是散步散远了的意思……"③

二、"向后看"的审美现代性

木心自称是一个"翻了脸的爱国主义者","转了背的理想主义者",是"向后看的"。④ 这也正是审美现代性的一种表现。关于现代性,美国印第安纳大学比较文学教授卡林内斯库指出,在19世纪前半叶的某个时刻,欧洲语境里的现代性已经分裂为互相尖锐对立的两支:一支是作为文明史阶段的资产阶级的现代性,是全球性的经济发展、科技进步和社会变更的产物,其特点是乐观积极地面向未来;另一支则是带来先锋性艺术变革的审美现代性,从其浪漫的源头开始就倾向于激烈地反对资产阶级,

---

① 木心在其诗作《十四年前一些夜》中写道:"那珍珠项链的水灰的线/英国诗兄叫它永恒/证之,亦然",见木心:《西班牙三棵树》,桂林:广西师范大学出版社,2013年,第25页。

② 参见木心讲述;陈丹青笔录:《文学回忆录》,桂林:广西师范大学出版社,2013年,第248—249页。

③ 木心:《仲夏开轩——答美国加州大学童明教授问》,见木心:《鱼丽之宴》,桂林:广西师范大学出版社,2013年,第70页。

④ 木心讲述;陈丹青笔录:《文学回忆录》,桂林:广西师范大学出版社,2013年,第1065页。

其特点是悲观怀疑地背对未来。① 审美现代性的一个典型形象就是本雅明的"历史的天使":脸朝过去,被名为"进步"的时代风暴吹得一步一步"退"向未来。

木心正是这样一个"历史的天使",他说:"艺术没有进步进化可言"②;"古典的好诗都是具有现代性的"③;"往过去看,一代比一代多情;往未来看,一代比一代无情。多情可以多到没涯际,无情则有限,无情而已"④……

木心热爱的是人类的壮年、青年、少年、童年时期的艺术,童年期和少年期在他看来是人类文学最可爱的阶段,"以中国诗为例,《诗经》三百首,其中至少三十多首,是中国最好的诗"。⑤ 90年代,木心实现了自己青年时代的梦想,满心欢喜,写成了《诗经演》。这是木心最具古朴色彩的诗集。文字是古典的,观念是现代的,并采用了传统四言(间有二三五杂言)与商籁体十四行诗东西合璧的形式。木心研究专家、《诗经演》的注解者春阳表示:"新诗三百首与旧经三百篇,通体同质同构,词句相与吞吐,被作者精心编织为同一文本。……作者随机嵌入而意涵深藏的古语新用——确切地说,是种种新意的古语化——乃是《诗经》的借用、反用、大用,其命意所在、旨趣所及,并非与《诗经》对接,而是

---

① 参见[美]马泰·卡林内斯库:《两种现代性》,顾爱彬、李瑞华译,见周宪主编:《文化现代性精粹读本》,北京:人民大学出版社,2006年,第109页。

② 木心讲述;陈丹青笔录:《文学回忆录》,桂林:广西师范大学出版社,2013年,第588页。

③ 木心:《乙辑》,见木心:《云雀叫了一整天》,桂林:广西师范大学出版社,2013年,第255页;

④ 木心:《烂去》,见木心:《琼美卡随想录》,桂林:广西师范大学出版社,2010年,第25—26页。

⑤ 木心讲述;陈丹青笔录:《文学回忆录》,桂林:广西师范大学出版社,2013年,第1066页。

《诗经》的蝉蜕与间离。"①

例如取自《小雅·何人斯》的《胡逝》与《壹者》:

> 彼何人斯/胡逝我梁/不入我门/彼何人斯/胡逝我陈/
> 我闻其声/不见其身/彼何人斯/胡逝我井/只搅我心/尔还
> 而入/我心易也/还而不入/否难知也②

> 彼何人斯/其为风飘/胡不自北/胡不自南/尔之安行/
> 亦不遑舍/尔之亟行/遑脂尔车/尔还而入/我心易也/还而
> 不入/否难知也/壹者之来/俾我祇也③

对比《何人斯》原文如下:

> 彼何人斯,其心孔艰。胡逝我梁,不入我门。伊谁云
> 从,谁暴之云。

> 二人从行,谁为此祸。胡逝我梁,不入唁我。始者不如
> 今,云不我可。

> 彼何人斯,胡逝我陈。我闻其声,不见其身。不愧于
> 人,不畏于天。

> 彼何人斯,其为飘风。胡不自北,胡不自南。胡逝我
> 梁,祇搅我心。

> 尔之安行,亦不遑舍。尔之亟行,遑脂尔车。壹者之
> 来,云何其盱。

> 尔还而入,我心易也。还而不入,否难知也。壹者之

---

① 春阳:《注后记》,见木心:《诗经演》,桂林:广西师范大学出版社,2013年,第
　315页。
② 木心:《胡逝》,见木心:《诗经演》,桂林:广西师范大学出版社,2013年,第
　157页。
③ 木心:《壹者》,见木心:《诗经演》,桂林:广西师范大学出版社,2013年,第
　158页。

来，俾我祇也。

伯氏吹埙，仲氏吹篪。及尔如贯，谅不我知。出此三物，以诅尔斯。

为鬼为蜮，则不可得。有靦面目，视人罔极。作此好歌，以极反侧。

两相对照，不难看出，木心剔除了原诗的怨怼，再予以变易、置换、增补、衔接，组成了《胡逝》与《壹者》这样两首空灵飘逸的新诗。《胡逝》描写的是"逝者不逝"，若即若离的身影常在"我梁"（鱼梁）、"我陈"（甬道）、"我井"（水井）一带飘移；《壹者》描写的则是"归人不归"，魂牵梦系的都在路上，马蹄"达达"，跫音不响。虽为古语所作，这两首诗传达的情境并不为现代人感到陌生。

而古诗新作，也并非木心专利，早在 1983 年，比木心年轻三十五岁的张枣就有所尝试，选择的母本恰好也是《何人斯》：

究竟那是什么人？在外面的声音

只可能在外面。你的心地幽深莫测

青苔的井边有棵铁树，进了门

为何你不来找我，只是溜向

悬满干鱼的木梁下，我们曾经

一同结网，你钟爱过跟水波说话的我

你此刻追踪的是什么？

为何对我如此暴虐

我们有时也背靠着背，韶华流水

我抚平你额上的皱纹，手掌因编织

而温暖；你和我本来是一件东西

享受另一件东西：纸窗、星宿和锅

谁使眼睛昏花

一片雪花转成两片雪花

鲜鱼开了膛，血腥淋漓；你进门

为何不来问寒问暖

冷冰冰地溜动，门外的山丘缄默

这是我钟情的第十个月

我的光阴嫁给了一个影子

我咬一口自己摘来的仙桃，让你

清洁的牙齿也尝一口，甜润得

让你也全身膨胀如感激

为何只有你说话的声音

不见你遗留的晚餐皮果

空空的外衣留着灰垢

不见你的脸，香烟袅袅上升——

　　　你没有脸对人，对我？

究竟那是什么人？一切变迁

皆从手指开始。伐木丁丁，想起

你的那些姿势，一个风暴便灌满了楼阁

疾风紧张而突兀

不在北边也不在南边

我们的甬道冷得酸心刺骨

你要是正缓缓向前行进

> 马匹悠懒，六根辔绳积满阴天
>
> 你要是正匆匆向前行进
>
> 马匹婉转，长鞭飞扬
>
> 二月开白花，你逃也逃不脱，你在哪儿休息
>
> 哪儿就被我守望着。你若告诉我
>
> 你的双臂怎样垂落，我就会告诉你
>
> 你将怎样再一次招手；你若告诉我
>
> 你看见什么东西正在消逝
>
> 我就会告诉你，你是哪一个①

张枣的《何人斯》也带有木心惯用的意识流叙事成分，"究竟那是什么人？"也是贯穿全诗的问题意识。他人构成了自我认知的一个镜像，这是极具现代性的一种观察视角，与之相应的却是"韶华流水""伐木丁丁""马匹悠懒""长鞭飞扬"等颇富古典意趣的意象画面。张枣自己评论说，《何人斯》"让我实现、同时也享受到了把感官的热烈，也就是世界的色相，和一个现代的心融合到一起的这样一个派头"，其中"感官能力与反思的成分都很强"。②

这也正是木心熔"传统余脉与现代心智"为一炉的诗学实践。虽然二者的年龄、阅历相差甚远，但在诗歌的理解方面，却有着惊人的相似性。例如孔子对《诗经》有评价："诗三百，一言以蔽之曰：思无邪。"木心赞叹说："不得不佩服他高明，概括力之高。"至于孔子认为《诗经》"哀而不伤，乐而不淫"，懂得分寸，在

---

① 张枣：《何人斯》，见《张枣的诗》，北京：人民文学出版社，2012年，第46—48页。
② 颜炼军、张枣：《"甜"》，见颜炼军编选《张枣随笔选》，北京：人民文学出版社，2012年，第212页。

木心看来，"还是从他主观的伦理要求评价《诗经》"，但比起后世一代代腐儒，"孔子当时聪明多了，深知'不学诗，无以言'（即哲学思想要有文学形式），意思是：不学《诗经》，不会讲话。他懂得文采的重要"。[1]　张枣则认为：

> 《诗经》写了很多生活中的悲欢离合与遥不可及，但是它也赞美了悲欢离合与情色和身体欲望的遥不可及，因为这就是人的生活。孔子用"思无邪"来肯定这些，认为这些诗歌从文学的角度都是可以理解的，没有什么邪念的；但是汉儒对"诗无邪"解释说，"诗勿邪"，诗歌不能有邪念。恢复原本的思想是艺术家的责任。孔子是怎么说的已经不重要了，重要的是后人是怎么理解他的。原儒就是明朗和甜蜜的，原儒是一种真正的宇宙观。[2]

因此，木心作《诗经演》如同张枣作《何人斯》，都是为了呈现后人对《诗经》的理解，以此"再现我们宇宙中本身的元素的'甜'"[3]。"甜"也正是木心所形容的诗的味道[4]；也是张枣所理解的诗意的圆润、流转。"汉语的'甜'是一种元素的'甜'，不是甜蜜、伤感，而是一种土地的'甜'、绿色的'甜'。中国古代文化

[1]　木心讲述；陈丹青笔录：《文学回忆录》，桂林：广西师范大学出版社，2013年，第138页。
[2]　白倩、张枣：《环保的同情，诗歌的赞美》，见颜炼军编选《张枣随笔选》，北京：人民文学出版社，2012年，第231—232页。
[3]　白倩、张枣：《环保的同情，诗歌的赞美》，见颜炼军编选《张枣随笔选》，北京：人民文学出版社，2012年，第231页。
[4]　木心说："诗甜，散文酸，小说苦，评论辣"。参见木心：《海峡传声答台湾〈联合文学〉编者问》，见木心：《鱼丽之宴》，桂林：广西师范大学出版社，2013年，第25页。

中的'天人合一'的思想就是'甜'的思想。"①

　　从意识流的对位法,到古汉语的商籁体,木心的种种诗学尝试证明自己绝非一个墨守成规的"文化标本"。他在传统与现代、中国与世界的"相背的二律之间的空隙"游戏和写作,创造出最具文言古意而又脱尽陈腐之气的世界文学范本。而在这条"向后看"的继往开来的道路上,他又绝非孤单一人。李劼评论说:"木心的审美标高与当今学子的重新评估先秦诸子不谋而合,自然而然地承接先秦诸子的文化气脉,借此结束两千多年的文化黑暗。木心虽然拒绝伟大,但其审美直觉并非仅止于敏锐犀利。木心书文,心胸浩瀚,视野开阔,俯仰天地,通晓古今。不仅足以与先秦诸子并列,而且可以与先秦最为出类拔萃的人物谈笑风生。此乃惊世之才,为五四以降的人文世界所罕见。"②

---

① 　白倩、张枣:《环保的同情,诗歌的赞美》,见颜炼军编选:《张枣随笔选》,北京:人民文学出版社,2012 年,第 230 页。
② 　李劼:《木心论》,桂林:广西师范大学出版社,2015 年,第 124 页。

第八章　梁秉钧：
全球化背景下"发现的诗学"

诗人梁秉钧（1949—2013）同时也是小说家、散文家和评论家也斯，身兼作家与学者的双重身份，自 20 世纪 80 年代后期以来一直致力于香港文化方面的探析、对话及艺术再现，被称为"香港最好的书写者"。[①]，其作品也好比洞察"香港意识"的一扇窗口。赵稀方曾在《小说香港》的序言中写道："也斯的创作开始于对香港的辩护，然后致力于对香港身份的辨识"，而到了 1984 年"九七"问题浮出历史时，"香港意识才开始了空前的膨胀"。[②]

"香港意识"源自香港历史。19 世纪末以来，香港在被割让的商圈内部展开其都市化进程，逐渐形成了一个既有别于内地，又非同于台湾的"公共空间"，该"公共空间"的规模初见、沉浮蜕变是与港人的自我认同分不开的，"这种自我认同成为香港意识

---

① 也斯曾被评为"2012 年的香港年度作家"，多次荣获香港文学双年奖，被称为"香港最好的书写者""香港文化遗老"。详情参见《港著名作家也斯离世 曾被评为"香港最好的书写者"》，《华西都市报》2013 年 1 月 8 日。

② 赵稀方：《小说香港》，北京：生活·读书·新知三联书店，2003 年，第 8 页。

的核心,它主要表现为文化认同而非国家认同"①。梁秉钧注意到,混杂变幻是香港"公共空间"的特性:"里面不只一种人、一种生活方式、一种价值标准,而是有许多不同的人、不同的生活方式和价值标准。"②不同的空间并非由一个中心辐射出来,而是彼此并排,互相连接。身处其间周旋应对,久而久之,梁秉钧发现,文学虽然是语言的艺术,但语言绝非文学的全部,不得不向多元媒介探索诗境,其中文字不过是作品物料的一种,与绘画、摄影、装置、音乐、舞蹈等其他物料之间顺势增补或者逆向消解,综合展现对"香港的故事为什么难说?"这一问题的反省。

北岛曾经打过这样一个比方:"香港如同一艘船,驶离和回归都是一种过渡,而船上的香港人见多识广,处变不惊。"③与之相应的是,梁秉钧也用游移的眼光、越界的足履、"'不在场'的文字叙述来反衬城市本身的无从叙述性"④,用"旅行叙事"的方式将香港城市书写带入新境。"他不停地寻找着书写香港的角度,却又永远不将香港定型化、中心化。而对于历史的构造过程有着充分的自觉。"⑤德国汉学家顾彬认为:梁秉钧的"越界"创作使他成为"为数不多拥有真正现代世界观的中国作家之一",甚至是"20 世纪末 21 世纪初,唯一一位用世界大同主义与不同艺术

① 黄万华:《百年香港文学史》,广州:花城出版社,2017 年,第 63 页。
② 也斯:《香港文化十论》,杭州:浙江大学出版社,2012 年,第 35 页。
③ 北岛:《在中国这幅画的留白处》,《青灯》,南京:江苏文艺出版社,2008 年,第 118 页。
④ 王德威:《香港——一座城市的故事》,《如何现代,怎样文学》,台北:麦田出版股份有限公司,1998 年,第 294 页。
⑤ 赵稀方:《小说香港》,北京:生活·读书·新知三联书店,2003 年,第 154 页。

互动对话,对世界艺术产生持续影响的华人艺术家"①。

　　游历观察、越界写作、互动对话不仅仅是也斯小说创作,同样也是梁秉钧诗歌创作的关键词②,他在不断游历、越界和互动中去发现诗意,将"香港意识"转化为一种独特的诗学,或曰"发现的诗学"。梁秉钧说:"我觉得诗意不是成衣,你只需要披在身上就可以了,而是想要通过自己对世界的感受,裁剪和发现诗意,即使只是普通事物中的诗意。"③不同于"象征的诗学"——它的纯艺术目标,在代表性诗人波德莱尔、马拉美、魏尔伦、兰波等那里,多体现为通过感官直觉去探求"自我"的"最高真实";"发现的诗学"更侧重于通过感官直觉去探求"世界"的"最高真实"。

---

① 顾彬:《为什么要谈香港的文学?》,梁秉钧、许旭筠、李凯琳编:《香港都市文化与都市文学》,香港:香港故事协会,2009 年,第 51 页。

② 关于梁秉钧诗歌研究,过去已有一些学者从后殖民主义或后现代主义的视角进行阐发,例如周蕾认为香港的物质主义和都市文化有她自己的"根源",处于这样的背景之下,梁秉钧"并不以高人一等的态度疏远环绕着他的物质现实",而是将之化作一种可以不断挖掘、不断寻找的源泉。这使得他的写作具有了后现代主义的特质。参见周蕾:《写在家国以外》,香港:牛津大学出版社,1995 年,第 132 页。费勇则提出,梁秉钧以"越界"作为一种策略,对于一个诗人在香港的双重边缘处境,表现出"并非'抵抗'的姿态,而是一种拆解的姿态";透过"日常"所要表达的,并非"像现代诗人那样忧闷、悲愤",而是一种"寻求'真相'的好奇心"。参见费勇:《眼睛望见模糊的边界——论梁秉钧的诗歌写作兼及香港文学的有关问题》,《南京大学学报(哲社版)》2003 年第 5 期。从 2007 年至 2013 年一直担任也斯助理的郑政恒也表示,梁秉钧生前出版的 24 本诗集所用到的观察方法、形式组合和语言态度多有变化,一致的"也许是空间的探索、文化的生活、游走的踪迹、越界的试验、不休的思索、深沉的反省",为他的诗"带来持久的魅力"。参见郑政恒《梁秉钧——面向世界的香港诗人》,《新诗评论》2014 年第 4 期。

③ 陈良湾,梁秉钧:《聆听随风合唱中隐晦了的抒情——与梁秉钧的一次对谈》,《华文文学》2012 年第 3 期。

第一节 从容的观看

在梁秉钧的青少年时期,六七十年代的香港虽然缺乏文艺的氛围,政治也有所禁制,但他却能利用那种五色斑斓的文化环境接触很多不同的书本:五四以来的诗和小说,即使官方文学史没提的,当年都零零星星地散布旧书店;西方当代作品,也不难在外文书店找到;又由于不同文化背景的中外人士来来往往,尖沙咀和中环书摊留下不少旧书,并可订阅各种偏门地下杂志。这样一种驳杂的阅读背景也影响了梁秉钧观察、思考和写作的方式。他回顾历史,也从置身城内远望开始,看中国内地、台湾,乃至世界文学,他是首位在香港文坛深入推介加西亚·马尔克斯(García Márquez,1927—2014)、聂鲁达(Pablo Neruda,1904—1973)、博尔赫斯(Jorge Luis Borges,1899—1986)、略萨(Mario Vargas Llosa,1936—)等南美文学大师之人,还翻译过尤金·奥尼尔(Eugene O'Neill,1888—1953)的剧本和鲍勃·迪伦(Bob Dylan,1941—)的歌词,文学版图比绝大多数的同时代华语作家都要宽广。后来他又去到许多不同的城市,又从那里回顾和展望。在这不断地出乎其外、入乎其内的过程之中,最常萦绕于心的问题,"大概是文学与文化(尤其是城市文化)之间的复杂关系,还有就是不同文化之间的矛盾与异同"[1]。他说:"我关心的其实是现代城市文化与生活的特色,从这城市开始了解现代的想望和限制。最先觉得城市中怀古及西化不外是两种幻

---

[1] 也斯:《附录:书与城市(原序)》,《书与城市》,杭州:浙江大学出版社,2012年,第262页。

象,后来亦用其他例子补充说明,城市的文化除了是东方和西方,还是村镇和都市、传统和现代等种种矛盾混杂的多元文化。"①

　　梁秉钧早年的诗歌创作,常采用电影的蒙太奇手法来表现时间拼贴、空间交叠所产生的"时空合一体"的观照方式,多见于70年代至80年代中期,尤其是他在美国加州大学圣地亚哥分校攻读比较文学博士(1978—1984)期间所写的诗。1985年5月4日至29日,梁秉钧与版画家骆笑平在香港中华文化促进中心举办"游诗"诗画展,在随后出版的《游诗》后记里坦露了他的美学心迹:"一个人置身陌生的文化之中,自然会忍不住对时间和空间的敏感,对文化和言语反省,对事事物物比较异同,一方面尖锐地感觉差距,一方面寻求是否有共通的规律。"②并认为,"所遇和所感的关系表现在诗里通常有两种模式,一种我们可以称之为象征的诗学,诗人所感已经整理为一独立自存的内心世界,对外在世界的所遇因而觉得不重要,有什么也只是割截扭拗作为投射内心世界的象征符号;一种我们可称之为发现的诗学,即诗人并不强调把内心意识笼罩在万物上,而是走入万物,观看感受所遇的一切,发现它们的道理"③,而他自己比较接近后面一种态度。这里的"发现"来自"漫游":

　　　　游是空间的扩宽,时间的伸延。艺术的漫游,带我们体

---

① 也斯:《附录:书与城市(原序)》,《书与城市》,杭州:浙江大学出版社,2012年,第262—263页。

② 梁秉钧:《半途——梁秉钧诗选·附录:〈游诗〉后记》,香港:香港作家出版社,1995年。

③ 梁秉钧:《半途——梁秉钧诗选·附录:〈游诗〉后记》,香港:香港作家出版社,1995年。

会不同的空间和时间。当我们不得不局限在一个空间,我们的心可以在关心的另外一个空间漫游。活在现在这个时间,我们又神游在一个不同的时间里,与一个心仪的诗人相见面。人世的种种羁绊,具体见于时间和空间的分割;艺术的漫游,未必能令我们完全越过这些限制,但有时给予我们怀想的安慰,有时带给我们开启的新境。①

漫游于不同的时空,"游是从容的观看,耐性的相处,反复的省思。游是那发现的过程"②。其中所表现出来的空间意识是中国诗画所特有的创造性的艺术空间,超脱了西方绘画几何学的透视空间。"画家以流盼的眼光绸缪于身所盘桓的形形色色。所看的不是一个透视的焦点,所采的不是一个固定的立场,所画出来的是具有音乐的节奏与和谐的境界。"③每一种艺术可以表现出一种空间感形,漫游于不同艺术的空间感形之间,从容的观看,是用心灵的俯仰的眼睛来看空间万物。宗白华指出:"中国绘画以书法为基础,就同西画通于雕刻建筑的意匠",而书画都通于舞,"它的空间感觉也同于舞蹈与音乐所引起的力线律动的空间感觉。书法中所谓气势,所谓结构,所谓力透纸背,都是表现这书法的空间意境"④。

梁秉钧不仅精于文字,也擅长拍照,他用镜头的空间感写诗,也用诗歌的空灵感摄像,二者互为映照,从容观看。至于诗

① 梁秉钧:《半途——梁秉钧诗选·附录:〈游诗〉后记》,香港:香港作家出版社,1995 年。

② 梁秉钧:《梁秉钧五十年诗选》,台北:台湾大学出版中心,2014 年,第 132 页。

③ 宗白华:《中国诗画中所表现的空间意识》,《宗白华美学与艺术文选》,郑州:河南文艺出版社,2009 年,第 61 页。

④ 宗白华:《中西画法所表现的空间意识》,《宗白华美学与艺术文选》,郑州:河南文艺出版社,2009 年,第 79 页。

也斯摄影：《旧城（广州）》

与摄影的关系，叶辉表示："摄影师在拍摄的时候，肉眼和机械眼（观景窗）重叠，观看一个秩序化的世界……这样的观看经验，倒映在诗里，就是一种介乎公众的和私人的、或者是两者互动的描述。"①例如 1974 年，广东新会出生的梁秉钧到访广州和肇庆，写成了一组诗，那是他"第一次离开了熟悉的生活环境，强烈地感觉到另外不同的生活方式而写的"，也是第一次用到"游诗"这个

---

① 　叶辉：《诗与摄影》，《书写浮城》，香港：青文书屋出版社，2001 年，第 266 页。

名字，"那其实不是狭义的旅游诗，因为所见的已经令人没有心情游山玩水，所以想透过城市和山水去写一些永远牵连人的问题，或者像卞之琳译奥顿诗那样说，希望'叫有山、有水、有房子的地方也可以有人'"。[①]《旧城》便是其中的一首：

> 灰暗的楼宇间
>
> 整齐地驶过一列自行车
>
> 铃声却是参差的
>
> 逐渐分途了
>
> 有人驶远
>
> 转了弯
>
> 有人在饮食店旁停下来
>
> 饮食店前排着队伍
>
> 阴暗的店里横悬的布条下
>
> 人们低头吃饭
>
> 又一列自行车
>
> 在门外驶过
>
> 隐没在屋宇一色的灰霾后
>
> 铃声总是参差的……
>
> 我们转进文化公园
>
> 坐在老树根旁
>
> 喝一分钱的清茶
>
> 同行的友人说
>
> 不知哪里可以买一块肥皂洗去满脸灰尘

---

① 梁秉钧：《半途——梁秉钧诗选·附录：〈游诗〉后记》，香港：香港作家出版社，1995年。

我没有说什么

只是看那边的妇人

扫满地落叶

想可有谁能洗去城市的灰尘①

《旧城》将我们带入"文化大革命"时期的广州,眼前闪现的画面仿佛是安东尼奥尼拍摄的纪录片《中国》。整体的色调是灰暗的,焦点由远及近,又由近及远。我们可以想象镜头后面的作者先是坐在饮食店里,看楼宇间驶来的自行车,听参差的铃声,观察店里横悬的布条和低头吃饭的食客,再将视线移到门外,看自行车远去,听参差的铃声……随后空间更迭,切换到了文化公园,与同行的友人喝茶聊天。话题由"一块肥皂"引出,"我没有说什么/只是看那边的妇人/扫满地落叶",突发奇想,"想可有谁能洗去城市的灰尘"?

梁秉钧的诗极少说"义",只"自成"。《旧城》也是如此,画面淡进淡出,不做主观品评,只做客观呈现。就像他在诗里的表白:"我说的东西都不是象征/我只想老老实实告诉你……不必寻找意义的深度。"②叶维廉称梁秉钧的艺术是"凝注的艺术",所谓"凝注",就是"冥思、入神","是你拨开杂念而倾心细看细听"③。1974年的广州在梁秉钧的诗里是"灰"的,"旧"的,自行车队列整齐划一,与之对照的是参差的铃声。吃饭、喝茶、洗脸、

---

① 梁秉钧:《旧城》,《梁秉钧五十年诗选》,台北:台湾大学出版中心,2014年,第135—136页。

② 梁秉钧:《从现代美术博物馆出来》,《梁秉钧五十年诗选》,台北:台湾大学出版中心,2014年,第616—617页。

③ 参见叶维廉:《(代序)语言与风格的自觉——也斯(梁秉钧)》,收入梁秉钧:《梁秉钧五十年诗选》,台北:台湾大学出版中心,2014年,第xii—xiv页。

扫地,这些日常琐事也并没有什么特别,直至最后的一句疑问发人深省——诗人对这"旧城"是抚爱的、关切的,由"洗去满脸灰尘",想到"洗去城市的灰尘",虚实相映,化实相为空灵,于有限中见到无限,引人精神飞跃,超入美境。"我们的宇宙既是一阴一阳、一虚一实的生命节奏,所以它根本上是虚灵的时空合一体,是流荡着的生动气韵。哲人、诗人、画家,对于这世界是'体尽无穷而游无朕'(庄子语)。"①"气韵生动"是公元6世纪初谢赫为绘画艺术制定的"黄金规则",之后又进一步扩大到了书法、诗歌和音乐创作之中,所表现出的境界特征是根基于中华民族的基本哲学,即《易经》的宇宙观:"阴阳二气化生万物,万物皆禀天地之气以生……这生生不已的阴阳二气织成一种有节奏的生命",因此,"气韵生动"就是"生命的节奏"或"有节奏的生命"。②

《旧城》正是一首"气韵生动"的游走的诗:自行车的车流,饮食店的客流,从店里到门外再到公园,从眼观到耳听,从言说到冥想,空间立场在不断地徘徊移动,后面隐藏着一双"发现的眼睛",从容观看,集合多方视点谱成一幅幅超象虚灵的诗情画境。

与诗文相配的还有一帧梁秉钧的同名摄影。摄影是空间艺术;而诗则是时间与空间艺术的综合,被称为综合艺术。叶辉指出:"在摄影来说,固定的影像与记忆交叠,组织着共生的前后文关系;在诗来说,连续的或跳跃的时间性陈述,又可以理解为多个影像在记忆里的组合。"③如果没有文本提供的拍摄背景,图中

① 宗白华:《中国诗画中所表现的空间意识》,《宗白华美学与艺术文选》,郑州:河南文艺出版社,2009年,第73页。
② 宗白华:《论中西画法的渊源与基础》,《宗白华美学与艺术文选》,郑州:河南文艺出版社,2009年,第93页。
③ 叶辉:《诗与摄影》,《书写浮城》,香港:青文书屋出版社,2001年,第267页。

所见只是一处名胜古迹,两行文字"近水远山开画本/清风明月逗诗情"清晰可辨。这是清朝举人邬彬的侄儿邬中瑜所建"瑜园"楼阁上的一副楹联,位于广州番禺的余荫山房——岭南四大名园之一。前朝"旧城"的诗情画意可见一斑,与诗中描绘的在"批林批孔"的布条底下埋头吃饭的"旧城"景观两相对照又不乏荒诞①。

值得一提的还有同被收入《游诗》专辑的《云游》(1981),与徐志摩的同名诗作《云游》(1931)相比,相隔已是半个世纪。两首诗的空间感形也很相似,都是坐在云端的机舱里写诗,但 30 年代浪漫抒情,80 年代理性叙述,叶辉将之理解为"一个文学史的进程"。② 这种演进同时也折射出诗学类型的差异:前者为"象征的诗学",后者为"发现的诗学"。

徐志摩笔下,"自我"一分为二:一个是"在空际云游"的"翩翩"的"你";一个是"在卑微的地面"的"忧愁"的"涧水"。二者以对立的形象存在,象征着诗人渴慕逍遥而又为尘世羁绊的矛盾的内心。也斯却从头到尾都保有一份警醒,绝不沉迷于眼前的美景——"即使白云美丽你也不能住在里面",这里的"云游"其实也是那"发现的过程":

> 即使白云美丽你也不能住在里面
> 机翅吞没了
> 屋宇

① 也斯 2008 年到访山东曲阜孔府,还回忆起 1974 年初访广东,"在阴暗的大堂里'批林批孔'的布条底下低头吃饭的经验"。参见也斯:《回味山东》,《人间滋味》,北京:中国人民大学出版社,2012 年,第 68 页。

② 参见叶辉:《复句结构·母性形象及其他——序也斯〈三鱼集〉》,《书写浮城》,香港:青文书屋出版社,2001 年,第 64 页。

山脉

　　和海湾

熟悉的城市远了

进入白云

美丽你也不能住在里面

台北、东京、火奴鲁鲁

看尽人间的黑暗与灿烂①

　　相较而言,梁秉钧的诗走出了象征主义的自我中心主义(Egocentrism),兴趣点在外而不在内,看见"黑暗撕开又缝合/蓝色渐渐稀淡了","行囊中的唐诗/化成陌生星球的碎片",半梦半醒,浮想联翩,然后发现"并不如想象的自由/你好像越过了空间又跨过了时间/到头来你还是局促在座位上"。全诗读来似乎还可以听到辛迪《再见,蓝马店》的回响。也许是源于"香港意识"和"流散经验",梁秉钧热衷于探索外部世界,富有深刻的自省精神,并在"发现的过程"之中不断地超越自我、破除我执。诚如俄裔美籍诗人约瑟夫·布罗茨基(Joseph Brodsky,1940—1996)所言:"流散"是"教授谦卑这一美德的最后一课",这堂课"对于一位作家来说尤其珍贵",因为它将作家放在人类这样一个"最为深邃的透视图中"。②

　　此外,梁秉钧的《云游》还是一首可以用耳朵来听的诗,其音乐性并非仅仅来自传统意义上的压韵脚,而是以相似句式或词组的不断复沓出现,来形成一种循环往复的韵律结构,类似于英

---

① 梁秉钧:《云游》,《梁秉钧五十年诗选》,台北:台湾大学出版中心,2014 年,第171 页。

② 参见[美]布罗茨基《文明的孩子——布罗茨基论诗和诗人》,刘文飞、唐烈英译,北京:中央编译出版社,1999 年,第51 页。

语诗歌的音步设计,以此增进余音绕梁的节奏感。如:"美丽你
也不能住在里面"先后遥相呼应;"屋宇/山脉/和海湾"与"台北、
东京、火奴鲁鲁"内含相似的音节。为了营造这种韵律结构,完
整的诗句还被顿切为片语,组成"变化的音步"。

第二节　变化的音步

自 70 年代中期,特别是梁秉钧到美国留学以后,受到法兰
克·奥哈拉(Frank O'Hara,1926—1966)等"纽约派"诗人的影
响,开始尝试用一种"变化的音步"(Variable foot)来写诗。所谓
"变化的音步",是指抑扬之间、韵律的单元之间的留空是富于长
短变化的。诗人将传统的诗句断为短语,以"顿切"的方式来做
"空间部署",像弹幕飘字一般获得视觉感极强的戏剧性。叶维
廉称,1966 年他在做庞德(Ezra Pound,1885—1972)诗学博士论
文时,发现庞德透过费诺罗萨(Ernest Francisco Fenollosa,
1853—1908)的草译翻译李白的《江上吟》时,就已改变了原著的
陈述形式,通过类似的处理来"提高意象的视觉性",使读者"感
应其向空间对位的玩味"。[①] 此后,奥尔森(Charles Olsen,
1910—1970)和克瑞里(Robert Creeley,1926—2005)提出的"抛
射诗"(Projective Verse)理论就是由庞德的发明转化而来。"一
首诗是由诗人感触到的'气',通过了诗,一口气转送到读者;诗
本身必然是,每一分钟、每一点都是一个高度的'气的建构',每
一分钟、每一点都同时是'气的发放',也就是诗的语句的句断语

---

① 参见叶维廉:《〈代序〉语言与风格的自觉——也斯(梁秉钧)》,收入梁秉
　　钧:《梁秉钧五十年诗选》,台北:台湾大学出版中心,2014 年,第 XXVI — XXVII 页。

断的单元要反映眼前情感生变的转折。"①奥哈拉继承了一些"抛射诗"的手法，这便是梁秉钧谱系的来源。初步的试验可见于1974年的《寒夜·电车厂》、1978年在日本写成的《白日》《避雪》，以及1978年写于圣地亚哥的《乐海崖的月亮》。八九十年代对这种形式也多有沿用，包括《云游》《除夕》《我的六〇年代》《香港历史明信片》《蔡子民先生墓前》《重画地图》《我们带着许多东西旅行》等。

其中《重画地图》写于1994年，诗人以此向传统致敬。因原诗较长，仅援引一小部分：

> 我只能想象一所巨厦
>
> 　　　　让所有的幽灵栖息
>
> 我以残损的手掌
>
> 　　　　抚过明昧的中原
>
> 捡拾那些散落在外的线团
>
> 　　　　扯起来
>
> 拆开了人们努力捍卫的边界
>
> 　　　　一点光
>
> 凝聚
>
> 　　又消失
>
> 　　　　在广大的蓝色里
>
> 鱼鳞似的云
>
> 　　一片
>
> 　　　　一片

---

① 叶维廉：《〈代序〉语言与风格的自觉——也斯（梁秉钧）》，收入梁秉钧：《梁秉钧五十年诗选》，台北：台湾大学出版中心，2014年，第XXXII页。

把实在的地形翻成更宽敞的地图①

《重画地图》出自诗集《游离的诗》。这本诗集与梁秉钧过去的诗集如《雷声与蝉鸣》《游诗》《形象香港》等有着显著的不同。因为经历离家的欧美经验,再带着不同的眼光回看"家事",写成的"无家的诗"出版受阻,境遇坎坷,不得不屈就于一些非文学性杂志,如:双周刊《电影》、妇女杂志《妍》、摄影杂志《挪移》,以及文化评论杂志《越界》等。之前,梁秉钧的文稿也曾在《音乐与你》《香港青年周报》或其他五花八门的园地发表。为了给自己"无家的诗"寻找空间,梁秉钧尝试扮演过不同的角色,包括教师、评论家、专栏作家、电影编剧等。他曾告诉周蕾:"一份刚取消了文艺版的晚报叫我写一个饮食的专栏,那我便只好作为一个饮食专家而不是诗人生存下去。"②穿梭于各类媒体之间,作者本人的想法也趋于复杂:"诗如何可以在现代社会生存的实况受到更大的考验。离家不一定是出门,是离开了熟悉的脉络、彼此有共识的观点、可以归类的范围。我的诗可能也变得古怪一点。"③1994年,梁秉钧频繁出入境,"如往牛津和剑桥开会,参加布鲁塞尔的艺术节,访问美加等地。来往之间,特别感到游离不定,在不同文化中间游走,有时也可以帮助自己调整不少成见,回到居住的地方,还想从文化参差的比较想下去"④。

《重画地图》正是在这样的背景下写成的,主题也是"发现",

---

① 梁秉钧:《重画地图》,《游离的诗》,香港:牛津大学出版社,2014年,第129页。

② 参见周蕾:《写在家国以外》,香港:牛津大学出版社,1995年,第133页。

③ 梁秉钧:《后记:书写游离》,《游离的诗》,香港:牛津大学出版社,2014年,第147页。

④ 梁秉钧:《后记:书写游离》,《游离的诗》,香港:牛津大学出版社,2014年,第147—148页。

是在一个文学流散的时代,重新发现诗的陆地,用到了"变化的音步"。长句被"顿切"成片语,重新来做"空间部署",剪辑拼贴的方式类似于肖邦作曲,如同另一位越界创作的诗人木心所说:"'即兴''叙事''练习',我听来情同己出,辄唤奈何。[……]文体家先要是个修辞学家、音韵学家,古义的音韵只在考究个别单字,宋朝的几位大词家就已是以作曲家的身份出入文学了。反过来说也对:肖邦是音乐上的文体家。"①这样的诗是画也是歌,游离于视觉映像与音律乐谱之间。木心曾在一篇散文中表白:汉语新诗不扣韵脚以后,"就在于统体运韵了","渗在全首诗的每一个字里的韵,比格律诗更要小心从事,不复是平仄阴阳的处方配药了,字与字的韵的契机微妙得陷阱似"。②

"变化的音步"不仅将诗句以"一口气"为单位断开,同时还产生空间上的空隙和时间上的暂歇,具有视觉和听觉上的双重停顿,体现了"气"的相遇和循环所必需的中空——来进行一种有效的相互作用,在可能的情况下,进入一种"气韵生动"的美学境界。在此,西方现代的诗艺追求又与中国传统的道家思想相通:"中国最早的思想家们从物质和精神意义的'气'出发,提出了生命世界是统一的有机体的观念,在生命世界中一切相连,相辅相成。气是基本单位,同时,它持续激活着生命世界中的所有生命存在,将它们连结到一个巨大的行进着的生命网络之中,这个生命网络就叫作'道'。"③

---

① 木心:《迟迟告白一九八三年——一九九八年航程纪要》,《鱼丽之宴》,桂林:广西师范大学出版社,2013年,第86页。

② 木心:《某些》,《琼美卡随想录》,桂林:广西师范大学出版社,2010年,第147页。

③ [法]程抱一:《美的五次沉思》,朱静译,北京:人民文学出版社,2012年,第105页。

《重画地图》形式上的游离又与文化上的参差互为表里："我们在心里不断重画已有的地图/移换不同的中心与边缘/拆去旧界/自由迁徙往来/建立本来没有的关连"①；这又是一首超越时空的诗："我以残损的手掌/抚过明昧的中原"明显有着戴望舒的影子。叶维廉评论说，梁秉钧"承接了大陆三、四〇年代到台湾六〇年代对语言刻骨铭心的诉求、对结构精严的遵从，作了建设性的扬弃，而获致一种相当洒脱、灵活的突破"，为此，"他在散文与诗的语言间摸索出一种叙述的抒情形式，在散漫与严谨中找出一个自由收放的运作空间"。②

梁秉钧诗歌对于音乐性的追求在现代汉诗日趋口语化乃至口水话的当下实属难能可贵——印刷业的兴盛令人们一度忽略了诗与歌的传统关联，新诗在韵律方面的散漫也一直令其饱受"汉语性"缺失的诟病，而梁秉钧是为数不多的从声音的维度重振汉诗声威的诗人之一——这或许又与他本人的音乐素养和审美趣味有关。

从百年新诗的发展历程来看，自"新月派"闻一多提出"三美"的艺术主张，借鉴西方十四行诗的"音步"重申新格律诗的"音乐美"以来，践行新诗"节奏形式试验"的一位重要推手当属吴兴华。③ 与同时代诗人相比，吴兴华更倾心于内化的韵律形式，兼顾节奏感和自由度，在节制与开化之间达成一种微妙的平衡，既"实现了中国古典诗歌形式的现代转化"，又"卓有成效地

---

① 梁秉钧：《重画地图》，《游离的诗》，香港：牛津大学出版社，2014年，第130页。

② 叶维廉：《〈代序〉语言与风格的自觉——也斯（梁秉钧）》，收入梁秉钧：《梁秉钧五十年诗选》，台北：台湾大学出版中心，2014年，第Ⅷ—Ⅸ页。

③ 参见王芬：《吴兴华新诗节奏研究》，《湖北社会科学》2006年第12期。

探讨了西洋诗歌形式与中国文字特色有机融合的问题"①。20世纪五六十年代,吴兴华诗歌经由宋琪之手广泛传播,在香港出现了不少追随者,如年轻时代的叶维廉、昆南、蔡炎培等。80年代,梁秉钧在美国加州大学圣地亚哥分校读博期间,也曾协助其导师叶维廉教授编译包括吴兴华在内的现代诗选《防空洞里的抒情诗》(*Lyrics from Shelters: Modern Chinese Poetry* 1930—1950),撰写过评论文章和题赠诗,表现出对吴兴华诗艺的推崇,并汲取吴诗的节奏营造手法,如使用跨行法、破折号或省略号等表示停顿很长的标点或者空格来强行打断内在的情绪节奏,造成感情的断裂、情绪的沉淀,达到"诗的沉思",有助于形成语言智性化的风格。

梁秉钧最喜欢的吴兴华的一首诗是《弹琵琶的妇人》——白居易《琵琶行》的一个现代回应。"《琵琶行》对音乐的描写,确是千古绝唱,但吴兴华另辟途径,转从女子的角度叙述,以现代的角度体会音乐的技巧与传达沟通的幽微共鸣",不着力状写音乐,"却想写技巧以外的艺术感通",更是难得的机缘,因为"技巧可以锻炼而成,对艺术的感悟不可力强而至,有所感悟,则如月光遍照,通体清莹"。②

传达沟通作为读者接受的一环,已参与到诗歌审美价值的构建过程。梁秉钧曾尝试以"新诗与中国音乐"为题,在琵琶与洞箫的合奏声中演绎《琵琶行》与《弹琵琶的妇人》对读,感受古典与现代的互文、诗歌与音乐的交融。舞蹈形式也遂被采用。例如1985年,他与编舞家彭锦耀共同将《游诗》改编成《舞文·

---

① 王芬:《吴兴华新诗节奏研究》,《湖北社会科学》2006 年第 12 期。

② 也斯:《丝竹茗趣——茶轩里的诗意》,《人间滋味》,北京:中国人民大学出版社,2012 年,第 170—171 页。

游诗》的现代舞表演，"最后一幕是一幅白布覆盖了大地，各种各样的人在上面走过，播的是俄国现代音乐家的音乐"①。也正是在这次演出中，梁秉钧认识了舞蹈家梅卓燕，并有了以后的合作。梅卓燕"从传统的中国舞得到营养但又不仅满足于表面的民族风貌，最先以飘舞的长袖舞出草书，以伞舞跳出李清照的寻寻觅觅冷冷清清，从传统的中国舞步变出新意，亦不断吸收西方新的表演艺术，从接触即兴到皮娜·鲍什"②。2002 年夏，梅卓燕与声音艺术家梁小卫在《舞文诵影》中以一组都市诗演绎变化，其中更用到设计师邓达智的一条大花长裙作为道具，玩尽了《花布街》的万种风情。跳到后来，梅卓燕索性将花裙铺在地上，让小卫走过③：

> 我们走过
> 摆满布料的老街道，一半是
> 游戏的心情，另一半说不清楚
> 把玩纱的蝉薄与透明，棉布
> 牵拉摸索的指头，粗糙的
> 绒布紧束着发育的身体
> 挑衅的鞋尖，诱惑的衣领——
> 唉，尽是陈旧的意象
> 层层叠印了别人图案的画布
> 那么多酸馊的抒情性爱的
> 暗示，你要不要披在身上？④

---

① 也斯：《小梅》，《也斯看香港》，广州：花城出版社，2011 年，第 153 页。
② 也斯：《小梅》，《也斯看香港》，广州：花城出版社，2011 年，第 154 页。
③ 参见美子：《舞文诵影：都市综合媒体对话》，《文学世纪》2003 年第 1 期。
④ 梁秉钧：《花布街》，《游离的诗》，香港：牛津大学出版社，2014 年，第 100 页。

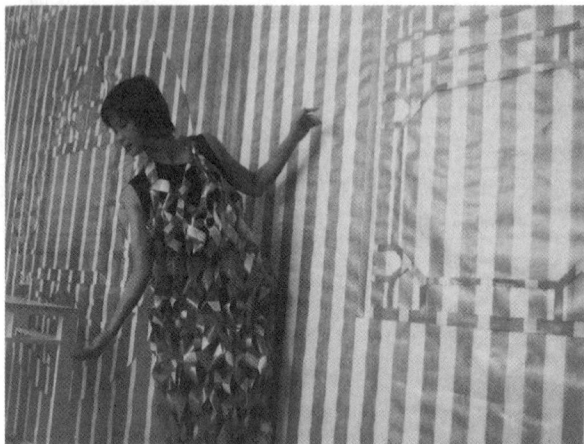

也斯摄影：《人物系列·小梅》

此时，梅卓燕将裙子带到小卫身旁，披在她的身上，犹如为她量体裁衣，表演出最后的诗文："可相信重新剪裁"——能做成一件"新的衣裳"？

《舞文诵影》还播放了梅卓燕 1998 年改编自梁秉钧诗作《楼梯街》的舞蹈短片《木屐》。颇富创意的是，映像被故意投射到褶皱不平的幕布上，以凸显"楼梯街"栉比鳞次的视觉效果，再配上梅卓燕的诗朗诵和梁小卫的敲击乐，合成了一个全新的现场版本，增加了诠释的维度。《木屐》的诗舞合作其实有过好几个回合的碰撞："最先是梅的一些舞，引发了也斯这首诗，后来梅又曾把这些诗搬上舞台，为诗编舞。多番合作，像认识多年的朋友断续的对话。"[1]

穿着木屐穿过楼梯街

---

[1]　美子：《舞文诵影：都市综合媒体对话》，《文学世纪》2003 年第 1 期。

> 我和影子穿着木屐穿过岁月
> 我的足踝跟我的足踝说话
> 我说岁月是衣裳竹日子晒出芳香
> （"衣——裳——竹！"）
> 我说记忆是把剪刀（磨较剪铲刀！）
> 把一切剪出一个朦胧的轮廓
> 说话的时候月亮在我身边徘徊
> 跳飞机的时候影子为我凌乱
> 穿上一双木屐一切便都穿上了①

记忆的"声音化"大约是《楼梯街》的特色所在。木屐一响，仿佛打开了逝水年华的龙头开关，哗哗流出往昔岁月里的说话声、叫卖声、游戏声，话里音外还依稀回荡着李白诗的潜台词："我歌月徘徊，我舞影零乱。"木屐掌握着全诗的节奏，为了更好地演绎这种"变化的音步"，小卫特意用了一个私人珍藏的敲击乐器来制造效果，在汽车隆隆开过的今日婉转地抒发一种怀旧的情怀：

> 不知可不可以跟失去的声音相约：
> 明朝有意穿着木屐再回来？②

传统文本的语言技法有了现代传媒的多元传达，二者微妙互动的同时也与诗歌内容对于传统和现代这一对矛盾的反思不谋而合。

---

① 梁秉钧：《楼梯街》，《梁秉钧五十年诗选》，台北：台湾大学出版中心，2014年，第62页。

② 梁秉钧：《楼梯街》，《梁秉钧五十年诗选》，台北：台湾大学出版中心，2014年，第63页。

第三节　食事的滋味

自 1997 年，梁秉钧开始把诗的触角延伸到了食事身上。[①]传统中国有咏物诗，表现了诗人的心与物对话，而梁秉钧"只是用一种当代的角度来更新这种诗体"，以食物为关注对象，并不是要把意念投射在它身上，而是被它的特色吸引，尝试去了解它，依然是一种"发现的诗学"："有关人与物的相会可以有很多不同形式，诗人不一定需要去把自己对世界的解释加诸物件上，将之变成象征，诗也可以是沿着物性去体会，心与物来回对话，也可以是一种对现实世界的探索。这种相遇可以是思考的、戏剧性的、幽默的、讽刺的、论述的、幻想的、公共的或是私人的。"[②]

从食物来看香港文化，始于 1997 年温哥华的香港文化节。梁秉钧以创作代替演讲，举办了一个题为"食事地域志"的诗与摄影展览，由香港文化而发，也引申到了"流散"华人，并不断拓展文化地域的疆界。展览最后在 2004 年夏天回到香港的文化博物馆，用文字、视像、装置等多种媒介形式来表达"东与西"的相会，这也是一种跨越语言界限来构筑诗的价值的实验。例如在演绎诗作《鸳鸯》之时，梁秉钧与装置艺术家陈敏彦、摄影师李家昇合作，建造了一个虚拟的茶餐厅，在墙上相间张贴 18 世纪

[①]　关于梁秉钧的食事诗，张松建以梁的五本诗集为文本抽样，结合文化批评理论，探讨他如何透过经营精致繁复的食馔诗学，表达他对历史、文化和政治的批评思考。详可参见张松建：《"亚洲的滋味"：梁秉钧的食馔诗学与文化政治》，《中国现代文学研究丛刊》2016 年第 6 期。

[②]　梁秉钧：《附录：罗贵祥、梁秉钧对谈》，《蔬菜的政治》，杭州：浙江大学出版社，2016 年，第 232 页。

茶与咖啡种植园的版画,制成如葡国蓝白瓷砖般效果的墙纸背景,印上《鸳鸯》的诗歌文本,并在诗的字位挖空,填上咖啡粉、茶以及茶与咖啡粉末的混合,观众凑近可以嗅到不同气味。[①]

"鸳鸯"在传统中国诗词里是神仙眷侣的象征,但在香港日常生活中却另有所指:茶与咖啡的混合,文化杂糅的彼此"他异性"的一种结合。《鸳鸯》也作为食事组诗的开篇之作,开启了梁秉钧从饮食文化的角度重新思考历史记忆、身份认同、地缘政治等议题的尝试:

> 五种不同的茶叶冲出了
> 香浓的奶茶,用布袋
> 或传说中的丝袜温柔包容混杂
> 冲水倒进另一个茶壶,经历时间的长短
> 影响了茶味的浓淡,这分寸
> 还能掌握得好吗? 如果把奶茶
>
> 混进另一杯咖啡? 那浓烈的饮料
> 可是压倒性的,抹煞了对方?
> 还是保留另外一种味道:街头的大排档
> 从日常的炉灶上累计情理与世故
> 混合了日常的八卦与通达,勤奋又带点
> 散漫的……那些说不清楚的味道[②]

---

① 参见梁秉钧《附录:罗贵祥、梁秉钧对谈》,《蔬菜的政治》,杭州:浙江大学出版社,2016年,第231—232页。

② 梁秉钧:《鸳鸯 Tea-Coffee》,《梁秉钧五十年诗选》,台北:台湾大学出版中心,2014年,第395页。

　　茶的口味虽显清淡,倘若策略性地冲泡,也未必能被咖啡绝对性地压倒,反而产生了新的饮品类别。这也是一种"东西文化的相遇"。也斯说:"'东'和'西'是两个不同的方向,加起来却是无数事物。东方和西方碰撞渗透,互相混杂而产生了许许多多东西。"①来自世界各国的地方风味,从原料、配菜、香料到烹饪方式,经过许多细部的调整及实验后,构成更多交混而又出乎意料的新型组合。香港特有的华洋杂处的双重边缘性,一方面丰富了多元文化的表现空间,使之更富弹性、更具兼容、更易于接受新奇料理及另类风格;另一方面,因 50 年代逃难到香港的都是难民,他们在简陋而芜杂的环境中重建自己的家园,饮食文化具有浓厚的"怀旧"②情结。李欧梵称,"香港本身的文化传统无所谓精英和通俗之分",香港文化往往在西化的、商业性的"表层包装之内仍然潜藏着中国文化的因素,这些因素的表现方式往往也不是严肃的,而是反讽、揶揄,甚至插科打诨"③。这在餐饮业也可见一斑,如:"街头的大排档"取代酒楼饭店,戏仿国宴御膳,将珍馐美馔和人间烟火、家国记忆烩为一盘。

---

① 　梁秉钧:《在时差中写作》,《香港文学》2002 年第 4 期。
② 　"怀旧"(nostalgia)这个词的前半部分源自希腊文 nostos,意指"回家";后半部分 algia 为"痛苦的情况"。据历史记载,"17 世纪末时,一些离开家园太久的瑞士雇佣兵,在作为哨兵回部队向主管报告军情时,所报告的常常会是故乡的田野风貌,往往与他们所看到的外在景观不能对称"。后经调查,发现他们原来是染上所谓的"思乡病"(Homesickness)。因此,"怀旧"一词后来"往往与精神、心理的疾病联系在一起,比如死亡的危机、人类的情感,以及离开故乡后,对于过去和家园的怀念,由内心产生一种希望能和自我起源、祖国、家园及过去友人联系的情感,特别是在无法适应新环境的情况下,便无法自禁地形成这种怀旧的情绪"。参见廖炳惠:《吃的后现代》,桂林:广西师范大学出版社,2005 年,第 84—85 页。
③ 　李欧梵:《香港文化的"边缘性"初探》,《今天》1995 年第 1 期。

20 世纪是一个"流散"的世纪。据不完全统计，全球约有 3 亿人口由于交易、旅游、放逐、追求更好的生活，逃避迫害、饥荒、灾害或战乱，带着家当、食谱、精神食粮和宗教传统纷纷背井离乡，他们在餐桌旁再现原乡背景的人际、情感、家庭和伦理关系，产生不同文化之间的冲突、交流和协商的空间，构成文学史上一道活色生香的人文景观。诺贝尔文学奖得主、流散作家君特·格拉斯（Günter Grass，1927—2015）、奈保尔（Vidiadhar Surajprasad Naipaul，1932—2018）等都曾尝试过这一主题。"后现代饮食透过食物来捕捉不再复得的过去，并经由这种缺乏深度的历史追求，将过去纳入自己的味觉、嗅觉、触觉及文化的身体内，这是后现代对饮食美学相当重要的发展。"[①]一些时候，进食不仅仅是为了满足生理需要，而是类似于一种宗教仪式，在某个隐秘的瞬间完成异乡人与精神传统的再链接。例如梁秉钧说他在外国读书时，"最怀念的就是香港的明炉白粥"，因为在香港家里，母亲每天早上都会煲粥，"母亲年轻时在广州念书，吃过广州荔湾的艇仔粥。五六十年代在香港，大家都有上街买云吞面或艇仔粥当宵夜的经验，拿一个漱口盅或汤兜，就像《花样年华》里的张曼玉一样，不过当然没穿那样的旗袍"。[②] 因此在梁秉钧笔下，《白粥》带有家书的温度：

> 谁人在微明中举火
>
> 最能温暖你的肠胃
>
> 混合了参差的冷暖和亲疏
>
> 在汤汤的热气中轮回

---

① 廖炳惠：《吃的后现代》，桂林：广西师范大学出版社，2005 年，第 42 页。

② 也斯：《粥味人生》，《人间滋味》，北京：中国人民大学出版社，2012 年，第 188 页。

尘世的煎熬从无间断

笑脸令你阴沟里翻舟

苦海的漩涡驱使不幸者兜转

翻上来的刹那间又再消沉

有谁端来一碗热暖

熨帖你宵来酸苦的胸腔

一旦心头打满纵横的细结

有那双灵巧的手可以舒解①

无独有偶，认为"饮食之道，世袭而先验"②的木心也写过类似的粥诗，感怀"少年朝食"：

莹白的暖暖香粳米粥

没有比粥更温柔的了

东坡、剑南皆嗜粥

念予毕生流离红尘

就找不到一个似粥温柔的人

吁，予仍频忆江南古镇

梁昭明太子读书于我家后园

窗前的银杏树是六朝之前的

昔南塘春半、风和马嘶

日长无事蝴蝶飞

而今予身永寄异国

诗书礼乐一忘如洗

---

① 也斯：《白粥》，《蔬菜的政治》，杭州：浙江大学出版社，2016年，第39—40页。

② 木心：《〈厨房史〉的读者》，《伪所罗门书：不期然而然的个人成长史》，桂林：广西师范大学出版社，2013年，第241页。

犹记四季应时的早餐①

　　一碗白粥连起家国历史、人情冷暖，是一份从艰难中体会的美好，"怀旧"情绪不言自明，是一种"向后看"的审美现代性，带有流散文学特有的悠远淡漠的气质，丰富了汉语新诗的美学内涵。流散华人流徙在外，旧回忆与新环境之间的更迭交替往往使之更能感怀中国文化，更有动力潜回传统文化的源头去汲取现代发展的精神资源，其中卓有眼光者会"不断地在其本源文化积淀中最精华部分和'他者'提供给他的最精彩部分之间去建立更多的交流"②。此种"怀旧"，并非崇古，而是"旧阅历得到了新印证，主体客体间的明视距离伸缩自若，层次的深化导发向度的扩展"③。例如梁秉钧与木心都曾致力于《诗经》的现代演绎，其命意所在，并非与《诗经》对接，而是《诗经》的蝉蜕与间离。④ 梁秉钧说："我想过写一本新的《诗经》，追溯那种朴素美好的想象。我也愿认识更多阳光下南法和意大利的事物人情，那会是现代版《诗经》的好题材。《诗经》是中国最古老的一本诗集，里面也有许多诗是关于植物、草药、食物、酿酒、布料、纺织、人情与社稷，我的诗集里则会有茄子、萝勒叶、雅芝竹、小青瓜的花朵、蟋

① 木心：《少年朝食》，《云雀叫了一整天》，桂林：广西师范大学出版社，2013 年，第118 页。

② ［法］贝尔托：《当程抱一与西洋画相遇——重逢与发现（达·芬奇，塞尚，伦勃朗）》，陈良明译，褚孝泉主编：《程抱一研究论文集》，上海：复旦大学出版社，2013 年，第 142 页。

③ 木心：《带根的流浪人》，《哥伦比亚的倒影》，桂林：广西师范大学出版社，2006年，第 60 页。

④ 梁秉钧写过"诗经练习"系列，收入《普罗旺斯的汉诗》，杭州：浙江大学出版社，2016 年；另参见木心《诗经演》，桂林：广西师范大学出版社，2013 年。

蟑和萤火虫。硕鼠和采绿也不免沾染了今日的色彩。"①梁秉钧醉心于食事诗,在很大程度上也是来自《诗经》的启发,因为人类日常的物质生活,最能反映人类文明体系中自然与文化的风貌。

西方有句谚语:"you are what you eat",人如其食,食物与品位、文化、社会的形成,有着很大的关联。梁秉钧发现:"选择怎么样的食物,变成选择怎样的生活,选择我们变成怎样的人〔……〕我们常常以为自己是自由的人,可以选择一切,其实我们未必完全可以自由选择放进口中的食物"②,某种程度上,"食物显示了我们的美感和价值观,连起偏执和欲望……我从对食物的兴趣开始,逐渐沉迷在它们跨越文化的历史中,那种充满了误解与了解的求索"③。这种求索是一个不断地清除误解、深化了解的动态的发现过程。而梁秉钧也从关注流散华人开始,逐渐将目光投诸其他流散族裔身上。譬如在《亚洲的滋味》组诗里,他尝试用不同的形式,少一点批判,多一些包容他人的角度来观看和感受,避免"我族中心主义"(Ethnocentrism)的价值判断。其中有一些诗为配合艺术节的舞蹈及综合媒介演出,采用了节奏感较强、文字浅白易懂的歌谣体形式,如《冬荫功汤》和《马来椰酱饭》;还有一些诗则揭示了殖民统治遗留下来的各种社会混乱和尖锐痛楚,如这首《酿田螺》:

> 把我从水田捡起
> 把我拿出来

---

① 梁秉钧:《后记》,《普罗旺斯的汉诗》,杭州:浙江大学出版社,2016 年,第 193 页。
② 梁秉钧:《附录:罗贵祥、梁秉钧对谈》,《蔬菜的政治》,杭州:浙江大学出版社,2016 年,第 240 页。
③ 梁秉钧:《梁秉钧五十年诗选》,台北:台湾大学出版中心,2014 年,第 384 页。

切碎了

加上冬菇、瘦肉和洋葱

加上盐

鱼露和胡椒

加上一片奇怪的姜叶

为了再放回去

我原来的壳中

令我更加美味

把我拿出来

使我远离了

我的地理和历史

加上异乡的颜色

加上外来的滋味

给我增值

付出了昂贵的代价

为了把我放到

我不知道的

将来①

　　"酿田螺"是一道越南名菜。香港在佐敦一带有很多越南餐馆，主要是因为那里有来往越南的海运，六七十年代也有越南难民来港。梁秉钧发现以"酿田螺"为代表的很多亚洲食物"跟本土文化各阶段的历史发展有紧密关系"，作为一个写者，他感到

---

① 梁秉钧：《酿田螺》，《梁秉钧五十年诗选》，台北：台湾大学出版中心，2014 年，第 408－409 页。

也斯摄影：《酿田螺》

"亚洲各地共同承受华语与英语支离破碎的变化，殖民经验又酸又苦的历史，所谓现代与后现代的虚荣与昂贵的滋味"[①]。他在诗中以"田螺"的口吻叙述了菜肴的制作过程。一系列的费时费力又费钱的加工程序表面上是为食材增值，事实上已令原生态的"田螺"丧失了自我，有了"异乡的颜色"和"外来的滋味"，好比《红楼梦》大观园里的"茄鲞"，为了迎合富贵主子的期待而令家常茄子原味尽失。

---

① 梁秉钧：《附录：罗贵祥、梁秉钧对谈》，《蔬菜的政治》，杭州：浙江大学出版社，2016 年，第 234—235 页。

　　哈佛大学东亚系和比较文学系教授宇文所安（Stephen Owen，1946—）曾用国际购物中心的食廊作比方，批评各国文化在全球资本运作中价值结构的失衡。[①] 最早进入跨国市场竞争的欧洲国家积累了大量的文化资本，成为首屈一指的世界中心；亚洲、非洲等边缘地带扮演的是"异国情调"原料供应商的角色。《酿田螺》所隐喻的"自我"的丧失从一个侧面印证了宇文所安的担忧：创新活跃的强势文化会对创新颓靡的弱势文化产生覆盖性或吞噬性的作用，因此从菜式的设计到物料的处理上，"酿田螺"都疑似越南版的法式蜗牛。美国斯坦福大学比较文学教授弗朗哥·莫莱蒂（Franco Moretti，1950—）借用历史语言学的"波浪假设"来描述世界文化由不断吞噬差异性而达致同一性的发展规律，例如好莱坞电影征服了一个又一个市场（英语吞噬了一种又一种语言）。但世界文化运动还有另一个基本规律，那便是"树状发展"：一棵树有很多分支，如同印欧语系分化成十几种不同语言，所呈现的又是由同一性到差异性的发展规律。莫莱蒂由此总结道："世界文化在这两种机制间摇摆，其产物必然是合成的"。[②] 梁秉钧的食事诗中同样既有"波浪"也有"树"，前者如《酿田螺》，后者如《鸳鸯》。

　　梁秉钧注意到，"食物由一个文化到另一个文化的流转总是发展出种种有趣的故事"[③]，与人的"流散"相映成趣，少不了一

<hr />

① 参见［美］宇文所安：《进与退："世界诗歌"的问题和可能性》，洪越译、田晓菲校，《新诗评论》2006 年第 1 辑。
② ［美］弗朗哥·莫莱蒂：《世界文学猜想》，尹星译，［美］大卫·达姆罗什、刘洪涛、尹星主编：《世界文学理论读本》，北京：北京大学出版社，2013 年，第 134—135 页。
③ 梁秉钧：《附录：罗贵祥、梁秉钧对谈》，《蔬菜的政治》，杭州：浙江大学出版社，2016 年，第 236 页。

些遮掩的面具和彷徨的心态,仿佛《金必多汤》:"以奶油的脸孔骄人？/滑溜的表面底下/不知有什么乾坤"①,改变的不仅仅是食物本身,还有我们的语言文化:"是的,文字也会变化与磨损/黑咖啡的笑容与千层饼押韵"②。面对全球化进程中人类社会的复杂变化,梁秉钧选择从"炉上锅里的香味"来认识历史,"从一片鱼鳞去想像一面汪洋","从咖啡壶的烟上编出缤纷人世"③,表现出独特的视角和非凡的洞见。而他为凸显五味杂陈的生活和诗文,也不吝配合最前卫的声光电传媒和装置艺术,带领读者探索和发现,也近于一种现代意义上的"格物致知"吧。

结　语

综合来看,梁秉钧的诗学是一种"发现的诗学"。这种"发现"不以自我为中心,而是观看外界,倾听他者,品味生活,在剥落了"本质主义"话语符咒的历史中探索世界的真相,与一种"永远在边缘永远在过渡"的"香港意识"相得益彰,就本质而言属于流散写作,含有文化跨民族性、文化旅行、文化混合等含意。特别是在全球化背景下,对于自古并无移民传统的中国来说,"发现的诗学"源自梁秉钧本人的流散经验,具有一定的陌生化效

---

① 梁秉钧:《金必多汤》,《蔬菜的政治》,杭州:浙江大学出版社,2016 年,第 43 页。
② 梁秉钧:《翻译土耳其菜》,《梁秉钧五十年诗选》,台北:台湾大学出版中心,2014年,第 405 页。
③ 梁秉钧:《清理厨房——给下一位房客 Mr. Jan Sonergaard》,《梁秉钧五十年诗选》,台北:台湾大学出版中心,2014 年,第 425 页。

应，超越了本土意识和视域局限，丰富了汉语新诗的美学内涵。今天，探究"香港意识"的意义所在并非是为了寻求身份认同，而是对中心主义、本土意识和民族主义的惕厉，因为过去的一个多世纪里，香港一直处在西方与东方、主体与客体、殖民统治与反殖民统治、移民与土著风云际会的中间地带，如何以一种不卑不亢的包容姿态悦纳他者而又延续自我，无疑也是一些已发展的中国内地城市直面的课题。恰如保加利亚裔的法国学者朱丽娅·克里斯蒂娃（Julia Kristeva，1941—）所指出的："在一个越来越异质化、越来越世界化的世界中，我们都变成了外来者，只有承认'我们自身内的外来者'（the stranger in ourselves），我们才能学会与别人生活在一起，达成一个文化多元的、种族多元的社会。尽管这听上去像一个乌托邦的愿望，但它正在变成一种新世界的必然。"①

　　不同于鲁迅的《腊叶》、李金发的《弃妇》、闻一多的《死水》、戴望舒的《雨巷》或者北岛的《雨夜》等这些在现代汉语文学史上留下诗名的象征主义作品，梁秉钧不以自然万物为内在生命的象征符号，而是热衷于探索外部世界，悉心感受所遇的一切，发现它们的道理。这种诗学根植于日常，包容异己，周旋于商业社会和新兴传媒之间，拒绝意义的深度，没有哲理的炫耀和玄想的晦涩，也因而具有后现代主义零度写作的特点。

　　"发现的诗学"诞生于梁秉钧的文化越界之旅，越界是其创作的一大特点，不仅仅包括时间空间的交叠、艺术门类的互涉、综合媒体的应用，更表现出将传统文化与现代艺术、东方审美与西方技法、民族特色与世界大同等多种矛盾熔为一炉的诗学企

---

① 　转引自张德明：《流浪的缪斯——20 世纪流亡文学初探》，《外国文学评论》2002 年第 2 期。

图。他的写作一方面是对全球性的文学体裁和文化热点的呼应，另一方面也呈现了对香港的后殖民处境和文化混杂等问题的深刻反思。

梁秉钧对汉语新诗的另一贡献还在于他开启了"舌尖上的世界"的诗学维度，以此来解构"文化本质主义"和"国族中心主义"，通过食事来细品人世。其间却潜藏着一对悖论：他对跨文化融通中，非主流文化所具有的落地生根、径行发展的可能性表示乐观；又对殖民统治过程中，流散族裔丧失自我的身世遭遇表示同情。值得讨论的是，在后现代与全球化的新时空中，族裔、经济、文化、科技、理念等五种景观的移动，以及移动之后所产生的冲突，将形成怎样的全球秩序与互动关系？随着跨国消费的兴起，全球势力不均又将带来怎样的重新角力？而潜藏在这些争端之后的"国族中心主义"恐怕并不是"发现的诗学"所能回避的问题。

第九章　木心和严力：
现代汉语诗画的异质同构

文学遭遇"图像时代"是一个非常现实而紧迫的问题,这对诗歌来说并非决然是一件坏事,因为诗歌与绘画的互动也是中外文艺理论史上由来已久的话题。如果说,中国古典诗词历经图像绘画的长期熏染,崇尚"诗中有画,画中有诗",语图关系表现为以"图像模仿语言"为主导的"语图互仿"[①];现代诗人则更强调二者之间统觉共享的平等关系。文艺理论家赵宪章认为,图像艺术也应当是所谓"中国文学现代转型"的重要因素,可惜至今尚无人从这一角度展开论述。[②] 事实上,受现代文艺思潮的影响,文学与图像的互动更为密切深入。纵观中国现代文学史,从李金发到闻一多,再到艾青,都是先接受了绘画领域的现代洗

---

① 参见赵宪章、王汶成主编:《艺术与语言的关系研究》,北京:人民出版社,2013年,第 132 页。

② 参见赵宪章:《文学和图像关系研究中的若干问题》,《江海学刊》2010 年第 1 期。陈平原教授近年来编撰了两本关于图像文化的著作:一是《看图说书》(生活·读书·新知三联书店 2003 年版),一是《图像晚清》(与夏晓虹合编,百花文艺出版社 2006 年版),可惜其中较少涉及文学和图像的关系,更没有涉及图像文化在所谓"中国文学现代转型"过程中的意义和作用问题。

礼,而后开启了新诗的形式探索。鲁迅、田汉、郁达夫、徐志摩、叶灵凤、邵洵美、施蛰存等人也都从西方视觉艺术中汲取过灵感。其中,鲁迅热衷于插画早已传为业界佳话。他是鉴赏家也是创作者,认为"由纯文学上言之,则一切美术之本质,皆在使观听之人,为之兴感怡悦。文章为美术之一,质当亦然"①。

就世界范围而言,艺术门类的现代变革也往往是以绘画为开端,继而波及诗歌,再延伸至小说、散文、音乐等领域。类似于中国古代的诗画同源之说,20 世纪西方现代诗人与画家之间也有频繁的交流和互渗现象:从波德莱尔对德拉克罗瓦的个人尊崇和作品阐释,到洛尔迦与达利之间的默契于心,画家的创作纲领会运用文学的理念和术语,反之亦然。例如超现实主义文化运动始于诗人的倡导,结果却收获了玛格利特等人的超现实主义画作。阿波利奈尔、马克斯·雅各布则将毕加索和布拉克绘画的立体观引入文学,从而催生了立体主义的诗歌。罗曼语语文学家胡戈·弗里德里希表示,整个现代艺术领域存在着结构上的一致性,"从这出发可以解释抒情诗、绘画以及音乐之间的风格相似性"②。

第一节　内心的风景

弗里德里希所言的现代艺术的同构性是指:不同于古典艺

---

① 鲁迅:《摩罗诗力说》,《鲁迅全集》第 1 卷,北京:人民文学出版社,2005 年,第71 页。

② [德]胡戈·弗里德里希:《现代诗歌的结构——19 世纪中期至 20 世纪中期的抒情诗》,李双志译,南京:译林出版社,2010 年,第 130 页。

术依赖于对世界的某种摹写、对感情的某种表达，现代艺术的构成物的内容"只有赖于其语言、其无所约束的幻想力或者其非现实的梦幻游戏"①，正如特朗斯特罗姆所说："诗是对事物的感受，不是再认识，而是幻想。一首诗是我让它醒着的梦。"②具象派的绘画主要以"形似"为评价作品的主要标准，故《韩非子》有云："犬马最难，鬼魅最易。"而抽象派的绘画则讲究神似，常把物象变形，变成与实物不符，甚或完全不像的东西，而这正是物象的灵魂所系。因此现代画家所见往往适得其反："犬马最易，鬼魅最难。"丰子恺解释说："犬马旦暮于前，画时可凭实物而加以想象，鬼魅无形不可睹，画时无实物可凭，全靠自己在头脑中 shape（这里因为一时想不出相当的中国动词来，姑且借用一英文字）出来，岂不比画犬马更难？故古人说'事实难作，而虚伪无穷'，我要反对地说：'事实易摹，而想象难作。'"③这也正是诗人画家严力的观点：

> 自从有了超现实主义绘画之后，最大的收获就是绘画技术为想象力服务，画家能把自己想象的东西，也就是内心的风景表现出来。譬如达利把一个海平面画得像纸一样掀起来，一个钟软塌塌地搭在那里。有了超现实之后，人们更关注绘画要表现人所想象的东西，因为你把所能看到的东西用技术来表现仅仅是还原，像照相机。有个例子，超现实主义画家玛格利特的画：窗玻璃破了，掉在室内墙角里的一

---

① ［德］胡戈·弗里德里希：《现代诗歌的结构——19世纪中期至20世纪中期的抒情诗》，李双志译，南京：译林出版社，2010年，第130页。

② ［瑞典］托马斯·特朗斯特罗姆：《沉石与火舌：特朗斯特罗姆诗全集》，李笠译，南京：南京大学出版社，2020年，第15页。

③ 丰子恺：《画鬼》，《丰子恺散文精选》，武汉：长江文艺出版社，第104页。

块玻璃碎片上还留有它在窗户上时外面树影的反光。这就是很诗意的东西,好像玻璃是有记忆的,玻璃被诗意地拟人化了,它在经历了破碎后还记着之前的美好。有了这种诗意的借用,就会在构思和创意上收获更多的突破。①

达利:《记忆的永恒》　　玛格利特:《图像的世界》

简而言之,现代诗歌拓展了绘画的表现空间。诗人往往要处理各种社会题材,但在绘画领域,术有专攻是中国的传统。例如画虾的画虾,画马的画马,画竹、画猴、画金鱼、画牡丹,一辈子只画一种东西。这在西方某些评论家看来简直就是一个复制机器,只能被称为审美中的消费艺术。它太关注技术,太强调在不能修改的宣纸上所能达到的成功率,准确地说并不反映当下生活的文明状态,而创作理应为一个时代之壮举留下印痕。从这个角度来看,中国宣纸画的技术性作品与社会发展确实没什么关联,因此一些当代艺术家正在尝试"新水墨""抽象水墨"等等,以期能将现代审美融入国画视界。

---

① 亚思明、苗菲:《严力访谈录》,未刊稿,2020 年 1 月 13 日采访于严力上海家中。

例如木心的水墨转印画貌似在描绘风景,但那并非自然山水。陈丹青称之为"绘画的异端"。转印画之"异"首先体现在画法上。这种画的绘制需先在玻璃上涂满水与色彩,以纸覆盖其上,翻转后,趁着纸面上濡湿流溢的水渍、斑痕,即兴演成各种图案。画家无法提前构想、起稿、定稿,须等湿漉漉的纸面反过来,审视满纸水渍的"机变"之道,才能当场"寻找"他的画。这在某种程度上保留了"自动绘画"的成分,要求作者主体退位,顺应艺术。木心是内中高手,他选择转印画法与其创作理念不谋而合。画家曹立伟追忆:"我曾和木心谈到上世纪初的达达派诗人崔斯坦·查拉(Tristan Tzara,1896—1963)。此人作诗,是从报纸杂志上剪下许多句子和单字,撒在桌面,从中逐一取出,随意排列,以为新诗。我原想木心对此'勾当'不太感兴趣,未料他很是赞赏的,说诗意乱成,别有天地,你自己硬写,也弄不出来。"[1]

木心推崇水墨界的"自动写作",原因是他"几乎嫌恶所有绘画的写实性","再现的、逼真的、繁复的、叙述性的画,难以吸引他"[2]。他认为绘画中最重要的是感觉和骚动,不在描摹,而在灵智。所谓鬼斧神工,所谓浑然天成,艺术家无不在按自己的方式寻求一种理想中的"天公造物"。在与春阳聊绘画时,他提道:"以偶然性画,省去了绘画的一些环节和步骤,但对整体的把握仍然不可少,比如你画出了苍茫辽远或深沉细密的意境,还需会用添笔来完成它。……添加的本领,就是对整体的认知和判断的本领,还有手法的技巧。上帝的偶然性变成了必然性。让必

---

① 曹立伟:《私人曙光——读木心山水画》,《书城》2014 年第 5 期。
② 陈丹青:《绘画的异端——写在木心美术馆落成之后》,《山花》2017 年第 6 期。

然性驾驭偶然性，或者说控制偶然性。"①

木心有一首小诗《骰子论》："宇宙/合理庄严/均衡伟美//因为/上帝/不掷骰子//上帝/即骰子/它被掷了。"②"上帝不掷骰子"③出自爱因斯坦，意在否认"偶然性"乃宇宙的根本属性。木心以此诗应和爱因斯坦的观点，认为宇宙客观存在，"庄严合理/均衡伟美"，但个体却是以掷骰子的方式来感受这个貌似混乱无序的世界，在"相背的二律之间的空隙"④中游戏："我明知生命是什么，是时时刻刻不知如何是好，所以听凭风里飘来花香泛滥的街，习惯于眺望命题模糊的塔，在一顶小伞下大声讽评雨中的战场——任何事物，当它失去第一重意义时，便有第二重意义显出来，时常觉得是第二重意义更容易由我靠近，与我适合，犹如墓碑上倚着一辆童车，热面包压着三页遗嘱，以致晴美的下午也就此散步在第二重意义中而俨然迷路了。"⑤

这第二重意义便是艺术家的添笔，美学意义上的完成。"生命好在无意义，才容得下各自赋以意义"⑥，好比翻转过来的转印初成的满纸墨痕，你看它是什么，它便是什么，烟峦、曙壑、树木、

① 木心、李春阳：《木心与春阳谈绘画》，引自博客"读木心"，由李春阳记录整理，谈话时间：2006 年 9 月至 2011 年 11 月，版权归李春阳所有，经其授权发布。网址：http://blog.sina.com.cn/s/blog_69283d600102xjt8.html。

② 木心：《骰子论》，《我纷纷的情欲》，桂林，广西师范大学出版社，2013 年，第 49 页。

③ 木心写过这样一段话："'上帝是不掷骰子的'，爱因斯坦的上帝是个乡愿，而非 bad boy。其实上帝表现在人的眼里，他是掷骰子的能手，他的概率是控制好的概率。"参见《木心遗稿（一）》，上海：上海三联书店，2022 年，第 190 页。

④ 木心：《迟迟告白 一九八三年——一九九八年航程纪要》，《鱼丽之宴》，桂林：广西师范大学出版社，2013 年，第 101 页。

⑤ 木心：《明天不散步了》，《哥伦比亚的倒影》，桂林：广西师范大学出版社，2013 年，第 109－110 页。

⑥ 木心：《木心遗稿（一）》，上海：上海三联书店，2022 年，第 141 页。

大海……它并非现实的山水，而是内心的风景。由于水墨的转印大必涣散，为了保证画作结构和水印肌理的精致，木心一般都凭眼力来"捕捉""搜索"或"锤炼"，经过这番严格的精挑细选，最后裁剪下来的往往只是微型尺幅。他最小的一幅转印画尺寸不及一寸宽，水墨精致细腻，却有勾勒千里于数寸之间的气度。与之相应的是，木心从不写长诗，尤擅俳句，小说写作也仅限短篇，连中篇都不曾有过。他曾和学生谈起自己喜欢"精灵"一样的创作，精灵机智，迅疾，不赘语，不滞留，在简约的篇幅里荡开世间百态。

木心：《飞泉澄波》

这些水墨画按时间可以分为前后两期。前期的转印画绘于 70 年代末,在布局、结构、视角、景别等方面仍可以看到中国山水画的表象和痕迹,有秀润多姿的江南幽灵出没其间。比如,《浦东月色》《梦回西湖》《会稽春明》《飞泉澄波》等画题已经提示了这一阶段画作的传统韵味与文化记忆。

其中《飞泉澄波》是水画痕迹较重的一帧。自上往下看,天边的黑云饱含雨水,濒于垂裂。巨峰之上怪树虬枝、木叶森森。蜿蜒的林泉从嶙峋的山石间流泻而下,激起层层白花。细看山中还有几条逶迤缠绵却无人行旅的山间小道,犹似天外人间。画面的底部归于平静的波光湖影。激荡的飞泉让画面具有动感,似乎带来轰鸣的水声,但寂寞的山谷和平静的湖水又分明安谧于某种精神的克制。

在弘十四看来,"行云流水般风雅的感受"恰好也合乎木心诗歌的精神气质,所谓艺术作品的精神同构,主要是针对气质而言,"比如,严力先生作为诗人,同时还是一名画家,在他的诗画作品中均保持了一种相同的气质,如刀刻般的审思和硬度。而不同艺术家的作品之间也能发现这方面的一致。艺术家之间即使乍看不似,但在大能之手的安排下,谁又能说究竟不二?这就是审美中所分别出来的东西,也是我们讲艺术融合及艺术之间相互解读的依据之一。若引入时代维度,还会发现其中的意识风向"。①

木心也说:"文人画终归是一种气质。修辞是方法论,诗意

---

① 弘十四:《关于艺术融合兼谈诗人的自觉性》,《诗意当代:我与我的 40 年——严力绘画个展》,上海:临港当代美术馆,2018 年,第 2 页。

是目的论。"①而诗意在海德格尔的定义里是那无法表达的东西的语言，是真正思想的语言，"是真理光明投射的一种方式，是在广义上的诗意创造的一种方式"②。"全部艺术在本质上是诗意的"，建筑、绘画、雕刻和音乐艺术，必须回归于这种诗意，"当然，语言作品，狭义的诗歌，在艺术领域中占据着特殊的位置"。③

第二节　诗画异质

弘十四将木心风格作为严力诗画的另一种参照，显然是基于二者鲜明的个性差异。他们命运轨迹的交集大约是从 1987 年到 1988 年，同在曼哈顿 57 街"艺术学生联盟学院"学版画，也时常去学校的咖啡屋喝咖啡聊天。初次见面，严力对木心印象不错："他知道我做的比较先锋，而他比较注重传统的营养，他虽然比我大二十几岁，但和他聊天没什么障碍，因为有共同在国内的经历。"④

相较于被视为"文学的鲁滨逊"的木心，被文学史划归早期"今天派"的严力更具 80 年代情结。北岛曾说，《今天》的影响远远超出文字以外："'星星画会'是从《今天》派生出来的美术

① 木心、李春阳：《木心与春阳谈绘画》，引自博客"读木心"，由李春阳记录整理，谈话时间：2006 年 9 月至 2011 年 11 月，版权归李春阳所有，经其授权发布。网址：http://blog.sina.com.cn/s/blog_69283d600102xjt8.html。
② ［德］M.海德格尔：《艺术作品的本源》，《诗·语言·思》，彭富春译，戴晖校，北京：文化艺术出版社，1991 年，第 68 页。
③ 参见［德］M.海德格尔：《艺术作品的本源》，《诗·语言·思》，彭富春译，戴晖校，北京：文化艺术出版社，1991 年，第 68 页。
④ 亚思明、苗菲：《严力访谈录》，未刊稿，2020 年 1 月 13 日采访于严力上海家中。

严力:《对话》

团体。另外还有摄影家团体'四月影会'等,再加上电影学院的哥们儿(后来被称为'第五代')。……有这么一种说法'诗歌扎的根,小说结的果,电影开的花',我看是有道理的。当时形成了一个跨行业跨地域的大氛围,是文学艺术的春秋时代。"①早年的严力便活跃其中。1979 年 7 月,严力突然开始作画。"那时候李爽是我女朋友,因为她家里比较挤,不能画画,她把画箱放到我家,跑到我那儿画画。有一天我没事,就把她的画箱拿出来自己涂。……那时候我写诗写了有六七年了,突然就没有任何训练地开始画画。……这样画了有一个多月,黄锐说他们在筹备'星星美展',到我家来,一看墙上挂了很多画,他当时觉得很震动,要我一定参加展览,就这样我就参加了'星星画会'。"②

非学院派出身的严力从一开始作画就与众不同:他不强调也不表现技术,而是用技术为想象服务。更多是还原自我,表述自己的生存状态和感受。譬如绘于 1980 年的《对话》,就是呈现喝酒聊天的一个日常瞬间:凳子伸出了一双臂膀,摆出一副拥抱的姿势;酒瓶居于中心位置,赫然透视出两张脸的侧影;微启的嘴唇娓娓道来……整幅画面洋溢着变形的荒诞和超现实主义的美学色彩。严力回忆说:"那时我们的视野里,真实的视野里,世界看起来全是灰色的,这个城市、这个生活没有颜色,我用我的色彩给它表达,我觉得很过瘾。……我不在意我画得像和不像,只要这几个颜色在一起我就高兴,就有这样的快感,视觉快感。就好像你吃了块蛋糕、巧克力一样,特兴奋。……那时我就觉得我在指挥颜色,像作曲一样,我依然能记得当时那种兴

① 北岛:《八十年代访谈录》,《古老的敌意》,香港:牛津大学出版社,2012 年,第 76 页。
② 朱朱:《严力访谈》,朱朱主编:《原点》,香港:中国香港视界艺术出版社,2007 年,第 79－80 页。

奋劲。"①

　　色彩是无声的音乐。不同的艺术形式之间也存在着通感。但具体使用哪种形式是由内容来决定的。正如黑格尔所说,"艺术之所以抓住这个形式,既不是由于它碰巧在那里,也不是由于除它以外,就没有别的形式可用,而是由于具体的内容本身就已包含有外在的、实在的,也就是感性的表现作为它的一个因素"②。严力则认为:"灵感需要不同的表达工具,……如果一个人仅仅掌握一种工具,譬如说诗歌的形式,那么他或她所产生的关于色彩的灵感也只能用诗歌来表现,而不能用更加适合此灵感的绘画来表现。"③因此,诗人画家的出现在严力看来是一种心灵的回归,回归到琴棋书画无所不通的文人传统。当然,这在社会分工越来越细化的现代社会实属奢侈。严力说:"我是幸运的,因为使用全部的时间和精力来进行文艺创作,就有可能多掌握几种表达的工具。……譬如我的一个有关鱼钩的灵感是在画画的时候产生的,我发现用绘画很难表达,它最好和最准确的表达是用诗歌。"④

　　　　经过了许多年的等待
　　　　我的鱼钩啊
　　　　终于在没有鱼的池塘里
　　　　自己游了起来

①　朱朱:《严力访谈》,朱朱主编:《原点》,香港:中国香港视界艺术出版社,2007年,第89页。
②　[德]黑格尔:《美学》(第一卷),朱光潜译,北京:商务印书馆,2020年,第89页。
③　严力:《文学与其他艺术》,《历史的扑克牌》,济南:山东文艺出版社,2007年,第43页。
④　严力:《文学与其他艺术》,《历史的扑克牌》,济南:山东文艺出版社,2007年,第44页。

但在更多年的游动之后

它满脸无奈地

一口吞下了自己[①]

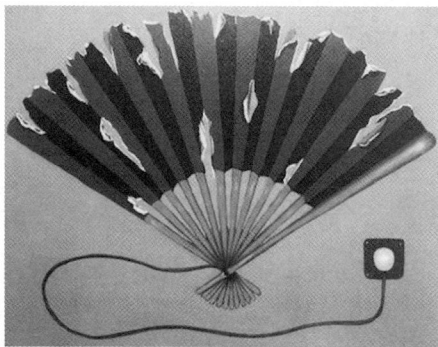

严力:《进程》

　　而在另一些时候,一张图片胜过千言万语。例如:一把残破不堪的扇子连着一根电线,直观地呈现了从折扇到电风扇再到空调的现代化进程。此外,严力还拍摄过一些艺术摄影,其中一张是用一副医用的真人大小的男性人体骨架来做模特:骷髅大变活人一般地坐在椅子上,鼻梁上架着一副眼镜,手捧一本中文版的花花公子——封面上的裸体女人像清晰可见,而在骷髅的生殖器部位,竖起一根燃着的蜡烛。严力将这张照片命名为《欲火重燃》,另一位朋友则戏称《做鬼也风流》。讽刺意味不言而喻。对于这件作品,任何文字描述都显得多余。[②]

---

① 严力:《鱼钩》,《体内的月亮——严力诗选》,北京:作家出版社,2015 年,第 141 页。

② 参见严力:《文学与其他艺术》,《历史的扑克牌》,济南:山东文艺出版社,2007 年,第 45 页。

不同于中国古代"诗画一律"的艺术思想,现代意义上的诗画关系很难再被纳入"语图合体"中的"题画诗""诗意画"或与情节相关的"插图"来研究,因为现代艺术更加强调心智(即严力所说的灵感,木心称之为灵智)。严力表示,"灵感的多元性需要表达载体的多元性来配合"①,诗与画,在很大程度上各司其职,表现为互补的关系。而据陈丹青回忆,对于木心,"绘画与文学显然是两件事。他坐下写作,极度警策。'一杯茶、一支烟,头脑光清!'他常这样凛然说道;他画画,却是感觉的、直截的⋯⋯"②。

丰子恺曾将绘画大体分为两种:"一种是注重所描写的事物的意义与价值的,即注重内容的。还有一种是注重所描写的事物的形状,色彩,位置,神气,而不讲究其意义与价值的,即注重画面的。⋯⋯这两种绘画,虽然不能概括地评定其孰高孰下,孰是孰否,但从绘画艺术的境界上讲起来,其实后者确系绘画的正格,前者倒是非正式的、不纯粹的绘画。"③丰子恺解释说,纯粹的绘画注重视觉美,所以不问所描的是什么事物,其物在世间价值如何。反之,"回顾功臣图,武梁祠壁画,其实是政治的记载;释迦像,天尊像,耶稣,圣母,其实是宗教的宣传;《持锄的男子》及一切贫民、劳工的描写,其实是民主主义的鼓吹;《归去来图》,《寒江独钓图》,其实是隐逸思想的讴歌。这等都是借绘画作手段,或者拿绘画来和别种东西合并,终不是纯粹的正格的绘

① 严力:《文学与其他艺术》,《历史的扑克牌》,济南:山东文艺出版社,2007 年,第45 页。
② 陈丹青:《绘画的异端——写在木心美术馆落成之后》,《山花》2017 年第 6 期。
③ 丰子恺:《中国画的特色——画中有诗》,《东方杂志》1927 年 6 月第 24 卷第11 号。

画"①。在严格的意义上,注重内容的绘画往往是绘画与文学的综合艺术。"纯粹的绘画,纯粹的音乐,好比白面包,羼入文学的意义的绘画与音乐好比葡萄面包。细嚼起白面包来,有深长的滋味,但这滋味只有易牙一流的味觉专家能领略。葡萄面包上口好,一般的人都欢喜吃",因此,"纯粹画趣的绘画宜于专门家的赏识,融入文学的意义的绘画适于一般人的胃口"。②

　　静观木心绘画,愈到晚近,主题愈发深奥抽象。就画面感而言,新世纪之后的转印画比前期风景更加幽僻,构图更加大胆,墨色更加荒凉。画题也不复古意盎然,诸如《情人的坟墓》《大战前夜》《生与死》等等,陡然生出冷峻奇崛的后现代风。这一阶段,木心已从中国山水画的背景里旁逸而出,以超现实主义绘画的精神脱尽具象山水的"形",融入形而上的"思"。他对纯粹绘画的精神洁癖不亚于法国象征派之于"纯诗",如陈丹青的观察:"他以无法捉摸的方式,倏然分身:当他写作,所谓画心、画眼、画意,便即退开;他画画,哪怕不可觉察的文学性,也被排除。似乎早已是内心的决定,他在写作与绘画间设置分野:不是所谓美学分野,而是进入不同的媒介,他便成为那媒介。"③

---

①　丰子恺:《中国画的特色——画中有诗》,《东方杂志》1927 年 6 月第 24 卷第 11 号。

②　丰子恺:《中国画的特色——画中有诗》,《东方杂志》1927 年 6 月第 24 卷第 11 号。

③　陈丹青:《绘画的异端——写在木心美术馆落成之后》,《山花》2017 年第 6 期。

第三节　诗画同构

　　现代诗画的异质分野并不妨碍二者之间也存在着"互文性"的关系。"克里斯蒂娃在 1966 年创造了'互文性'这一术语,用它来描述独立文本之间的相互依赖:完全自律、自足的文本是不存在的,事实上,文本总是在吸收和改造其他的文本,它们是其他的叙述和声音所遗留下来的踪迹和回声。在这个意义上,任何文本都可以看作是一张语录的什锦,一片典故的马赛克。"①

　　一幅图画也可被视作一件视觉艺术文本。它引人入胜,发人深省,而"一切冥想的思都是诗,一切创作的诗都是思。思与诗是邻居。……思想的诗人和诗意的思者本身意味着诗与思在不同中相互包容,达到同一"。② 如果说,视觉艺术文本与语言艺术文本之间也可以相互激发,实则是源于艺术作品的精神同构,并通过思想的图像化和图像的语言化来彼此转化。

　　例如,木心曾根据达·芬奇名画《圣母子与圣安娜》的构图形式推导出"知与爱的公式":"知与爱永成正比。知得越多,爱得越多。逆方向意为:爱得越多,知得越多。秩序不可颠倒:必先知。无知的爱,不是爱。"③其中,圣安娜(Saint Anna)代表知(或智);圣玛利亚(Blessed Virgin Mary)代表爱;耶稣(Jesus)代

---

① ［英］卡拉瓦罗:《文化理论关键词》,张卫东等译,南京:江苏人民出版社,2006年,第 65 页。

② 彭富春:《译者前言》,［德］M.海德格尔:《诗·语言·思》,彭富春译,戴晖校,北京:文化艺术出版社,1991 年,第 6 页。

③ 木心讲述:陈丹青笔录:《文学回忆录》,桂林:广西师范大学出版社,2013 年,第90 页。

表救世主;羔羊代表人类。据此,木心将达·芬奇的图画艺术转化成了《知与爱》的语言艺术:

> 我愿他人活在我身上
> 我愿自己活在他人身上
> 这是"知"
>
> 我曾经活在他人身上
> 他人曾经活在我身上
> 这是"爱"
>
> 雷奥纳多说
> 知得愈多,爱得愈多
> 爱得愈多,知得愈多
>
> 知与爱永成正比①

黑格尔曾对"爱"的概念做出过这样的诠释:"我应该把这主体性所包含的一切,把我这一个体的过去、现在和未来的样子,全部渗透到另一个人的意识里去,成为他(或她)所追求和占有的对象。在这种情况下,对方就只在我身上生活着,我也就只在对方身上生活着;双方在这个充实的统一体里才实现各自的自为存在,双方都把各自的整个灵魂和世界纳入到这种同一里。"②《圣母子与圣安娜》图中,耶稣与羔羊、圣玛利亚与耶稣、圣安娜

---

① 木心:《知与爱》,《云雀叫了一整天》,桂林:广西师范大学出版社,2013年,第51—52页。

② [德]黑格尔:《美学》(第二卷),朱光潜译,北京:商务印书馆,2020年,第326页。

达·芬奇:《圣母子与圣安娜》

与圣玛利亚都在一个充实的统一体里实现了各自的自为存在，而他们在图像中的位置又构成了一个自下而上的金字塔。金字塔是一种稳定而有力的结构，它将人物融成一个更大的整体。其中，圣安娜的头像居于金字塔的顶端、远处的群峰之巅，脸上露出宛如蒙娜丽莎的谜一般的微笑，充满了博爱与智慧，她的膝盖支撑起圣玛利亚整个的身体；而后者将注意力全部倾注到耶稣和羔羊身上，不无担忧地试图劝阻顽皮的耶稣与羔羊之间的有些冒失的嬉戏。年幼的圣子向着慈爱的圣母回望过去,二人视线相交,并延伸到了羔羊那里。此刻,献祭的羔羊似乎正预示着耶稣未来的牺牲。这一隐隐的不祥之兆将原本轻松的画面氛围绷紧。观者若将视线从顶端向右下角缓缓移动,实际上是一次时间的旅行:从过去,到现在,再到未来。这一时间线也延伸到了三维空间:羔羊在耶稣前,耶稣在圣母前,圣母在圣安娜前。沿着这条轴线还可以走得更远:在圣安娜的背后,层峦叠嶂的山脉暗示了远古的时间。

　　从圣安娜所代表的过去的眼光来看,"我愿他人活在我身上"是一种愿景,这是"知";而从圣玛利亚所代表的现在的眼光来看,"我曾经活在他人身上"是一种怀念,这是"爱"。而"爱"的完成是以"知"的预设为先决性条件,并向金字塔的下层继续传递。木心认为,从人生的价值判断,"耶稣对人类的爱,是一场单恋";从艺术的价值判断,耶稣是"成了";耶稣留下的典范是什么呢? 所谓艺术,所谓爱,"原来是一场自我教育"。[①]

　　木心后期转印画《爱》可谓是对"爱"的哲思的图像化呈现:内核是依稀可辨的两个相偎相依的形体轮廓,不断在晕染与交叠之中幻化出虚实莫辨、彼此难分的层层幢影,接天连地,无穷无尽。这里的美主要在于爱并非只是一时的情感冲动,围绕着爱可以创造出整个世界,"把一切其他事物,一切属于现实生活的旨趣、环境和目的都提升为这种情感的装饰",把一切都拉入爱这一领域里,使一切都因为爱而获得价值。[②]

---

① 参见木心讲述,陈丹青笔录:《文学回忆录》,桂林:广西师范大学出版社,2013年,第 106 页。
② 参见[德]黑格尔:《美学》(第二卷),朱光潜译,北京:商务印书馆,2020 年,第327 页。

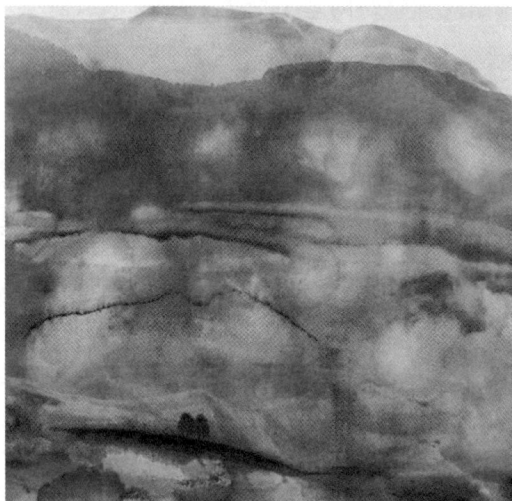

木心:《爱》

　　在上述例子里,思想的图像化是通过隐喻来实现的。世间万物,无一不是隐喻。"隐喻普遍存在于所有种类的语言中和所有种类的话语中,甚至在最没有可能的情况中,比如科学和专业话语中,也是如此。而且,隐喻不仅仅是话语的表面文体修饰,当我们通过一个特定的隐喻来表示事物时,我们是在以一种特定的方式建构我们的现实。隐喻通过一种普遍和根本的途径,构建起了我们的思维方式和行为方式,以及我们的知识体系和信仰体系。"①简而言之,"隐喻就是借用在语言层面上成形的经验对未成形的经验做系统描述"②,为情感提供节奏,为思想提供

---

① 　[英]费尔克拉夫:《话语与社会变迁》,殷晓蓉译,北京:华夏出版社,2004 年,第181 页。
② 　陈嘉映:《语言哲学》,北京:北京大学出版社,2003 年,第 378 页。

形象。

　　严力的很多绘画创作也是大量使用隐喻的图像,与诗歌文本形成互文性关系。譬如:"补丁系列"(1999—2017)的灵感最早是源于 1986 年的一首诗《还给我》:

> 还给我
> 请还给我那扇没有装过锁的门
> 哪怕没有房间也请还给我
> 还给我
> 请还给我早晨叫醒我的那只雄鸡
> 哪怕已经被你吃掉了也请把骨头还给我
> 请还给我半山坡上的那曲牧歌
> 哪怕已经被你录在了磁带上
> 也请把笛子还给我
> 还给我①
> ……

　　人类使用地球已经很多个世纪了,在偏激的理想刺激之下,从情感到物质,都已是千疮百孔。严力在这首诗中表达了一种警醒:不断膨胀的欲望需要人类的自我反省来加以克制。此外,修补系列绘画的另一个灵感是严力的奶奶赵洁梅给的,"她是一个标准的中国老式的家庭妇女,我从小由她带大,她曾给我讲过一个她自己的故事。她在 20 世纪 20 年代结婚的时候,为了节省,向我爷爷提议不要买金戒指,而是买一个金的顶箍来替代,是套在手指上缝补衣裳时用的,现代的年轻人可能已经不太知

---

① 严力:《还给我》,《体内的月亮——严力诗选》,北京:作家出版社,2015 年,第 48—49 页。

道了。她的这一要求既象征了结婚的神圣也表达了节省的习惯。她的这个情节更完整了我那'这个世界需要修补'的概念……"①

严力:《为家园补一块空中的蓝天》

在老一辈人的认知里,"补丁"的诞生有着实际的用途,是纯功能体,但到了生产过剩的年代,它已经变成了过去的记忆,获得了符号的意义,令人联想起"破洞""残缺"等,而打"补丁"的行为又引出这一视觉符号背后的文化规范价值所造成的"符指关系"②:纠错和补救,视觉隐喻由此而产生。

---

① 严力:《诗意当代:我与我的 40 年——严力绘画个展》,上海:临港当代美术馆,2018 年,第 32 页。

② 赵毅衡:《文学符号学》,北京:中国文联出版公司,1990 年,第 17—18 页。

纸上作品《为家园补一块空中的蓝天》似乎是在向逝去的 80
年代致敬。《今天》的封面就是蓝天的颜色。据设计者黄锐回
忆："那个时候大家都穿着蓝色的衣服，衣服是蓝色的，可是看不
见一本书的封皮是蓝色的，全部是红色的、白色的，就是没有蓝
色的。蓝色是什么？蓝色是天。天是什么？自由、无限。这是
一个小儿科的想法，可是那个时代就是这样的。"①

如果说，早期"今天派"给一个封闭的时代打开了一小片精
神的"蓝天"，"星星画展"的成员也正发挥着同样的作用。严力
说："那时候画画艰难到没有画布和颜料，我曾把床单全部用来
当画布，还曾用酱油和红药水、紫药水当颜料，朋友们也互相帮
忙，或赠送几块纤维板当画板或捡来一些木条给我钉画框。"②这
样的一幅画布正飘扬在画中所示的家园的上方，映衬着"黄"尘
滚滚的背景，远处还荡漾着蓝色的波涛。布面上缝补着大大小
小的关于白云和月亮的想象，仿佛北岛诗里的"烘烤着的鱼梦见
海洋"③。

用画面记录时代的场景，在严力看来，是当代艺术家必须承
担的责任。他在回味了七八十年代的北京人文景观之后，就自
然延伸到大兴土木的砖头时代："二十一世纪中国发展房地产的
速度惊人，绝对值得用画笔记录一番。砖头其实就是人类居住
之天性的一种物化，是对大自然不利条件之改造的成果，但随着

---

① 朱朱：《黄锐访谈》，朱朱主编：《原点》，香港：中国香港视界艺术出版社，2007 年，
第 39 页。

② 严力：《自序》，[美]诺曼·斯班瑟（Norman Spencer）编：《事物是它们自己的象
征——严力的创作以及他的朋友们（1974—1984 北京）》，德黑兰：奥斯特罗出版
社（Ostoore Publications），2005 年，第 5 页。

③ 北岛：《履历》，《午夜歌手——北岛诗选一九七二～一九九四》，台北：九歌出版
社，1995 年，第 64 页。

人口的增长,加速了土地资源分配的紧张,砖头所形成的个人空间越来越昂贵。同时,城市人的视野被玻璃、钢筋、水泥充斥填满……"①

　　在"砖头系列"(2002—2007)中,"砖头"作为异化了的环境的符号自是不言而喻,但严力又常常用悬浮在空中的"气球"来平衡画面的压抑和沉重。"气球"代表着"希望",如他在诗中所写:"节日之际/让我像气球一样被你牵在手里/气球里是你吹进去的希望。"②只是,这"气球"也是用"砖头"砌成的,象征着商业大潮之下"既轻又重的拥挤居住的矛盾性"——我们知道,"方便而繁荣的都市生活并不是一无是处的,甚至它的许多陷阱也是甜蜜的"③。这使得当代人的生活目标好像就是在选择一个更大一点的砖头和水泥砌垒的空间,许多人甚至谈不上在这样的空间里面寻找生命的意义,因为他们为此必须全力以赴地奋斗十年、二十年甚至更久,于是进入一种反复还债的生存状态……严力借诗调侃道:

>　　我们在打造中还领会了
>
>　　远远不够的停车位也就是人类的处境
>
>　　而我
>
>　　则喜欢在停人的住宅里用文字的砖头
>
>　　码放一些诗歌

---

① 严力:《诗意当代:我与我的 40 年——严力绘画个展》,上海:临港当代美术馆,2018 年,第 52 页。
② 严力:《多味诗句口香糖(60 片装,产地中国)》,《诗歌的可能性》,香港:类型出版社,2016 年,第 165 页。
③ 严力:《诗意当代:我与我的 40 年——严力绘画个展》,上海:临港当代美术馆,2018 年,第 52 页。

这样的爱好听上去
与建筑材料也有了很近的关系
我甚至还想把纸张与口水搅拌成水泥
去建造诗歌的殿堂
在诗歌的图纸上我曾经询问自己：
"哪儿是你最想去的地方？"①

严力：《节日》

确如弘十四所指出的，"刀刻般的审思"代表了严力诗画作

---

① 严力：《平方米万岁》，《体内的月亮——严力诗选》，北京：作家出版社，2015年，第184—185页。

品的一致风格,用刘索拉的话来说,"轻松又刻薄,自嘲又一针见血"①。虽然有着多重身份,严力对自己的定位"本质上是诗人,人在追求诗意的生活,本质上就是在追求文明的生活"②。无论是以什么样的形式在进行创作,"审视人性、感情、社会形态与历史事件的过程,就会形成思辨和反省的习惯,形成独立思考的自我"③,这正是木心所言的"自我教育"。其作品如果还能在社会上与他人分享,便能建立起"我活在他人身上,他人活在我身上"的"知与爱"的良性循环。

第四节 "在纽约,我的创作更中国"

就个人气质而言,木心与严力风格迥异,前者一直过着隐士般的生活,并且通过绘画和写作把"隐身"(Invisibility)的美学(艺术性感染力)发挥到了至臻;④而后者显然更介入他所处的时代,很早就选择了一种集各种"灰色"幽默之大成,"也更加代表当时中国城市青年的语言和情感"⑤。但他们所致力于的是共同的事业:开拓汉语的冒险空间与艺术的表现空间,催生一种更为

---

① 刘索拉:《序:以自己为邻》,严力:《体内的月亮——严力诗选》,北京:作家出版社,2015 年,第 3 页。
② 亚思明、苗菲:《严力访谈录》,未刊稿,2020 年 1 月 13 日采访于严力上海家中。
③ 严力:《跋:建筑内在的文明》,《悲哀也该成人了》,杭州:浙江文艺出版社,2016年,第 119 页。
④ 参见巫鸿:《读木心:没有乡愿的流亡者》,《木心逝世三周年纪念专号》,桂林:广西师范大学出版社,2015 年,第 107 页。
⑤ 刘索拉:《序:以自己为邻》,严力:《体内的月亮——严力诗选》,北京:作家出版社,2015 年,第 3 页。

"成熟"的创作。

木心曾说:"五四以来,许多文学作品之所以不成熟,原因是作者的'人'没有成熟。"①纵观历史,1917 年以来白话文学的发展壮大为现代汉语文学融入世界性的审美大潮创造了开端,但也留下了弊端:一是对传统文化的妄自菲薄;二是对"感时忧国"的过分耽溺。"民族的速强制胜心理内在制约了对外来思想资源取舍的价值尺度,由此建立起立足于感时忧国传统对外来文化的呼应机制,即从民族、国家的忧患意识和现实出发来呼应世界潮流,有时反而滞后乃至疏离于世界文化潮流。"②这使得主流文学逐渐变成革命的文本形式,沦为政治的宣传工具。现代文学原本期待个人"自律",需要"自我强健"和"承受能力",可惜时不待人,救亡的炮火压倒了"启蒙"的进程。大多数人由于缺乏足够的"自我强健"而宁愿选择"他律"。③ 回忆 40 年代的中国艺术界,木心也心怀遗憾:"我们的青年期,时代充满谬误,我们自身充满谬误。所谓'纯艺术',纯到了对社会对生活只用哲学的角度历史的角度来接触,热衷理论、忽略经验(经验也还没有来,正在来……)注定要从自我架空的状况中摔落。"④

---

① 木心:《风言》,《琼美卡随想录》(第二辑),桂林:广西师范大学出版社,2010 年,第 81 页。

② 黄万华:《越界与整合:从 20 世纪中国文学史到 20 世纪汉语文学史——兼论百年海外华文文学的意义和价值》,《江汉论坛》2013 年第 4 期。

③ 顾彬认为,"他律"在文化和文化之间、国与国之间各有不同表现。在中国的情形下是民族国家、祖国提供了身份获取的可能性,在时间进程中除了少数例外,大多数作家和艺术家都俯伏于此。这是西方不满于 20 世纪中国文学的实质性原因。参见[德]顾彬著《二十世纪中国文学史》,范劲等译,上海:华东师范大学出版社,2008 年,第 7—8 页。

④ 木心:《此岸的克利斯朵夫》,《温莎墓园日记》,桂林:广西师范大学出版社,2013 年,第 164 页。

汉语新诗的现代主义探索由此中断，再续前缘又隔了 30 余年，木心与严力相遇在 80 年代的移民潮中。严力回忆道："我像一条鱼一样寻找畅游的姿势，但是，政治和社会的网有它的遗传性，没有一张网能让我觉得穿在身上是合适的。那时候，西方的网能让他们的鱼游到中国来，显然是一种自由的象征。我数了数身上的鳞片，不比他们的少。于是，我萌动了游向西方的念头。"①

杨炼曾用"眺望自己出海"这行诗句概括中国 20 世纪的历史，其中也包括他自己和所有中国诗人的命运。这既基于他自己亲历的国际漂流，更在给出一种思维方式："所有外在的追寻，其实都在完成一个内心旅程。"②爱尔兰诗人谢默斯·希尼也曾借用《尤利西斯》主人公史蒂芬·德达卢斯的那句令人困惑的宣言表达过类似的观点："通往'塔拉'的最佳捷径是取道'圣头'，意思是说离开爱尔兰再从外面视察这个国家是抓住爱尔兰经验核心的最可靠途径。"③

"在巴黎，我的写作更捷克"，木心喜欢昆德拉这句话④，那是他热衷的修辞，逻辑上也适用于他自己："在纽约，我的创作更中国"。《木心遗稿》中有这样一段表述："现代的文章和话语，可以把文言的词汇和声气与现今的口语俗话融合起来，又把欧美文法接通。这样古中文、今中语、外国风三者合一，成为一种既矜

---

① 严力：《母语和草帽》，《历史的扑克牌》，济南：山东文艺出版社，2007 年，第 95 页。
② 杨炼：《诗意思考的全球化——或另一标题：寻找当代杰作》，见《唯一的母语——杨炼：诗意的环球对话》，上海：华东师范大学出版社六点分社，2012 年，第 3 页。
③ ［爱尔兰］谢默斯·希尼：《翻译的影响》，见［美］布罗茨基等：《见证与愉悦：当代外国作家文选》，黄灿然译，天津：百花文艺出版社，1999 年，第 246 页。
④ 陈丹青：《绘画的异端——写在木心美术馆落成之后》，《山花》2017 年第 6 期。

贵雅致，又情理兼备的新文体、新语境。我想是可能的，而有人已经做了好久了。"①木心的诗学野心，在于传统余脉与现代心智的融合，《诗经演》便是一个尝试：语词是古典的，观念是现代的，并采用了传统四言（间有二三五杂言）与商籁体十四行诗东西合璧的形式。至于木心绘画，在西方人眼里更是"非常传统的中国式山水画艺术"的代表，虽然转印法就技术而言完全是与国画背道而驰的，"但他毕竟是葆有宋元记忆的绍兴人，透过水迹，我们，如果愿意的话，仍可窥见李唐的森严，董源的幽冥，黄公望的开阔，倪瓒的萧然……"②

而在纽约的严力，进入各国艺术家聚集的东村，投身现代的潮流里学习别人的语言，发现母语仍然是床头的那盏孤灯："我一直想带母语回家，理由很简单。每一个人的母语是他体内一个无形的器官，甚至其他有形的器官都依赖它来表达。所以我于二十一世纪初，在离家出走十五年之后回到故乡，把我的母语像一条鱼一样放回水中。如今的我对网的看法有所改变，我在母语的这张网里才能游出我最漂亮的姿势。"③

这条远游归来的鱼好比落叶归根。诠释学家伽达默尔曾经诠释："飘零的落叶终将归根——而落叶归根是因为，在沉默地纵贯过去、现在和未来的整个历史之下，有一个起着统一作用的本质即'传统'。"④传统就像无形的网，"树"的根，是作为个人的"叶子"应该去寻找的。一如"叶子"要经过脱离才能再找到或回

---

① 木心：《木心遗稿（二）》，上海：上海三联书店，2022年，第362页。

② 陈丹青：《绘画的异端——写在木心美术馆落成之后》，《山花》2017年第6期。

③ 严力：《母语和草帽》，《历史的扑克牌》，济南：山东文艺出版社，2007年，第96页。

④ ［英］特雷·伊格尔顿：《二十世纪西方文学理论》，伍晓明译，西安：陕西师范大学出版社，1987年，第80页。

归"树",个人也只有通过搜寻朝向陌生、开阔、空白和对话之路
才能发现传统。如木心所言,"继承传统的最好办法就是颠覆传
统"①,也就是说,个人要先反叛传统,通过学习、记忆和现代更新
将传统进行内化,自身便成了传统的携带者:"那棵一直在叶子
落成的托盘里/吞服自身的树,活了。"②

---

① 曹立伟:《私人曙光——读木心山水画》,《书城》2014 年第 5 期。
② 张枣:《入夜》,《张枣的诗》,北京:人民文学出版社,2012 年,第 196 页。

附录：严力访谈录

访谈时间：2020 年 1 月 13 日星期一
访谈地点：严力上海家中
访谈对象：严力
采访人：亚思明、苗菲

亚思明：当代诗人很多都有跨界的表现，对于中国古代诗画同源的传统您怎么看？

严力：我们的传统只要往前推几百年，就可以看到很多文人琴棋书画全都精通，也是因为那时候的文人没有那么多高科技产品以及娱乐形式的诱惑。社会在改变，生存资源的获得越来越要付出更多的劳动，也越来越专业化，也就是你的时间精力不够让你在几个行业中同时获得成功，也就是我们所说的竞争越来越强，在专业或行业里你就筋疲力尽了。我们没有时间修炼并提升自己其他方面的修养，琴棋书画都会对于现代人来说确实很奢侈，所以一个人全面发展的可能性就萎缩了，造成修养不足的人越来越多。现代社会制约人的行为规范是法律，但人的文明修养是应该高于法律的，人在精神上的进步需要给各种日常生存加进审美。声音加进审美变成音乐，视觉加进审美就是绘画，诗歌加进审美就是挖掘人的内心和反省自己，以求建立积累文明所需要的修养。诗人画家的出现或者跨界说法的出现，在西方超现实主义时期也有过。超现实主义的发起人是法国诗人普鲁东，此外还有艾吕雅、阿波利奈尔，开始是诗人提倡超现实主义，结果收获的是超现实主义的艺术家，比如达利、玛格利特，这表明超现实主义诗歌的理念反而给了艺术家突破陈旧规范的灵感。自从有了超现实主义绘画，最大的收获就是绘画技术为想象力服务，画家能把自己想象的东西，也就是体内的风景表现出来。譬如达利把一个海平面画得像纸一样掀起来，一个钟软塌塌地耷在那里。有了超现实之后，人们更关注绘画要表现人所想象的东西，因为你把所能看到的东西用技术来表现仅仅是还原，像照相机。有个例子，超现实主义画家玛格利特的画：窗玻璃破了，掉在室内墙角里的一块玻璃碎片上还留有它在窗户上时外面树影的反光。这就是很诗意的东西，好像玻璃是有记忆的，玻璃被诗意地拟人化了，它在经历了破碎后还记着之前的美好。有了这种诗意的借用，就会在构思和创意上收获更多的突破。另外，诗歌本身需要非正常词语的撞击，我们现在已经发明的文字够不够表达和描述我们的感觉呢？其实是远远不够的，诗歌在一定程度上帮我们解决了这个问题，用非正常的语言搭配、奇特的造句来撞击出一种感觉，而这个感觉在所发明的词语里没有更准确的词，这个词的含义被非正常的语言搭配、奇特的造句撞击出来了，由此拓宽了人的表达范围和深度。现代诗歌弥补了已经发明的文字不能更准确展开表现的缺陷。从现代社会越来越细的分工来讲，才有了今天所说的跨界，其实是回归，回归到用更多的时间来体验人的本身和内心。在某种程度上，诗和画的跨界对于不少现代诗人而言常常是一种生活所迫，把绘画当成谋生的手段，用销售来增加一些收入。但我所有的诗歌和绘画都有观念上的关系，不管早期还是现在，我不会为了卖画而画，我开始画画的上世纪70年代末的那个时代，人们不知道画作还能卖，甚至认为卖画有可能是违法的，因为那时候没有市场经济。

亚思明：您绘画的市场主要是在国内还是海外呢？

严力：都有。

亚思明：您的画作在国内市场上大概是什么情况？

严力：出国前的，也就是1979年开始到1985年出国留学之前的画作，对我来说比较珍贵，在那个特殊时代的状态下画画完全是为了表现个人的感受，当时改革开放就是反扭曲，把政治运动所扭曲的人的本真扭回来！怎么扭？当然首先是还原自我，表述自己的感受和生存状态。比如我创作于1981年的这幅画：有一天晚上北京停电很久，我一边抽了很多烟，一边写诗，第二天就用烟头和诗的手稿以及一些蜡烛头拼贴了这幅画，这就是真实地记录自己的状态。而且那时候隔三岔五地停几个小时的电是时常发生的，因此这幅画也记录了那个时代的情况。我的诗基本上也是用来记录自己的感觉和所处的时代。我和很多画家不一样，我不强调也不表现技术，我用各种技术为我的想象服务，就像对于学生而言得了学位不重要，关键是你用这个技术做了什么。我更多画当代的人物和事物。

亚思明：现代社会的技术分工太细致化了，每个人就像是一个大机器上的零件而看不到全局。

严力：第一，看不到全局；第二，付出一点劳动和时间就在想能收获多少。竞争令人斤斤计较。另外，人类是同一个祖先的，

217

民族的血缘比较重要是语言和文化造成的,所以我到了美国后就知道,我作为一个人能改变国籍,但我身上的母语——中文就不可能加入外籍。因此我写过一个中长篇小说《带母语回家》,讲述我出国 10 年后带着身上的母语回家,关键在于我一直在思考,不管我到哪儿,都不能让母语感到寂寞。幸好我是写作的人,母语在我这儿从来都不寂寞。母语里有文化、历史的基因,在美国,有各种民族的母语圈,所以母语创作要让英文圈的人读到,就要仰仗翻译的文本。

亚思明:您用外文写过吗?

严力:外文再好,最多写写散文或小说,诗歌还是用母语写最好,母语创作要让懂母语的人懂就可以了,比如在英文中的"Moonshine"在中文中就是"月光",但它是指美国禁酒时期走私酒。用外文写作,还要懂很多社会历史和事件,有些词是双关语,特指某个时期的某种状态,不是你的母语就很难把握了。

亚思明:您的诗有翻译成英文吗?

严力:有过,我的诗歌翻译者是美国诗人梅丹理,他也是汉学家,他就认为中文的有些诗,如果没有注解就不能让别人读懂。最典型的是各种节日,中秋、清明等等,都要加上诗后的注解,诗的注解还不能太多,不然就会影响阅读者的兴趣,因为如果常常只读一行就要跑到后面去看注解,进入注解的语境后再回到原文,就打乱了一气呵成的感觉。所以有些诗,因为太多的典故,他情愿不去翻译,而是挑选那些从英文角度看来没有太多注释需要的进行翻译。另一点,是翻译后的韵律能否继续保持,这也是很费劲的事情,所以诗的翻译有很多难题,有些诗只能把意思准确翻出来,但韵律只能被舍弃了。所有的诗都面临能否朗诵的问题,因为朗诵时的每一行连接是一次性完成的,听众不能回过头来看上一行或上几行，所以有些比较复杂的诗适合阅读不适合朗诵，每个人的诗总有几首适合阅读也适合朗诵，有些就仅仅适合阅读。比如我的《还给我》以及《我是雪》就适合阅读也适合朗诵。

苗菲：您曾经与刘索拉提及将诗歌与音乐结合，在演唱的过程中让诗人进行朗诵的问题，这样是可行的吗？

严力：比如鲍勃·迪伦就是成功的例子，当然诗歌变成歌词需要改写，美国诗人金斯堡曾带我去过一个咖啡馆，老板是一位哲学教授，我说我有一首诗《中央公园组诗》，金斯堡用了二十多分钟把我诗歌的句子改成适合朗诵的。真正的诗人知道什么是朗诵，比如金斯堡通过传递神态、声音、动作等等把朗诵变成了立体表演，所以诗人朗诵自己的诗可以更准确地把握诗里的语气和停顿。这种诗人朗诵自己的诗在中国遇到了口音的问题，如果诗人有一个词在四声上念不准就影响了整首诗的效果，所以在中国让专业朗诵者来朗诵的形式很流行。英文在这方面问题就不大，它是以句子结构和句型为主题，有方言腔调也可以听得懂。

苗菲：您讲到自己的创作期包括"文革"结束前后（1973 年—1979 年）、朦胧诗在国内被广泛承认的时期（1980 年—1985 年）和纽约时期（1985 年—1995 年）以及中美两地时期（1996 年至今），您认为这几个阶段中转变的是什么，贯穿的又是什么？

严力：我基本上是跟着时代发生的事情在走，开始是表达自己的内心反扭曲。在某种程度上，我希望在诗歌技术上有新的发展，出国让我看到很多不同体制下的东西。人对自身的恶与自私其实是很了解的，关键能否把反省培养成一种修养的习惯。其实这在我们文化里早就有的，也是一直在提倡的，问题就是在知识和科技大步发展时,作为人能不能更文明一些,这就要看你自己能不能经常对自己有所反省。文明是个人的事情,这样的个人多了,才会形成社会整体文明的提升,所以我的诗经常提倡反省。

亚思明:您觉得诗歌有助于让人向上吗?

严力:是反思。因为很多诗人用语文的技术"作业"来获得好评或奖项,充其量就是又写了一篇或一首"技术"。画画的也一样,很多画家充其量只是又画了一张"技术"。技术表演和责任表现是不同的。另外,阅读有两种方式,一种是阅读文本,一种是阅读人,很多人不写诗,但他们的行为具有更多诗意的东西,我经常阅读人的行为。文学艺术创作到底是为了什么呢?不就是能提高一点人的行为文明啊,做不到这一点,最多就是消费和商业文艺。

亚思明:对,就是"诗人者,不失其赤子之心也"。

严力:所以要从人的身上读出诗意。在其中,善良是一个永恒的能量。

苗菲:所以您的诗歌中一直有一个反思的在场。

严力:必需的。

苗菲:阿尔伯特·霍夫斯达特在《诗·语言·思》的导言中说过,真正思考的言语的天性是诗意的。

严力:对,人的身体本能追求舒服,到目前为止"己所不欲,勿施于人"如果真的可以实现,那么这个社会肯定能形成更好的循环。

亚思明:就是西方基督教的教义"推己及人"。

严力:是的,从人性对自己的反省来讲,殊途同归。但是在碰到事情的时候就不那么想了。纽约要稍微好一点,某种程度上大家有"比好"的趋势,比如每个移民者代表了所属的民族,这就有在社会场合中互相"比好"的压力。我认为只要这个社会提倡"比好"就不会有太多问题。从另一个对创作者的要求的角度来讲,不能超越权威、金钱,就根本当不了诗人,真正的诗人需要有起码的尊严。而对男诗人来说,还要超越色情的东西。普遍来讲,中国民间的诗人比作家多,作家更像是一个职业,从这一点讲,诗人更把生活作为人的专业,所以诗人首先是一个有修养的人,有反省的人。还是那句老话:所有的文学艺术最终就是为了能够把我们的行为和修养提升一点。

亚思明:可是为什么很多诗人的价值观是背离主流的呢?

严力:因为他们反省社会,反省很多东西,诗人喜欢马上表达,这也解释了中国文化中即兴作诗的传统,不掩饰,即兴表达出来,很透明的思想态度!他们很多时候是为了让这个社会更好,当然也带有浓重的浪漫的理想色彩,仰望是文明的动力。

亚思明:对,还有一个专有名词叫"现代恶魔诗人",他们整体上就是反主流的,比如迪兰·托马斯,他会一口气喝18杯威士忌,最后一命呜呼,还有兰波等等,他们选择的是一种很激烈的浪漫人生。

严力:对,迪兰是英国威尔士诗人,当时他喝了29杯威士忌,在纽约曼哈顿的一家酒吧里。这也印证我们文化传统里的典故:李白斗酒诗百篇。为什么西方这种诗人更多,是因为他们提倡个性解放,每个人都要对自己负责,可以选择自己的生活方式,强调不要压抑自己的感受,到了诗人那里就更强化了。我认为,前提是不能侵犯他人。当然有些人放纵自己还有很多其他生活和家庭甚至爱情等方面的原因。能够理性处理好各种矛盾、提升自我修养,这个过程并不容易啊。诗歌写作本身就是一个价值观，你有了这个价值观就有动力写作，所以价值观引导诗人的创作。

从情感上讲，你想发明一种新的苦难和喜悦，是很难的。我们可以发明科技产品和人工智能，但还是依照人脑模式和期望值发明的。有一个人说过，我们不是为了减少痛苦，而是要管理好痛苦，这说得很好。法律面前人人平等，律师就是为了维护这个平等而存在的，那么诗人在做的就是倡导修养，能让平等的内容更美满一些。

我喜欢沙龙，沙龙才是真正文化生长的东西，因为在沙龙里每个人都是他自己，即便不发言，但他在没有权威、专家压力下展示的不掩饰自我的表情能刺激你或鼓励你。我想要新的东西，我不想要坐享其成，诗歌创作因为深入思考能反省出自己的不足，而且互相分享的经验很重要，因为人性是共通的。70年代，我们写诗歌、小说的，研究哲学的，专研音乐的，探索绘画的经常聚在一起，那种气氛很好，可以互相激发思考，脑力碰撞，我们也看到民国期间的文人也有很多如此的沙龙，西方在某些时期就更多了，比如前面提到的超现实主义的沙龙。但沙龙式的东西现在又缺少了，因为社会发展、人口增长、资源竞争加剧等各种原因，现在分工太细致。但我发现有一个东西可以改变它，叫作非营利机构。比如我在美国要举办一个朗诵会，甚至在家里举办，也可以向文学类的非营利机构申请赞助，有两次都得到了一张200美元的支票。他们在鼓励从事非营利性的文化活动，丰富盛会上的精神生活。他们还扶持民间刚生长出来的新人和文化探索，比如我参与的美国纽约法拉盛诗歌节，是第一个海外华语的诗歌节。我们申请了非营利组织的资格和免税号码，每年会收到各种机构和个人的捐款，这些捐款的额度，在有非营利组织开具的免税号码的证明下,到年度报税时是可以不交税的。非营利机构的机制是值得各种文明社会细致研究的。我们诗歌节就可以用捐款出版很多书,还可以举办海外诗歌评选等,非营利组织本身是基于人们所知道的文化性需求来培养,就好像培养自己的孩子,诗歌就是人类文明的孩子。

任何一代年轻人在日常生活的经济条件上都有压力,但不能成为能否进行文学创作的前提。穷人就没时间和精力创作了吗?事实证明很多文学艺术家都是穷困潦倒的,但很多人创作出了延续千年的精神食粮。不久前的上世纪 70 年代,我作为学徒工的月收入只有 16 元,在刚刚能吃饱的情况下我照样写作,只要你真的喜欢创作,真的有话想说。现代人买奢侈品的欲望不能成为不关心文化发展的理由,因为人身上的动物性无时不在,每天都要克制,别人会觉得累,但当你培养成习惯后就不会觉得累。所以有一个培养成习惯的过程,有人短一些,有人一辈子也没能成功。所以不要找借口,真想当诗人是一个自我培养的过程,形成独立思考的习惯就不会跟着时髦的潮流去追逐明星或攀比价格昂贵的生活道具了。现代社会的每个人用劳动解决自己日常的费用,所以不用谈几百上千种如何挣钱的方式,我们就谈养活了自己之后该干点什么的事情,比如我们就在谈诗歌的事情。每个人负责护理好自己的身体健康后,没有借口原谅自己不对社会事务做出赞扬或批评。在沙龙中就是要分享快乐,分享创造力,刺激创造力。我一直在文人的圈子里,文学艺术就是社会学,就是文明学。

亚思明:中国现在很大的问题就是摆脱贫穷,物质脱贫之后,面临更多精神的匮乏和审美的欠缺,不过这方面逐渐也有意识到。我 90 年代上大学时,很多学生选择学经济,但是随着社会越来越多元化,很多省的文科高考状元第一志愿都报中文系。

严力:其实脱贫还包括精神脱贫,因为人不能太依赖物质而变得像一个只享受器官愉悦的动物。比如全世界每天都有很多人投资失败,所以每天有新的穷人出现。愿赌服输、量力而行是投资者的真谛。一个社会的真正脱贫,其实是最低工资够不够让人有尊严地生存,只要最低工资达到了生活尊严这一点,他们就可以理直气壮地选择不需要奢侈而清净生活,社会也会在"比好"的循环里享受诗歌的审美与思辨,我觉得要清楚这个道理才能更好地写诗。

亚思明:您与在纽约的华人艺术家经常聚会吗?

严力:经常,我到哪里,哪里就有沙龙,互相鼓励和刺激,一起繁荣文化气息。

亚思明:您在纽约的时候也认识木心吗?

严力:对,我们在同一个叫纽约艺术学生联盟里,大约是1987年到1988年我们一起在那里学版画。也时常在学校的咖啡屋喝咖啡聊天。

亚思明:您对他印象如何?

严力:挺好的,他知道我做的比较先锋,而他比较注重传统的营养,他虽然比我大二十几岁,但和他聊天没什么障碍,因为有共同在国内的经历,后来陈丹青让木心把自己看过的书在沙龙里讲讲,他们那个沙龙肯定有积极意义的,因为"文革"期间我们这些人读的书不够,但木心读的书很多,也有很强的独立思考。

亚思明:所以他后来出了《文学回忆录》。

严力:木心80年代在台湾出了全集,挣到了第一桶金,拿到了很多的稿费。脱贫这个事很现实,也需要一些机缘,这个机缘就是台湾一些人很喜欢他的作品,还包括某个出版商。不过,克制欲望则是无穷无尽的,不需要机缘。木心是很能克制的,是一个榜样。对创作者来讲,创作是因为有话要讲,有社会不平的现象刺激,有反省,就用创作去解决。写诗的人要处理社会各种题材,但在绘画上,处理专一题材是中国式的传统,用技术一辈子画一种东西,比如画虾的画虾,画马的画马,画猴画金鱼画风景画牡丹,那是审美中的消费艺术和商业艺术,在西方某些艺术评论家看来就完全是一个"Copy Machine"(复制机器),所以中国画一般来说在西方卖不动。它太注重技术,太讲究在不能修改的宣纸上技术所能达到的成功率,准确地说不是对当今生活文明阶段的记录和创作。创作是对一个时代要有反映,中国宣纸画的技术性作品对这个社会确实没有什么记载。所以一些中国艺术家在尝试"新水墨""抽象水墨"等,以期能为当代生活留下比较贴近的情感记录。

苗菲:所以您的绘画中各种系列作品来源于哪里?

严力:我的创作都有所指,都来源于生活,我看到现在的主流生活中人们的误区,因为集体无意识,把自己置于何处都不清楚,人们对审美追求的进程应该是:一、喜欢;二、追求;三、自我创作;四、创新并提高。很多人总是走到前两步就不走了,也就是追求到成为粉丝或超级粉丝为止,当然很多人没有条件来创作,我很多朋友迫于生活和经济条件的压力,原来写东西很不错,但后来就不写了。不过我从他们对家庭的责任感上看到了正能量的循环,因为人类最好的产品是孩子(人的良性繁衍),这也需要付出很多的努力。

亚思明:纽约曾经聚集过很多中国当代艺术家,他们现在怎么样呢?

严力:80年代中后期我曾经接待过很多从中国出去的人。他们一下飞机,就对我说口袋里没什么钱了,所以我就把他们带到我家挤上一周,他们就到外面洗盘子或送外卖了,因为不需要英文,主要是体力活。但当时并不觉得苦,因为即便在国内,那时候工资也不高。当年的艺术家很多都在街头画肖像,可以挣很多现金,现金不存在交税问题,也没办法查,而街头画肖像也是纽约市政府对艺术家的一种优惠政策。但现在不同了,现在出国容易很多,国内工资大幅度提高,也有了国外画廊和本地收藏家的经营环境,所以80年代至90年代中出去的成百上千的画家中有百分之九十都回国内发展了,而且国内环境里人的母语系统、审美系统都是更接近的,中国人喜欢讲人情关系,整体富起来以后,亲朋好友都会买画,西方的画廊也来代理中国的画家。

同时,我们受到媒体的影响,新闻标题常常是报道某幅画卖了多少钱,从来不说这个作品对这个社会审美和时代的关系与深度,多少画家生前默默无名,死后身价翻了上万倍,所以现在的炒作,点击率再高没有用,因为当代的点击率有政治、人情和金融的策划,水分很大,我觉得真正的文化经典是艺术家身后几代或十几代人点击出来的。还有很多所谓成就的研讨会是权力操作的。所以当你活着的时候不要太考虑点击率。当然也有人真的喜欢你,因此点击率很高,这样的艺术家也有一些。当年我们在北京时的1970年到1978年的抽屉文学,如果不把它们写出来就是自己不给自己自由。创作永远是自由的,不自由或有障碍的是如何发表,谁在掌控发表。

亚思明:您在纽约认识一个艺术家叫李山吗?

严力:对,他除了画画现在还做装置,在上海浦东临港新城有一个工作室，我跟他很熟，原来他是上海戏剧学院的，现在也有 70 多岁了。

亚思明：我有一个朋友是搞收藏的，跟他很熟。

严力：我的一个美国的搞收藏的朋友告诉我，真正的收藏第一要素不是投资，而是你有多余的钱去买你喜欢的东西，他说你知道你喜欢的东西应该是多少钱一斤吗？无法衡量！所以买你喜欢的东西一定不会错。第二步，你比别人更早地看到这个东西的创新意识了，再过几年这个东西就突然涨了好几倍，这叫投资，也是你鉴别创造性能力的体现。比如二战前很多犹太人收藏了超现实主义的作品，关键是你能不能知道它的亮点在哪。投资错了也不行，所以现在代理人或者收藏家也很聪明，找十个艺术家开一个联展，哪两个画家的作品卖得比较好，就和他签约，用市场来淘汰。

还有为什么我们现在画抽象画得很多，因为我们现在的视觉审美习惯都被每天看到并生活其中的大楼、街道等几何的东西培养了。而古人画的山水，也都是他们每天看到的，所以他们要用山水来移情。我们现代都市人用几何形的电器的生活道具来移情。所以充满色块和线条的抽象画迎合了现代生活道具的审美。其中另一点是：色彩是无声的音乐，每个人的视觉基础都一样，我们现代人更经常看到的是霓虹灯、具有坚硬线条的东西。所以审美的东西要放到时代背景下分析，差别是不一样的生活内容的变迁而造成的。

苗菲：您之前写过一首诗《不得不热爱北京》，您在 1993 年第一次回国，当时的感受是怎样的？

严力：每个人的历史是有限的，我在北京长大，"无论好坏/最起码也要和与我有共同母语的/八宝山的火焰/聊聊北京的天空",这句话里面其实也包含了"死亡"的主题。中国的物质越来越丰富了,人的能动性被调动起来了,中国人不比任何国家的人差。我们对现状的不满意是因为它还可以更好。

亚思明:现在还有贫富不均的问题。

严力:这就是因为垄断,还没有真正市场化,真正的市场是谁都有机会试一下,不需要靠关系和权力来拉项目。让时常的民间需求正常发展,才可以形成"比好"。良性的社会,不需要比关系和依赖垄断者。

亚思明:那您现在的生活状态是中美两地来回跑?

严力:对,我基本在美国八个月,在中国三个月,一半时间在北京。现在我很自由,大女儿已经自立,小女儿也上大学了,我在美国已经可以拿社会安全金七八百美金,我自己还可以画画,我也留下不少自己的画,因为这样我有主动权,可以随时和别人分享。我认为我的画和很多流行画是很不一样的。

亚思明:对,您的画作有很强的思辨性。

严力:很多东西你要把时代带上。比如这张画,描述的是拥挤的地铁……

亚思明:我注意到您的诗画很少描摹风景。

严力:我觉得人文的东西更重要,因为风景是不变的,风景是让人去放松,让人看看这个世界外在不变的形态。但我觉得人的想象很重要,有些想象是可以画出来的,这就是体内的风景。我喜欢画体内的风景。文明是人类生活最重要的东西,所以我去一个地方,先去看朋友,不是看普遍意义上的景点,因为各种人都是一种风景。

苗菲:电梯、地铁等现代文明的发展极大地方便了人们的生活,但实际上也给人们带来压抑封闭的感受,您对现代文明发展的态度是怎样的呢?

严力:现代的物质诱惑太多,会让人的时间精力分散而变得没办法深入理解自己的身体和头脑,有些诱惑要推掉,是器官无休止的欲望,来自人的动物性。大都市确实很方便,但有一个故事:苏格拉底的弟子带他到集市上逛了一圈,他回来说原来市场上有那么多东西是我不需要的。所以不要大家追求你就去追求,流行的东西不一定适合你。什么是适合你的呢? 上苍造人,把人造成了自己的最好的大学。要深入感悟自己,学习自己人性中的一切,实现人文知识上的留存与克制。

亚思明:现在很多学生接触社会太少,从一个学校到一个学校,眼光没有放得足够开阔。

严力:现在要是让我说有什么要劝告他们的,就是你要确定你想做什么。你真想做文艺创作的话,就要广泛接触社会,并且把经济基础打好。如果确定不了,就先广泛接触社会。现代诱惑很多,很多人还不懂拒绝。对于诱惑力的克服,社会风气很重要,家庭教育也很重要,所以育人是最重要的。

苗菲:您在诗歌中写过"纽约在自己的心脏里面洗血/把血洗成流向世界各地的可口可乐",在小说《血液的行为》中是不是也有过同样主题的表达?

严力:这是一种讽刺,就是说如果人完全追求财富,要冷血才能赚钱,这是对社会上的这种现象的一种批判。很多年轻人误以为赚钱有捷径,看到别人从一百块到一百万成功了,但是模仿的人多了,再想从一百块挣到一千块都很难。因为一件新事物的盈利空间已经被用到头了。

苗菲:特朗斯特罗姆说:"写诗时,我感觉自己是一件幸运或受难的乐器。诗找到我,逼我展现它。"诗不是表达瞬间情绪就完了。您在谈艺术创作时经常提及"灵感",灵感与瞬间情绪之间是一种怎样的关系呢?

严力:每个作者都有自己的创作心理学。早期我写诗时要先喝一点酒,因为我所处的时代禁锢的东西比现在还多,我就用喝酒来放松自己,让自己敢把禁忌的东西先写出来,这就是主动想办法克服长久积累下来的自我审查。创作就是要自由表达,这是我的创作心理学。写出来后,修改时就要理性一点了,有的要经过半年的沉淀才会定稿。为什么?因为要尽量避免个人情绪,把作品写得更具有人的共性,以此达到能让更多人分享的程度,而内中衡量如何把握只能以不断地尝试和努力来积累经验了。另外,即兴创作时你以为所有的信息都在纸上了,其实常常是还有两个信息是在你脑子里。你把它们与纸上的信息放在一起,但读者并没有你留在脑子里的信息,所以就觉得缺少了什么。这是说一定要让刚写完的诗与你自己拉开距离后再做修改。通常我是写完后放上几个星期或几个月再拿出来修改的。我培养的习惯就是我的诗歌不会马上发表,而是过一段时间改完了再发表。起码修改一到三四次,有的感觉情绪比较相近的三首诗最后会合成为一首诗。比如我今天写了三首题材完全不同的诗,但是因为都是今天状态下的创作,所以又是有内在关联的,都在表现这个当下(The Moment)。

苗菲:您在《价值观的门牌号》中有提及,30多年前的句子到来又退场,是因为价值观的转变。

严力:对,很多东西当时你觉得是对的,但当你有了对比,可以跳出原来的位置和状态,你会发现很多东西当时没有考虑到。我觉得每个创作者都有自己的创作习惯和心得,最后还是落实到作品上。

亚思明：您有自己非常喜欢的诗人或者画家吗？

严力：其实只要有亮点我都会喜欢，因为没有一个人身上有从 A 到 Z 的维他命，我从各人身上去吸收这些营养，我从来不盲目崇拜，因为我要超越权威和已经成为经典的表现方式。不能背负太多的名人压力，每一个"我"都是不一样的，这样我身上积累的优势逐渐会越来越多，在生活里做一个好人很容易，在创作上做一个很有创意的人很难。很多人就是写了一手语文，画了一幅"技术"，但是作品和这个社会的文化发展没关系。好的作品要让读者有发现的满足感，要有获得了作品精华的满足感。

苗菲：我的毕业论文一直都有种写不下去的想法，有的时候会担心自己扭曲了诗人的原意而自说自话。

严力：有的东西你可以理解百分之百，有的东西你只需要理解百分之三十就够了，有时候一首几十行的诗歌，其实就想表达其中的一行。就像我的"口香糖诗歌"，在《新民晚报》上连载了十二年，就是把有些诗的其中一两行单独拿出来嚼嚼，看看在没有其他行的铺垫时又是什么味道。

苗菲：您在当代文学和艺术领域有多种身份，您觉得本质上是什么身份呢？

严力：本质上是诗人，人在追求诗意的生活，本质上就是在追求文明的生活。诗歌在某种程度上类似宗教，是向善的，是质问的。最早诗歌是从巫师开始的，所以诗人本身不是一个职业。诗人首先就是要完善自己。我写过一篇文章《建造自己的内在文明》，社会让人有了尊严后，这个社会还应该有纠错能力、补救能力。作为诗人什么都要了解，从本质上其实我们研究的是分享如何更好地生活和快乐。

苗菲：很多诗评家认为您是在对人类整体命运进行关注，还是说您作为诗人，本质上是要提高个人修养？

严力：其实本质上是对自己的关注，别人好了才能保证你的好不孤独。我们都知道什么是好，人只能保证自己，只有把自己保证好了，才能让这个社会更好，不要想着依赖别人。你说的是对的，首先你要保证自己在大家都偏离的时候自己不偏离，你总能给别人带来快乐很难，但是对于创作者而言，"痛苦"是创作的财富，痛苦了才知道别人哪里不对，才知道怎么去修正。别人过得好才能保证我的好。

亚思明：对，"没有人是一座孤岛/可以自全"。

严力：我也常说我拥护你反对我的权力。诗歌的创作者必须有担当，善良才能使审美坚持下去。但是创作永远是自由的，你把他写下来，留给后代就够了。另外一点就是我投稿或别人约稿，我给你十首诗，你可以选用其中的几首，但绝不能修改，修改等于是你在命令我创作。

苗菲：您反思的意识是不是也会带入写作状态中成为"元诗"？

亚思明：这是张枣提出来的，就是"关于诗的诗"，把写诗的过程当成一个主题来写。

严力：是的，写诗的过程也是生活的一部分，生命一部分。任何诗的写作首先忠实于自己，后来发现很多东西是人类共性的，于是就有了几个人或几万人甚至全人类的分享。汉语诗当然首先是让汉语读者读懂，然后能否让世界的人都能读懂，就依赖翻译者的水平了，有时翻译者会帮你美化，所以翻译家说翻译常常是一种再创作。

亚思明：您现在也做翻译吗？

严力:很少,没有时间,不过我觉得翻译能学到很多写作技术。多看,多翻译,但是一个人时间有限。每个人都有自己的时间划分和被家庭占有的部分,还要保证自己的生存健康。我90年代中间停止过画画,因为很耗费财力,所以有一个阶段我就疯狂地写小说,因为小说在哪里都可以写,我写了上百篇中短篇小说,两个长篇小说。我还和朋友一起开过摄影工作室,后者当然是为了谋生,每个创作者都必须自己解决日常的开销。如果真的热爱创作诗歌那就要玩命挣钱,让自己有时间创作,因为你要养它,像养自己的孩子一样。

苗菲:您的诗歌中绝少用形容词,多用现代文明的名词,宇文所安认为和真正的国家诗歌不同,世界诗歌讲究民族风味。您是如何理解世界诗歌中的民族风味的呢?

严力:每个时代都有每个时代的词语,只要我的诗歌这个民族都能读得懂,他就是民族的,如果刻意民族风味的,那是科技发明之前的东西,非要强调是没有必要的。我的作品能够在中文媒体发表就是民族性的,如果背景是当代生活,那也就是民族性的。现代的词语没有那么多地域性,生活器物在全世界基本都是标准化的了,还要强调什么民族性的道具? 要强调的是,生活表达用2000个词就够了,大家都读得懂。隐喻就不一样了,要创造新的表达方式和还没有完全表达清楚的人体头脑内涵,总之我强调一点:诗歌首先是为了改善人的行为,提升人的修养,让人文明一点,没有别的目的了。

亚思明:对,就像有人说诗歌是"无用之用"。

严力:如果一个诗人是杰出诗人,那就要看他的行为,最起码要在他身上统一啊,不能说诗歌作品得奖,但诗人在日常生活上的道德一塌糊涂,那就是笑话了。当然,以前的历史允许某些类似的现象存在,因为后代人不知道创作者当时个人生活的品性怎样,作品离开了他行为的现场,加上人类记录的细致与科技化也是近百年来的事情,现代诗人的作品已经离不开他(她)的生活品行记录了。这是好事,真正的榜样应该是这样的。社会记录手段在进步,人呢?我悲观地不敢确定!

亚思明:所以您觉得是"人之初性本恶",善良是后天习得的吗?

严力:肯定是这样的,人首先要跟自己的动物性搏斗,后天的培养真的很重要,家庭素质和社会环境都很重要,文化积淀很重要。写诗的人要多经历一点,多出出国,写的东西更接地气。当然我只能说我是这么过来的,我不是说非要批判什么。我也不喜欢排位的东西,每个人都有自己的特色,而且我也希望沙龙中分享的不要仅仅是诗人,也要有音乐家、画家,这个就是文化的原生态。

苗菲:在曾经的访谈中,您说到了西方之后才意识到作画的材料原来不局限于笔墨纸砚,所以我们看到了您用极具时代性的材料比如唱片、木框链子、钥匙等作为绘画作品的材料,确实加强了张力。对于诗歌创作,您出国后也曾有过这种别有天地的时候吗?

严力:基本没有,因为诗歌的材料全部产自自己经历的时代和生活,表现它们就是忠实于表现这个舞台上发生的事情,表现人性在这个舞台上的优劣。我表现不了我没有经历过的生活。在某种程度上我们近百年来的文化积淀不够,作为个性发展是有欠缺的。

另外,最近几年来我会把自己的作品印成一两百份册子送人,而不是主动找出版社什么的。我需要绝对自由,我不想焦急地等待编辑的审判，除非出版社主动来找我。坚持了这么多年以后，最后解决了自己的生存，也可以自己高兴了就印一百本送人。有一个美国人，我给他讲了朦胧诗和星星画会的事情，给他看过部分资料，最后他帮我写了一本书。澳大利亚的朋友给了我七千美金，有一个伊朗诗人翻译家在伊朗帮我出版印刷的，很多民间的文化历史就是自己印刷后送人而流传的。

苗菲：《一行》出刊的动力来源是哪里？后来为什么停掉了？

严力：我是 1985 年 5 月到纽约的，1987 年的中国发表现代诗歌很难，在纽约有很多来自内地、香港和台湾的诗人艺术家，我就召集了一些人，提出出版一本诗歌与艺术的杂志期刊，一年四期。杂志取名《一行》的意思是，诗是一行行写的，而我们是这个时代的一行人。杂志资金是成员们每人每三个月拿出一天的工资，成员总共是三十人左右，假设一天工资是一百块钱，这已经是三千块了。一千五用于印刷，五百用于打字校对，还有一点钱就是用于邮寄的，劳动都是免费的，就是这么做下来的。当时纽约佩斯大学的一个历史学教授以他系的经费帮我们每个月寄八箱到国内，省了大概六百多块钱，印刷厂老板给我百分之三十的折扣。《一行》刊登的百分之七十都是国内邮寄来的稿子，很感动人，很厚的一沓稿子，邮费就三四十块钱，那可是一个月工资啊。但也有很多投稿没有被采用，几乎大部分作者的名字对我来说都是陌生的，我们都是按作品的优劣挑选。最终都是我审稿，所以当时我读了很多国内的诗，我觉得我的阅读量很大，这些都是我能够吸收营养、丰富自己的过程。

中间停刊是因为后来发表诗歌就比较容易了，《一行》是历史时期的一个需要。你们看到当年的《今天》还在出，但很少被注意了,一个原因是许多诗都可以在国内发表,或在微博微信上随时出现,纸刊的衰落是必然的。

亚思明:好的,今天的访谈就到这里,非常感谢您接受我们的采访。

参考文献

一、中文参引书目：

张枣著,颜炼军编选:《张枣随笔选》,北京:人民文学出版社,2012 年版。

张枣:《张枣的诗》,北京:人民文学出版社,2012 年版。

张枣、宋琳编:《空白练习曲:〈今天〉十年诗选》,香港:牛津大学出版社,2002 年版。

查建英:《八十年代访谈录》,北京:生活·读书·新知三联书店,2006 年版。

刘禾编:《持灯的使者》,桂林:广西师范大学出版社,2009 年版。

刘禾编:《持灯的使者》,香港:牛津大学出版社,2001 年版。

廖亦武主编:《沉沦的圣殿——中国 20 世纪 70 年代地下诗歌遗照》,乌鲁木齐:新疆青少年出版社,1999 年版。

北岛:《零度以上的风景——北岛一九九三～一九九六》,台北:九歌出版社,1996 年版。

北岛:《失败之书》,汕头:汕头大学出版社,2004 年版。

北岛:《蓝房子》,南京:江苏文艺出版社,2009 年版。

北岛:《蓝房子》,香港:牛津大学出版社,2009 年版

北岛:《北岛诗选》,广州:新世纪出版社,1986 年版。

北岛:《午夜歌手——北岛诗选一九七二～一九九四》,台北:九歌出版社,1995 年版。

北岛:《时间的玫瑰》,香港:牛津大学出版社,2005 年版。

北岛:《古老的敌意》,香港:牛津大学出版社,2012 年版。

北岛:《城门开》,北京:生活·读书·新知三联书店,2010 年版。

北岛:《守夜——诗歌自选集 1972—2008》,香港:牛津大学出版社,2009 年版。

北岛:《青灯》,香港:牛津大学出版社,2009 年版。

北岛:《青灯》,南京:江苏文艺出版社,2008 年版。

北岛:《开锁——北岛一九九六～一九九八》,台北:九歌出版社,1999 年版。

北岛:《在天涯——北岛诗选》,香港:牛津大学出版社,1993 年版。

北岛:《午夜之门》,香港:牛津大学出版社,2009 年版。

北岛:《午夜之门》,南京:江苏文艺出版社,2009 年版。

北岛(赵振开):《波动》,香港:香港中文大学出版社,1991 年版。

北岛译:《北欧现代诗选》,长沙:湖南人民出版社,1987 年版。

北岛、曹一凡、维一编:《暴风雨的记忆——1965—1970 年的北京四中》,北京:生活·读书·新知三联书店,2012 年版。

北岛、李陀主编:《七十年代》,北京:生活·读书·新知三联

书店,2009 年版。

　　李润霞编:《被放逐的诗神》,武汉:武汉出版社,2006 年版。

　　杨健:《1966—1976 的地下文学》,北京:中共党史出版社,2013 年版。

　　杨健:《中国知青文学史》,北京:中国工人出版社,2002 年版。

　　孙基林:《崛起与喧嚣:从朦胧诗到"第三代"》,北京:国际文化出版公司,2004 年版。

　　徐庆全:《文坛拨乱反正实录》,杭州:浙江人民出版社,2004 年版。

　　徐庆全:《风雨送春归:新时期文坛思想解放运动记事》,开封:河南大学出版社,2005 年版。

　　徐庆全:《名家书札与文坛风云》,北京:中国文史出版社,2009 年版。

　　王鼎钧:《左心房漩涡》,台北:台北尔雅出版社,1988 年版。

　　欧阳江河:《站在虚构这边》,北京:生活・读书・新知三联书店,2001 年版。

　　木心讲述,陈丹青笔录:《文学回忆录》,桂林:广西师范大学出版社,2013 年版。

　　木心讲述,陈丹青笔录:《木心谈木心:〈文学回忆录〉补遗》,桂林:广西师范大学出版社,2015 年版。

　　木心:《哥伦比亚的倒影》,桂林:广西师范大学出版社,2006 年版。

　　木心:《琼美卡随想录》,桂林:广西师范大学出版社,2010 年版。

　　木心:《诗经演》,桂林:广西师范大学出版社,2013 年版。

木心:《鱼丽之宴》,桂林:广西师范大学出版社,2013年版。

木心:《素履之往》,桂林:广西师范大学出版社,2013年版。

木心:《温莎墓园日记》,桂林:广西师范大学出版社,2013年版。

木心:《爱默生家的恶客》,桂林:广西师范大学出版社,2013年版。

木心:《西班牙三棵树》,桂林:广西师范大学出版社,2013年版。

木心:《我纷纷的情欲》,桂林:广西师范大学出版社,2013年版。

木心:《巴珑》,桂林:广西师范大学出版社,2013年版。

木心:《云雀叫了一整天》,桂林:广西师范大学出版社,2013年版。

木心:《伪所罗门书:不期然而然的个人成长史》,桂林:广西师范大学出版社,2013年版。

木心:《即兴判断》,桂林:广西师范大学出版社,2013年版。

木心:《木心遗稿》,上海:上海三联书店,2022年版。

李劼:《木心论》,桂林:广西师范大学出版社,2015年版。

赵毅衡:《意不尽言——文学的形式—文化论》,南京:南京大学出版社,2009年版。

赵毅衡:《文学符号学》,北京:中国文联出版公司,1990年版。

赵稀方:《后殖民理论》,北京:北京大学出版社,2009年版。

赵稀方:《小说香港》,北京:生活·读书·新知三联书店,2003年版。

徐晓、丁东、徐友渔主编:《遇罗克——遗作与回忆》,北京:

中国文联出版社,1999 年版。

梁刚建、喻国英主编:《光明日报新闻内情》,北京:光明日报出版社,1999 年版。

芒克:《芒克的诗》,北京:人民文学出版社,2009 年版。

芒克:《瞧! 这些人》,长春:时代文艺出版社,2003 年版。

廖亦武主编:《沉沦的圣殿——中国 20 世纪 70 年代地下诗歌遗照》,乌鲁木齐:新疆青少年出版社,1999 年版。

洪子诚、刘登翰:《中国当代新诗史》,北京:北京大学出版社,2010 年版。

洪子诚、程光炜编选:《朦胧诗新编》,武汉:长江文艺出版社,2004 年版。

洪子诚:《中国当代文学史》,北京:北京大学出版社,1999 年版。

洪子诚:《中国当代文学史》,北京:北京大学出版社,2007 年版。

王家新:《中国诗选》,成都:成都科技大学出版社,1994 年版。

王家新、沈睿编选:《当代欧美诗选》,沈阳:春风文艺出版社,1989 年版。

柏桦:《左边——毛泽东时代的抒情诗人》,香港:牛津大学出版社,2001 年版。

柏桦:《左边:毛泽东时代的抒情诗人》,南京:江苏文艺出版社,2009 年版。

唐晓渡:《唐晓渡诗学论集》,北京:中国社会科学出版社,2001 年版。

杨岚伊:《语境的还原:北岛诗歌研究》,台北:秀威资讯科技,2010年版。

老木编:《青年诗人谈诗》,北京:北京大学五四文学社,1985年版。

多多:《阿姆斯特丹的河流》,太原:北岳文艺出版社,2000年版。

多多:《多多四十年诗选》,南京:江苏文艺出版社,2013年版。

犁青:《犁青世界》,北京:人民文学出版社,2009年版。

犁青:《犁青的诗》,北京:人民文学出版社,1996年版。

黑大春编:《蔚蓝色天空的黄金·诗歌卷》,北京:中国对外翻译出版公司,1995年版。

刘小枫:《这一代人的怕和爱》,北京:生活·读书·新知三联书店,1997年版。

陈超:《中国先锋诗歌论》,北京:人民文学出版社,2007年版。

钟鸣:《旁观者》,海口:海南出版社,1998年版。

何林编著:《萨特:存在给自由带上镣铐》,沈阳:辽海出版社,1999年版。

张炯主编:《新中国文学五十年》,济南:山东教育出版社,1999年版。

鲁迅:《中国小说的历史的变迁》,北京:人民文学出版社,1981年版。

陈思和:《中国当代文学史教程》,上海:复旦大学出版社,1999年版。

许子东:《许子东讲稿》(第1卷),北京:人民文学出版社,2011年版。

岳建一执行主编:《生命——民间记忆史铁生》,北京:中国对外翻译出版有限公司,2012年版。

谢天振:《翻译研究新视野》,青岛:青岛出版社,2003年版。

杨炼:《唯一的母语——杨炼:诗意的环球对话》,上海:华东师范大学出版社六点分社,2012年版。

杨炼:《大海停止之处:杨炼作品1982—1997诗歌卷》,上海:上海文艺出版社,2003年版。

黄万华:《百年香港文学史》,广州:花城出版社,2017年版。

黄万华:《传统在海外:中华文化传统和海外华人文学》,济南:山东文艺出版社,2006年版。

黄万华:《在旅行中拒绝旅行:华人新生代和新华侨华人作家的比较研究》,北京:中国社会科学出版社,2008年版。

陈晓明:《中国当代文学主潮》(第二版),北京:北京大学出版社,2013年版。

戴望舒译:《戴望舒译诗集》,长沙:湖南人民出版社,1983年版。

戴望舒:《戴望舒诗全编》,杭州:浙江文艺出版社,1989年版。

顾工编:《顾城诗全编》,上海:上海三联书店,1995年版。

韩少功:《马桥词典》,北京:人民文学出版社,2008年版。

李陀编选:《昨天的故事——关于重写文学史》,北京:生活·读书·新知三联书店,2011年版。

瞿秋白:《瞿秋白文集》(二),北京:人民文学出版社,1954年版。

潞潞主编:《准则与尺度——外国著名诗人文论》,北京:北京出版社,2003年版。

伍蠡甫主编：《现代西方文论选》，上海：上海译文出版社，1983年版。

曹葆华编译：《现代诗论》，上海：商务印书馆，1937年版。

高蔚：《"纯诗"的中国化研究》，北京：中国社会科学出版社，2008年版。

梁宗岱：《梁宗岱文集》II，北京：中央编译出版社，2003年版。

黄锦鋐注译：《新译庄子读本》，台北：三民书局，2007年版。

林语堂著，越裔汉译：《生活的艺术》，南京：江苏文艺出版社，2009年版。

梁实秋：《大道无所不在》，西安：陕西师范大学出版社，2010年版。

缪哲：《祸枣集》，太原：山西人民出版社，2011年版。

也斯：《香港文化十论》，杭州：浙江大学出版社，2012年版。

也斯：《书与城市》，杭州：浙江大学出版社，2012年版。

也斯：《人间滋味》，北京：中国人民大学出版社，2012年版。

也斯：《也斯看香港》，广州：花城出版社，2011年版。

王德威：《如何现代，怎样文学》，台北：麦田出版股份有限公司，1998年版。

梁秉钧、许旭筠、李凯琳编：《香港都市文化与都市文学》，香港：香港故事协会，2009年版。

梁秉钧：《半途——梁秉钧诗选》，香港：香港作家出版社，1995年版。

梁秉钧：《梁秉钧五十年诗选》，台北：台湾大学出版中心，2014年版。

梁秉钧：《游离的诗》，香港：牛津大学出版社，2014年版。

梁秉钧:《蔬菜的政治》,杭州:浙江大学出版社,2016年版。

梁秉钧:《普罗旺斯的汉诗》,杭州:浙江大学出版社,2016年版。

宗白华:《宗白华美学与艺术文选》,郑州:河南文艺出版社,2009年版。

叶辉:《书写浮城》,香港:青文书屋出版社,2001年版。

周蕾:《写在家国以外》,香港:牛津大学出版社,1995年版。

廖炳惠:《吃的后现代》,桂林:广西师范大学出版社,2005年版。

褚孝泉主编:《程抱一研究论文集》,上海:复旦大学出版社,2013年版。

赵宪章、王汶成主编:《艺术与语言的关系研究》,北京:人民出版社,2013年版。

鲁迅:《鲁迅全集》第1卷,北京:人民文学出版社,2005年版。

丰子恺:《丰子恺散文精选》,武汉:长江文艺出版社,2010年版。

朱朱主编:《原点》,香港:中国香港视界艺术出版社,2007年版。

严力:《历史的扑克牌》,济南:山东文艺出版社,2007年版。

严力:《体内的月亮——严力诗选》,北京:作家出版社,2015年版。

严力:《悲哀也该成人了》,杭州:浙江文艺出版社,2016年版。

陈嘉映:《语言哲学》,北京:北京大学出版社,2003年版。

(清)刘熙载:《艺概》,上海:上海古籍出版社,1978年版。

[美]苏珊·桑塔格著,陶洁、黄灿然等译:《重点所在》,上

海：上海译文出版社，2011 年版。

[德]胡戈·弗里德里希著，李双志译：《现代诗歌的结构——19 世纪中期至 20 世纪中期的抒情诗》，南京：译林出版社，2010 年版。

[美]布罗茨基著，刘文飞、唐烈英译：《文明的孩子——布罗茨基论诗和诗人》，北京：中央编译出版社，1999 年版。

[美]布罗茨基等著，黄灿然译：《见证与愉悦：当代外国作家文选》，天津：百花文艺出版社，1999 年版。

[英]特雷·伊格尔顿著，伍晓明译：《二十世纪西方文学理论》，西安：陕西师范大学出版社，1987 年版。

[英]戴维·洛奇编，葛林等译：《二十世纪文学评论》，上海：上海译文出版社，1987 年版。

[美]哈罗德·布鲁姆著，徐文博译：《影响的焦虑——一种诗歌理论》（增订版），南京：江苏教育出版社，2005 年版。

[美]哈罗德·布鲁姆等著，王敖译：《读诗的艺术》，南京：南京大学出版社，2010 年版。

[英]威廉·燕卜荪著，周邦宪、王作虹、邓鹏译：《朦胧的七种类型》，杭州：中国美术学院出版社，1996 年版。

[英]特雷·伊格尔顿著，伍晓明译：《二十世纪西方文学理论》，西安：陕西师范大学出版社，1987 年版

[美]华莱士·史蒂文斯著，陈东东、张枣编，陈东飚、张枣译：《最高虚构笔记——史蒂文斯诗文集》，上海：华东师范大学出版社，2009 年版。

[阿根廷]豪尔赫·路易斯·博尔赫斯著，[加拿大]凯琳-安德·米海列司库编，陈重仁译：《博尔赫斯谈诗论艺》，上海：上海译文出版社，2008 年版。

［阿根廷］博尔赫斯著，王永年等译：《博尔赫斯文集·文论自述卷》，海口：海南国际新闻出版中心，1996 年版。

［法］让-保罗·萨特著，施康强译：《萨特文集》第 7 卷，北京：人民文学出版社，2005 年版。

［法］让-保罗·萨特著，周煦良、汤永宽译：《存在主义是一种人道主义》，上海：上海译文出版社，1988 年版。

［法］萨特著，关群德等译：《他人就是地狱——萨特自由选择论集》，天津：天津人民出版社，2007 年版。

［美］威廉·福克纳著，李文俊译：《喧哗与骚动》，上海：上海译文出版社，2007 年版。

［法］贝尔纳·亨利·列维著，闫素伟译：《萨特的世纪——哲学研究》，北京：商务印书馆，2005 年版。

［美］戴维斯·麦克罗伊著，沈华进译：《存在主义与文学》，沈阳：春风文艺出版社，1988 年版。

［美］罗洛·梅著，方红、郭本禹译：《罗洛·梅文集》，北京：中国人民大学出版社，2008 年版。

［德］顾彬著，范劲等译：《二十世纪中国文学史》，上海：华东师范大学出版社，2008 年版。

［奥地利］里克尔著，梁宗岱译：《罗丹论》，北京：中央编译出版社，2006 年版。

［瑞典］托马斯·特朗斯特罗姆著，李笠译：《特朗斯特罗姆诗全集》，海口：南海出版公司，2001 年版。

［法］夏尔·波德莱尔著，郭宏安译：《恶之花——郭宏安译文集》，桂林：广西师范出版社，2002 年版。

［法］波德莱尔、［奥地利］里尔克著，陈敬容译：《图象与花朵》，长沙：湖南人民出版社，1984 年版。

[法]波德莱尔著,郭宏安译:《1846 年的沙龙——波德莱尔美学论文选》,桂林:广西师范大学出版社,2002 年版。

[法]埃斯卡皮著,王美华、于沛译:《文学社会学》,合肥:安徽文艺出版社,1987 年版。

[美]庞德等著,叶维廉译:《众树歌唱:欧美现代诗 100 首》(增订版),北京:人民文学出版社,2009 年版。

[德]海德格尔著,彭富春译:《诗·语言·思》,北京:文化艺术出版社,1991 年版。

[丹麦]勃兰兑斯著,张道真译:《十九世纪文学主流》(第一分册 流亡文学),北京:人民文学出版社,1980 年版。

[美]塞缪尔·亨廷顿著,周琪、刘绯、张立平、王圆译:《文明的冲突与世界秩序的重建》,北京:新华出版社,1998 年版。

[美]夏志清著,刘绍铭等译:《中国现代小说史》,香港:中文大学出版社,2001 年版。

[美]爱德华·W.萨义德著,王宇根译:《东方学》,北京:生活·读书·新知三联书店,1999 年版。

[美]爱德华·W.萨义德著,单德兴译:《知识分子论》,北京:生活·读书·新知三联书店,2002 年版。

[俄]丘可夫斯卡娅等著,苏杭等译:《寒冰的篝火:同时代人回忆茨维塔耶娃》,桂林:广西师范大学出版社,2012 年版。

[法]圣-琼·佩斯著,叶汝琏译,胥弋编:《圣-琼·佩斯诗选》,长春:吉林出版集团有限责任公司,2008 年版。

[波兰]切斯瓦夫·米沃什著,黄灿然译:《诗的见证》,桂林:广西师范大学出版社,2011 年版。

[美]雷纳·韦勒克著,杨自伍译:《近代文学批评史》第 3 卷,上海:上海译文出版社,1997 年版。

〔英〕查尔斯·查德威克著,郭洋生译:《象征主义》,石家庄:花山文艺出版社,1989年版。

〔德〕姚斯著,周宁、金元浦译:《接受美学与接受理论》,沈阳:辽宁人民出版社,1986年版。

〔英〕彼得·福克纳著,邹羽译:《现代主义》,哈尔滨:北方文艺出版社,1988年版。

〔美〕勒内·韦勒克、奥斯汀·沃伦著,刘象愚等译:《文学理论》,南京:江苏教育出版社,2005年版。

〔法〕程抱一著,朱静译:《美的五次沉思》,北京:人民文学出版社,2012年版。

〔美〕大卫·达姆罗什、刘洪涛、尹星主编:《世界文学理论读本》,北京:北京大学出版社,2013年版。

〔瑞典〕托马斯·特朗斯特罗姆著,李笠译:《沉石与火舌:特朗斯特罗姆诗全集》,南京:南京大学出版社,2020年版。

〔德〕黑格尔著,朱光潜译:《美学》,北京:商务印书馆,2020年版。

〔英〕卡拉瓦罗著,张卫东等译:《文化理论关键词》,南京:江苏人民出版社,2006年版。

〔英〕费尔克拉夫著,殷晓蓉译:《话语与社会变迁》,北京:华夏出版社,2004年版。

〔美〕诺曼·斯班瑟编:《事物是它们自己的象征——严力的创作以及他的朋友们(1974—1984 北京)》,德黑兰:奥斯特罗出版社(Ostoore Publications),2005年版。

二、中文期刊参引篇目

黄万华:《越界与整合:从 20 世纪中国文学史到 20 世纪汉

语文学史——兼论百年海外华文文学的意义和价值》，《江汉论坛》2013 年第 4 期。

童明：《飞散》，《外国文学》2004 年第 6 期。

万之：《聚散离合，都已成流水落花——追记〈今天〉海外复刊初期的几次编委会议》，《今天》2013 年春季号，第 100 期特刊。

万之：《沟通、帕尔梅、我和我们——关于在瑞典召开的一次中国作家研讨会》，《今天》1996 年第 4 期。

陈思和：《读三部中国现代文学研究新著》，《现代中文学刊》2011 年第 2 期。

北岛：《我们每天的太阳（二首）》，《上海文学》1981 年第 5 期。

北岛：《对未来发出的 9 封信——致 2049 的读者》，《中国新闻周刊》2009 年第 37 期。

北岛：《结局或开始——给遇罗克烈士》，《上海文学》1980 年第 12 期。

北岛：《宣告——给遇罗克烈士》，《人民文学》1980 年第 10 期。

北岛：《翻译与母语》，财新《新世纪》2011 年第 34 期。

李陀：《汪曾祺与现代汉语写作——兼谈毛文体》，《今天》1997 年第 4 期。

李陀：《丁玲不简单——毛体制下知识分子在话语生产中的复杂角色》，《今天》1993 年第 3 期。

李陀、李欧梵、黄子平、刘再复：《〈今天〉的意义——芝加哥四人谈》，《今天》1990 年第 1 期。

李陀、李静：《漫说"纯文学"——李陀访谈录》，《上海文学》2001 年第 3 期。

唐晓渡、北岛:《"我一直在写作中寻找方向"——北岛访谈录》,《诗探索》2003 年第 Z2 期。

唐晓渡:《我所亲历的八十年代〈诗刊〉》(上),《今天》2003 年春季号。

张德明:《流浪的缪斯——20 世纪流亡文学初探》,《外国文学评论》2002 年第 2 期。

奚密:《差异的忧虑——一个回想》,《今天》1991 年第 1 期。

林少华:《诗与史之间:早期北岛的诗》,《读书》2011 年第 4 期。

洪子诚:《北岛早期的诗》,《海南师范学院学报》(社会科学版)2005 年第 1 期。

一平:《孤立之境——读北岛的诗》,《诗探索》2003 年第 Z2 期。

杨四平:《北岛论》,《涪陵师范学院学报》2005 年第 6 期。

陈超:《北岛论》,《文艺争鸣》2007 年第 8 期。

张清华、林莽:《见证白洋淀——林莽访谈录》,《新文学评论》2012 年第 4 期。

多多:《雪不是白色的》,《今天》1996 年第 4 期。

凌越、多多:《我的大学就是田野——多多访谈录》,《书城》2004 年第 4 期。

黄灿然:《多多:直取诗歌的核心》,《天涯》1998 年第 6 期。

黄灿然:《粗率与精湛》,《读书》2006 年第 7、8 期。

杨小滨:《今天的"今天派"诗歌》,《今天》1995 年第 4 期。

章明:《令人气闷的"朦胧"》,《诗刊》1980 年第 8 期。

谢冕:《诗人的大情怀——论犁青》,《海南师范学院学报》2003 年第 4 期。

孙绍振:《给艺术的革新者更自由的空气》,《诗刊》1980年第9期。

孙绍振:《新的美学原则在崛起》,《诗刊》1981年第3期。

于坚:《持久的象征——〈今天〉出刊一百期有感》,《今天》2013年春季号。

柏桦、余夏云:《"今天":俄罗斯式的对抗美学》,《江汉大学学报》(人文科学版)2008年第1期。

树才:《"中间代":命名的困难》,《中国诗人》2004年第1期。

江江:《诗的放逐与放逐的诗——诗人多多凝视》,《今天》1990年第2期。

张闳:《北岛,或一代人的"成长小说"》,《当代作家评论》1998年第6期。

翟頔、北岛:《中文是我唯一的行李》,《书城》2003年第2期。

陈超:《先锋诗歌20年:想象力方式的转换》,《燕山大学学报》(哲社版)2009年第4期。

吴嘉、先树:《一次热烈而冷静的交锋——诗刊社举办的"诗歌理论座谈会"简记》,《诗刊》1980年第12期。

徐敬亚:《崛起的诗群——评我国诗歌的现代倾向》,《当代文艺思潮》1983年第1期。

谢昌余:《〈当代文艺思潮〉杂志的创刊与停刊》,《山西文学》2001年第8期。

黄粱:《意志自由之路——大陆先锋诗歌历史脉动与文化特征(一)》,《今天》1999年第3期。

吕进:《重庆诗歌讨论会》,《文艺报》(北京)1983年第12期。

黄平:《新时期文学的发生——以〈今天〉杂志为中心》,《海南师范大学学报(社会科学版)》,2007年第3期。

老广(黄子平):《星光,从黑暗和血泊中升起——读〈波动〉随想录》,《今天文学研究会内部交流资料之二》,1980 年 11 月。

阿城:《一些话》,《中篇小说选刊》1984 年第 6 期。

王岳川:《萨特存在论三阶段与文学介入说》,《社会科学》2008 年第 6 期。

施蛰存:《梅雨之夕》,《朔方》2003 年第 3 期。

林滨:《现代人的"两难困境"——试析存在主义人生哲学》,《湖北大学学报》(哲社版)2006 年第 1 期。

李子丹、泰德·休斯:《思想之狐》,《英语知识》2009 年第 1 期。

艾龙:《"中国气派"与"人神合一"》,《诗刊》2003 年第 12 期。

卞之琳:《"五四"以来翻译对于中国新诗的功过》,《译林》1989 年第 4 期。

王家新:《从〈众树歌唱〉看叶维廉的诗歌翻译》,《新诗评论》2008 年第 2 辑。

王家新:《隐藏或保密了什么——对北岛的回答》,《红岩》2004 年第 6 期。

石默、杨迟译:《现代瑞典诗选》,《外国文学》1985 年第 3 期。

麦文:《中国文学在国外研讨会》,《今天》1993 年第 1 期。

宋明炜:《"流亡的沉思":纪念萨义德教授》,《上海文学》2003 年第 12 期。

杨炼:《因为奥德修斯,海才开始漂流——致〈重合的孤独〉的作者》,《今天》1997 年第 2 期。

王安忆:《岛上的顾城》,《视野》2012 年第 7 期。

韩东:《我认同的今天》,《今天》2013 年春季号,第 100 期特刊。

苏杭:《茨维塔耶娃:"活到头——才能嚼完那苦涩的艾蒿"》,《文景》2012 年 11 月号。

顾昕:《民粹主义与五四激进思潮》,《东方》1996 年第 3 期。

李锐:《我对现代汉语的理解——再谈语言自觉的意义》,《今天》1998 年第 3 期。

江弱水:《孤独的舞者,没有布景与音乐——从欧阳江河序谈北岛诗》,《创世纪》1997 年总第 111 期。

刘子超、北岛:《此刻离故土最近》,《南方人物周刊》2009 年第 46 期。

周作人:《杂译诗二十三首》,《新青年》1919 年 2 月第 6 卷第 2 号。

刘春:《新世纪诗坛的两次重要论争》,《南方文坛》2011 年第 4 期。

李笠:《是北岛的"焊"？还是特朗斯特罗姆的"烙"？——对北岛〈黑暗怎样焊着灵魂的银河〉回答》,《诗歌报月刊》2005 年第 5 期。

宋琳:《同人于野——〈今天〉杂忆》,《今天》2013 年春季号,第 100 期特刊。

黄子平、陈平原、钱理群:《论"二十世纪中国文学"》,《文学评论》1985 年第 5 期。

西川:《民刊:中国诗歌小传统》,《大西北诗刊》五周年纪念特刊,2010 年总第 9/10 合刊。

张枣:《秋夜,恶鸟发声》,《青年文学》2011 年第 3 期。

张枣:《俄国诗人 G. Aygi 采访录》,《今天》1992 年第 3 期。

孙郁:《木心之旅》,《读书》2007 年第 7 期。

张英进:《历史整体性的消失与重构——中西方文学史的编

撰与现当代中国文学》,《文艺争鸣》2010 年第 1 期。

李欧梵:《永远的〈今天〉》,《今天》2013 年春季号,第 100 期特刊。

李欧梵:《香港文化的"边缘性"初探》,《今天》1995 年第 1 期。

赵宪章:《语图互仿的顺势与逆势——文学与图像关系新论》,《中国社会科学》2011 年第 3 期。

赵宪章:《文学和图像关系研究中的若干问题》,《江海学刊》2010 年第 1 期。

陈良湾、梁秉钧:《聆听随风合唱中隐晦了的抒情——与梁秉钧的一次对谈》,《华文文学》2012 年第 3 期。

王芬:《吴兴华新诗节奏研究》,《湖北社会科学》2006 年第 12 期。

美子:《舞文诵影:都市综合媒体对话》,《文学世纪》2003 年 1 月第 3 卷第 1 期。

张松建:《"亚洲的滋味":梁秉钧的食馔诗学与文化政治》,《中国现代文学研究丛刊》2016 年第 6 期。

梁秉钧:《在时差中写作》,《香港文学》2002 年第 4 期。

张德明:《流浪的缪斯——20 世纪流亡文学初探》,《外国文学评论》2002 年第 2 期。

曹立伟:《私人曙光——读木心山水画》,《书城》2014 年第 5 期。

陈丹青:《绘画的异端——写在木心美术馆落成之后》,《山花》2017 年第 6 期。

丰子恺:《中国画的特色——画中有诗》,《东方杂志》1927 年 6 月第 24 卷第 11 号。

　　[英]杜博妮:《朦胧诗旗手——北岛和他的现代诗》,《九十年代月刊》1984 年第 5 期。

　　[荷兰]柯雷著,北岛、柯雷译:《多多诗歌的政治性与中国性》,《今天》1993 年第 3 期。

　　[德]顾彬著,成川译:《预言家的终结——二十世纪的中国思想和中国诗》,《今天》1993 年第 2 期。

　　[德]顾彬著,张呼果译:《片段:回忆顾城和谢烨》,《今天》1994 年第 4 期。

　　[德]顾彬:《综合的心智——张枣诗集〈春秋来信〉译后记》,《作家》1999 年第 9 期。

　　[英]泰德·休斯著,白元宝译:《休斯的诗》(13 首),《诗歌月刊》2007 年第 8 期。

　　[新加坡]张松建:《"花一般的罪恶"——四十年代中国诗坛对波德莱尔的译介》,《中国现代文学研究丛刊》2005 年第 2 期。

　　[美]宇文所安著,洪越译,田晓菲校:《什么是世界诗歌?》,《新诗评论》2006 年第 1 辑。

　　[美]宇文所安著,洪越译,田晓菲校:《进与退:"世界诗歌"的问题和可能性》,《新诗评论》2006 年第 1 辑。

　　[日]是永骏著,阿喜译:《试论中国当代诗》,《今天》1997 年第 1 期。

　　[瑞典]约然·格莱德尔著,陈迈平译:《什么样的自行车?》,《今天》1990 年第 1 期。

三、中文报纸参引篇目

　　多多访谈:《我主张"借诗还魂"》,《南方都市报》2005 年 4 月 9 日。

夏榆、陈璇、多多：《"诗人社会是怎样一个江湖"——诗人多多专访》，《南方周末》2010 年 11 月 17 日。

丁雄飞：《黄子平再谈"二十世纪中国文学"》，《东方早报·上海书评》2012 年 9 月 23 日。

林思浩、北岛：《我的记忆之城——北岛访谈》，《南方周末》2010 年 10 月 7 日。

陈炯、北岛：《用"昨天"与"今天"对话——谈〈七十年代〉》，《时代周报》2009 年 8 月 26 日。

北岛：《魏斐德：熟悉的陌生人》，《南方周末》2006 年 11 月 9 日。

王寅、北岛：《失败者是没有真正归属的人》，《第一财经日报》2004 年 11 月 26 日。

田志凌：《1978 年 12 月，〈今天〉创刊：青春和高压给予他们可贵的能量》，《南方都市报》2008 年 6 月 1 日。

徐敬亚：《〈今天〉，中国第一根火柴》，《诗歌报》2011 年 8 月 4 日。

刘溜、北岛：《北岛：靠强硬的文学精神突围》，《经济观察报》2009 年 1 月 19 日。

谢冕：《在新的崛起面前》，《光明日报》1980 年 5 月 7 日。

卢新华：《伤痕》，《文汇报》1978 年 8 月 11 日。

陈敬容：《波德莱尔与猫》，《文汇报·浮世绘》1946 年 12 月 19 日。

欧阳江河、赵振江、张枣对话录：《诗歌与翻译：共同致力汉语探索》，《新京报》2006 年 3 月 30 日。

唐勇：《专访汉学家宇文所安：我想给美国总统讲唐诗》，《环球时报》2006 年 9 月 3 日。

朱大可:《燃烧的迷津》,新华网(http://news. xinhuanet. com/book/2003-03/06/content_762253. htm)。

南方都市报记者、北岛:《〈今天〉的故事——北岛访谈录》,今天文学杂志网络版(http://www. jintian. net/fangtan/2008/nfdsb1. html)。

[德]顾彬著,肖鹰译:《最后的歌吟已远逝——祭张枣》,《中华读书报》2010 年 11 月 3 日。

四、西文参引书目/篇目

英文:

Bei Dao. *The August Sleepwalker*, New York：New Directions，1990.

Rey Chow. *Writing Diaspora：Tactics of Intervention in Contemporary Cultural Studies*，Bloomington：Indiana University Press，1993.

Dian Li. *The Chinese Poetry Of Bei Dao*，1978—2000：*Resistance and Exile*. New York：The Edwin Mellen Press，2006.

Huang Yunte. *Transpacific Displacement：Ethnography，Translation，and Intertextual Travel in Twentieth-Century American Literature*. Berkeley：University of California Press，2002.

Stephen Owen. "The anxiety of global influence. What Is World Poetry?". *The New Republic*，November 19，1990.

Bonnie McDougall. "Bei Dao's Poetry：Revelation & Communication". *Modern Chinese Literature* 1，Spring 1985.

德文：

Zhang Zao. *Auf die Suchenach poetischer Modernität : Die Neue Lyrik Chinas nach* 1919, Tübingen: TOBIAS-Lib, Universitätsbibliothek, 2004.

Walter Benjamin. "Die Aufgabe des übersetzers", *Walter Benjamins Gesammelte Schriften*, Vol. IV-1. Frankfurt am Main: Suhrkamp Verlag, 1991.

Fritz Strich. *Goethe und die Weltliteratur*. Bern: Francke Verlag, 1946.

Hans Magnus Enzenberger. *Museum der modernen Poesie*. Frankfurt a. Main: Suhrkamp, 1960.

Anna Fenner, Claudia Hillebrandt und Stefanie Preuß. , Eine, Weltsprache der Poesie'? Transnationale Austauschprozesse in der Lyrik seit 1960, *Literaturkritik* (Juni 2011).

Bei Dao. *Von Gänseblümchen und Revolution*, Wien: Erhard Löcker GesmbH, 2012.

Alexander Gumz. "Der Dichter und die schneebedeckte Insel", *ZEIT ONLINE* (06. 10. 2011). (http://www. zeit. de/kultur/literatur/2011-10/tomas-transtromer-gumz/seite-2).

Joachim Sartorius. "Das Ende einer Katze: Das neue Gedicht von *Zhang Zao*". *Die Welt* (24. 06. 2000). (http://www. welt. de/print-welt/article519704/Das-Ende-einer-Katze. html).